英国ひつじの村④

巡査さん、フランスへ行く?

リース・ボウエン　田辺千幸 訳

Evan and Elle

by Rhys Bowen

コージーブックス

EVAN AND ELLE
by
Rhys Bowen

挿画／石山さやか

謝辞

編集者のレーガン・アーサーと広報係のエリザベス・シップリーに感謝します。おかげでセント・マーチン島での暮らしがとても快適なものになりました。放火についてのアドバイスをくれたトム・ノヴァーラにもお礼を言わせてください。ミステリ作家、ミステリ本を置いている書店、司書の方々、そしてわたしもその素晴らしい家族の一員だと感じさせてくれる読者のみなさんに、この本を捧げます。

巡査さん、フランスへ行く?

主要登場人物

エヴァン・エヴァンズ……スランフェア村の巡査
ブロンウェン・プライス……村の学校の教師
ジャック・ワトキンス……北ウェールズ警察の巡査部長
ゲラント・ヒューズ……北ウェールズ警察の警部補
ピーター・ポッター……北ウェールズ警察の巡査部長
グリニス・デイヴィス……北ウェールズ警察の巡査
イヴェット・ブシャール……フランス料理店のシェフ
テリー・ジェンキンス……ブロンウェンの教え子
ブリン・ホプキンス……消防隊員
ベッツィ・エドワーズ……パブのウェイトレス
ミセス・ウィリアムス……エヴァンの住む家の大家
エドワード・パウエル＝ジョーンズ……村の牧師
トモズ・パリー・デイヴィス……村の牧師

1

スランフェア村のベテル礼拝堂の牧師トモズ・パリー・デイヴィスは上機嫌で歌を口ずさみながら、カナーボンからの帰路の山道に車を走らせていた。今日は神さまがわたしに微笑んでくれたに違いない！　政府払い下げ品のオークションの広告に気づいたのは、まったくの幸運だった。このバンこそ、わたしの祈りに対する答えだったのだ――当然ながら燃費は悪いし、気が滅入るような退屈な灰色だが、一五人乗りのこの車は彼の要望にまさにぴったりだった。

礼拝にやってくる人々の数が徐々に減っていることは、かなり前から気づいていた。近頃では宗教に対する興味が薄れているし、地獄の業火について彼が説教でどれほど雄弁に語っても、だれも恐れすらしない。ウェールズ中でいくつもの礼拝堂が使われなくなり、美容院やガソリンスタンド、もっとひどい場合にはニューエイジのヒーリングセンターに変わっている。パリー・デイヴィス牧師は身震いした。

スランフェアからほんの数キロ先にあるエビニーザ礼拝堂は、昨年、放棄された。トモズはそこの信徒たちのことが心配だった。彼らをスランフェアまで連れてくることができれば……だが年配の教区民の多くは車を運転しないし、日曜日にはバスがない。思い悩んでいたとき、ふと浮かんだのがバンだった。キリスト教徒らしくない言い回しをするのなら――ムハンマドが山に来ることができないのなら、山をムハンマドのところに運べばいいというわけだ。妻と、売りに出ている中古車に常に目を光らせているガソリン屋のロバーツ以外にはだれにも話さず、彼はただひたすら注意し、待ち、祈った。そしてついに、祈りが届いたのだ！

牧師は目を閉じ、彼のライバルである通りの向かいのベウラ礼拝堂のパウエル＝ジョーンズ牧師が愕然として見つめるなか、新しい信徒たちが彼のバンからぞくぞくと降りてきて、ベテル礼拝堂へと吸いこまれていく様を思い浮かべた。もう若くはない肉付きのいい顔に満足げな笑みが浮かんだ。そのうえ、いたって安くすんだのだから。まったくの幸運だった――それと神の思し召しかもしれない。神さまは、どの礼拝堂に肩入れすべきかをご存知なのだ！

それにこれはほんの始まりにすぎないと、パリー・デイヴィス牧師は心のなかでつぶやいた。信徒が増えれば、それだけ収入も増える。そうすれば、礼拝堂の隅に置いてあるオイル・ストーブを本物のセントラル・ヒーティング・システムのものに替えられるし、音響システムを新しくして若者たちに働きかけることができるかもしれない。スランフェアに宗教を取り戻すのだ。

パリー・デイヴィス牧師は、イングランド人がスノードン山と呼ぶアル・ウィズバの山頂に向かう登山鉄道にのろうとして通りを渡っていく、この時期の最後の観光客たちに注意しながらスランベリスを通り過ぎた。この村を過ぎると、のぼり坂になる。ぐっとアクセルを踏みこむと、エンジンが小気味いい咆哮をあげた。車のうしろに黒い煙がたなびいていることには気づかないふりをした。

ナントペリスの村はあっという間に走り抜けた。時速五〇キロまで落とさなければならないことはわかっていたが、新しい車の馬力にひどく興奮していたせいでアクセルを緩めることができずにいた。そもそもスランフェアのエヴァンズ巡査以外、このあたりに警察官はいない。違反切符を切る人間はいないということだ。

まばらに並んだ最後の家々の先は道が狭まり、スランフェアまでは再びのぼり坂になっている。牧師は、毎週日曜日にはそこの信徒たちを呼び寄せたいものだと思いながら、放棄された礼拝堂に目を向けた。板で覆われた窓や釘付けされたドアを見て、心が痛んだ。通り過ぎようとしたところで、なにかに気づいた。ブレーキを踏み、ぎしぎし言わせながら重たいギアをバックに入れると、不気味な金属音が響いた。礼拝堂の外に建築業者のトラックが止まっていて、男ふたりが大理石の厚板を運んでいる。トモズの顔が怒りで赤く染まった。神さまはなんという意地悪なことをするのだろう？　なけなしの貯金で新しいバンを買ったとたんに、礼拝堂を再開させるとは！　彼の素晴らしい計画は失敗に終わる運命なのだろうか？

そのとき、アーチ形の戸口の片側に看板が出ていることに気づいた。

シェ・イヴェット。フランス料理店
高級フランス料理

その上には〝明日、オープン！〟と書かれたバナーがかかっていた。

トモズは沸騰寸前まで血圧があがるのを感じた。神の家――最近まで、神の家だったところ――がレストランになるとは！　それもただのレストランではなく、フランス料理店だ。シェ・イヴェット。名前すら罪深い。

トモズ・パリー・デイヴィスはアクセルを踏みこみ、この恐ろしい知らせを広めるべく、峠をのぼっていった。

2

北ウェールズ警察のエヴァン・エヴァンズ巡査は険しい山道をくだっていた。気持ちのいい秋の夕暮れどきだった。スノードン山とそこに連なる山々の頂は、澄んだピンク色の空を背景にした黒い輪郭と化していた。南へ渡る準備のできた燕たちが頭上を飛びかっている。眼下では、スランフェア村が秋らしいもやに包まれていた。エヴァンは足を止め、薪が燃えるにおいをうれしそうに吸いこんだ——子供の頃、コテージで嗅いでいた石炭の燃えるにおいとは全然違う。あれは鼻にこびりつくようなつんと刺すにおいで、そのせいで毎年冬になると気管支炎を起こして寝こんだものだ。いまではほとんどのコテージにスチーム暖房機が備えられていて、薪を燃やす暖炉はステータス・シンボルになっている。

今日もよく晴れた一日だった——長引くインディアン・サマーの名残だ。人々はすでに干ばつと呼び始めていたが、実のところ北ウェールズでは雨の降らない日が一週間も続くと、干ばつということになる。エヴァンは顔が風焼けしているのを感じた。朝から一日かけて、スノードン山から谷ひとつ隔てたところにそびえるグリデル・ヴァウル山をのぼっていたせいだ。あちこち筋肉が痛み始めていて、登山をする体ではなくなっていることをエヴァンは思い知らされていた。近頃では、週末も山にのぼっている時間がない。スランフェア村の巡査という仕事はさほど骨が折れるものではないはずだが、ひっきりなしに頼まれるボランティア作業を断るのは難しかった。

それにもちろんブロンウェンがいる。村の若き学校教師は彼と同じくらい山歩きが好きで、週末は彼といっしょに過ごすものだと考えている。空いている時間をブロンウェンと共有するのがいやなわけではないが、そのせいでここしばらく真剣な登山から遠ざかっていた。

山道をくだり続けていくと、枯れかけたワラビの茂みにコーデュロイのズボンの裾がこすれた。右手のなだらかな牧草地には、植樹されたオウシュウトウヒの黒っぽい一角がある。エヴァンは苦々しげにそちらを見た。〈エヴェレスト・イン〉と同じく、ここも景色を汚す醜い染みだ。地元の人間に前もって声をかけることもせず、彼らはクリスマス・ツリーを植えていったのだ！

スランフェア村には明かりが灯り始めていた。暗くなる前に戻りたいのなら、急がなければならない。峠の上に建つ、育ちすぎたスイスのシャレーのような〈エヴェレスト・イン〉の巨大な輪郭を投光照明がすでに浮かびあがらせている。ほかの村人たちと同じように、あの建物はウェールズの山腹にはまったく場違いだとエヴァンも感じていた。

点在するコテージがぼんやりと明かりを灯すだけの薄暗い村だが、例外がパブの〈レッド・ドラゴン〉だった。訪れる観光客が増えたので、この夏にパブのハリーが投光照明を設置したのだ。だれもが煌々と照らされたパブの看板を歓迎したわけではなかった。普段は天敵のようにいがみあっているベテル礼拝堂とベウラ礼拝堂のふたりの牧師は、このときばかりはタッグを組み、悪魔の飲み物である酒を宣伝していると言って非難した。安息日に照明を灯しているとなれば、なおさらだった。肉屋のエヴァンズはそれだけでは飽き足らず、あの照明は自宅の寝室が明るくなるので迷惑だと、正式に苦情を申し立てた。スランフェアの村人たちは、顔にフェイスクリームを塗り、頭にカーラーを巻いた女房の姿を目の当たりにしたショックに、彼が耐えられなかったのだろうと冗談を言った。それ以外、だれも文句を言う者はいなかった。それどころか、村の通りは暗いからもっと早く照明をつけるべきだったのだという声すらあった。

エヴァンが近づくに連れ、ひつじたちは四方へと散っていった。その鳴き声が谷に反響した。太陽はすでに沈み、大西洋から冷たい風が吹いていた。草地を吹き抜けた風は、枯れたワラビの茂みをそよがせ、岩山のあいだをうなりながら通りすぎていく。そんな穏やかな景色のなかに、エヴァンは不意になにかを感じ取った。研ぎ澄まされた五感が、だれかに見られていると告げている。足を止めて、あたりを見まわした。

近くを流れる渓流の水音が聞こえ、遠くからは峠をのぼっていく車のエンジン音が響いてくる。右手には、朽ちたひつじ小屋の黒っぽい輪郭が見える。そちらに目をこらすと、なにか動くものが見えた気がした。リュックサックに懐中電灯は入っているが、いまはわざわざ取り出す気にはなれなかった――〈レッド・ドラゴン〉でビールが待っているのだ。だれかが山に潜んでいるのだとしたら、このあたりを通りかかった放浪者かあいびきをしている恋人たちだろう。だとすれば、彼が見られていると感じたことも説明がつく。

再び歩きだしてほんの数歩進んだところで、すぐ背後から足音が聞こえた。エヴァンは振り返った。

「こんばんは(ノスワイス・ザー)、エヴァンズ巡査」低い声がした。

「おや、あなたでしたか、ミスター・オーウェンズ」近づいてくる農夫を見て、エヴァンは安堵のため息をついた。「ずいぶん遅いじゃないですか。なにかあったんですか？」

「いや、なにもないさ。ロードリのコテージを見てきただけだ――あのイングランド人たちが今回はちゃんとゲートを閉めたかどうか、確かめたかったんでね。あいつらの花をわしのひつじたちが食ったなんて、二度と文句をつけられたくはないからね」

「じゃあ、彼らは帰ったんですね？」エヴァンは村の上に建つ背の低いコテージに目を向けた。

「今日の午後、あいつらが帰るところを女房が見たと言っていた。まったく、せいせいしたよ」エヴァンは驚いて彼を見た。普段のミスター・オーウェンズは、村のだれよりも温厚なのに。

「あいつらがあそこを買ってからというもの、面倒なことばかりだよ」ミスター・オーウェンズはエヴァンに顔を寄せた。「ロードリじいさんが娘と暮らすってことに文句を言うつもりはないさ――もう年だしね。でも、外国人にコテージを売る権利はなかったんだ。違うかい？」

「かなりの高値で売ったと聞いていますよ」エヴァンは言った。「それに村の人間はだれも興味を示しませんでしたからね」

「そりゃあ、ひつじ飼いの古いコテージにあれだけの金をつぎこむようなばかは、村にはいないからな。そうだろう？　自分の目で見てくるといい、ミスター・エヴァンズ。女房が頼まれてあそこの掃除をしているんだが、最新設備が揃っているらしい。フランスのビデとやらのついた屋内のバスルームとか。相当、金がかかっているはずだ。イングランド人は分別はなくても金は持ってるからな」

　エヴァンはにやりとした。「ですが、観光客が来るのはいいことじゃないですか、ミスター・オーウェンズ？」

「ここでなにかを買ってくれれば、そう言えるがね。あいつらは毎週末、食べ物をいっぱいに詰めた保冷箱を持ってくるんだって女房が言っていた。ウェールズの食べ物には毒でも入っていると思っているんだろうかね」長年の喫煙のせいか笑い声は喉にからまり、最後は咳（せき）に変わった。「あいつらがなんだってここに来たがるのか、わしにはわからんよ。わしらのことがあまり好きじゃないみたいなのに」

「大勢のイングランド人がウェールズにコテージを買っていますからね」エヴァンは言った。「週末は都会を離れたいんでしょう。もっともだと思いますよ。スウォンジーに住んでいた頃は、ぼくも一刻も早く逃げ出したくて仕方がなかった」

「イングランド人みんながどうっていうわけじゃないんだ」ミスター・オーウェンズ

は内緒話をするかのようにさらに顔を寄せて言った。「以前、ここに来ていたアーバスノット大佐はいい人だったな？　昔かたぎの人で、マナーってやつを心得ていた。わしは、あいつらがお高くとまっているのが気に入らないんだ。まるで自分たちが地主で、わしらが小作人みたいに」

「あの人たちはそんな振る舞いをするんですか？　ぼくはあまり見かけたことがないんですよ。ジャガーが走っていくのを見るくらいで」

「スピードの出しすぎだよ。このあいだなんて、わしの犬をもう少しで轢くところだったんだ。あの子は車に慣れていないもんでね。ぶらぶら歩きだしたひつじのあとを追いかけていこうとしたちょうどそのとき、あのイングランド男が車をすっ飛ばしてきた。危うく轢くところだったのに、謝りもしない。それどころか、犬をちゃんとしつけておけと怒鳴ったんだ。ずうずうしいにもほどがある。あいつらはそういう人間なんだよ、ミスター・エヴァンズ。ここを自分のものみたいに思っているんだ」

「ここにいるのが週末だけでよかったですね」エヴァンは言った。「それに寒くなれば、そうそう見かけることもなくなるでしょうし」

「それにしても、今年は気持ちのいい夏の日が長く続いたね？」ミスター・オーウェンズは、あたかもこの天気が自分の功績であるかのように誇らしげに言った。「干し草はもう全部積みあげて、冬の支度を終えたんだ。いつもはこうはいかないんだがね」彼は、エヴァンのリュックに吊るされたロープに目を留めた。「のぼっていたんだね」

「ええ。グリデル・ヴァウルに」

「あそこにはいい斜面があるからね——挑戦しがいのある岩山だ」

「少しばかり手ごわすぎました」エヴァンは正直に言った。「もうだめだと思ったところがあったんです。トレーニング不足ですね。救助を要請しなきゃならないかと思いましたよ」

ミスター・オーウェンズはエヴァンの肩をぴしゃりと叩いた。「〈ドラゴン〉で一杯やってくるんだな」

「ぼくもそう考えていたところです」エヴァンは笑顔で応じた。「ロビンソンズの一杯で、気分も晴れるでしょう。あなたも行きますか?」

ミスター・オーウェンズは、村の家々のすぐ上にある自分の農場の明かりに目を向けた。「残念ながら女房が待っているんでね。あいつは、オーブンのなかで料理が干からびるのを嫌がるんだ」そう言ったところで、彼の顔がぱっと輝いた。「そういえば、今日は日曜日じゃないか。日曜日はいつも冷肉なんだ! それにコテージまで行って戻ってくるのにどれくらい時間がかかったかなんて、あいつにはわからん。そうだろう？」

話し声が遠ざかると、朽ちたひつじ小屋の陰から人影が現われた。危ないところだった、村の巡査にもう少しで見つかるところだったと、彼は思った。だがいいこともひとつある――巡査の居場所がこれでわかった。しばらくはパブにいるはずだ。手遅れになるまでは。

全身をアドレナリンが駆け巡り、こめかみでどくどくと脈が打つのを感じた。コテージのゲートまで、牧草地の道をのぼっていく。左側の生垣でなにかが動いたので飛びあがったが、老いたひつじがゆっくりと闇に消えていくのを見て肩の力を抜いた。例の花を食べにきたらしいと、彼はにやりとしながら考えた。もう遅い。彼がやり終えたときには、花は一本もなくなっている。

庭のゲートはきしみながら開いた。敷石を新しくしたばかりの通路を玄関まで歩いていくと、足を止めて背負っていたリュックサックをおろした。玄関前の階段に置くと缶が大きな音を立てたので、またもや心臓が止まりそうになるのを感じた。落ち着けと自分に言い聞かせる。数マイル四方にはだれもいない。時間はたっぷりある。

リュックサックからぼろ切れを出して通路の脇に置き、たっぷりと液体を浸した。一枚ずつ、郵便箱の中へと入れていく。

それから家の裏手にまわった。窓はどれも鍵がかかっていたが、枠をひとつ壊してガソリンを注ぎこむのは簡単だった。

家の前の壁に伸びているつる植物と窓の下の茂みに、残っていた缶の中身を空けた。ここのような石造りの古いコテージをきれいに燃やすのは、なかなかに手間がかかる。最後に取り出したのは、導火線だった。スレート鉱山で昔使われていたものだ――男たちが地上に戻るまでの時間を稼げるように、ひときわゆっくりと燃える。導火線の火が郵便箱の中のぼろ切れまで届く頃には、彼はとっくにここにいない。

郵便箱に導火線を固定し、興奮に震える指で火をつけた。吐息のようなかすかな音がして、導火線の先端が赤く灯った。彼は空になった缶とそのほかの証拠になりそうなものを集めてリュックサックに入れると、急ぎ足で通路を戻った。ゲートで足を止め、ポケットから一枚の紙を取り出した。新聞紙を切り抜いた文字を貼ったものだ。

帰れ。ここにおまえの居場所はない。

彼はゲートから突き出ている釘にその紙を刺すと、振り返った。導火線が、闇のなかで赤い目のように光っている。彼は足早に山をくだっていった。

3

エヴァンがどっしりしたオーク材のドアを押し開け、梁(はり)をくぐって店内に足を踏み入れたときには、〈レッド・ドラゴン〉のバースペースは混み合っていた。奥の壁に作られた大きな暖炉では火が赤々と燃え、店のなかは煙草の煙でむっとしていた。

「だから——ほら、来たぞ！」ざわめきのなかに大きな声が響いた。エヴァンに気づいて、ウェイトレスのベッツィの顔がぱっと輝いた。「こんばんは(ノスワイス・ザー)、エヴァン・バック！」

人々が振り向いた。

「どこにいるんだろうって噂をしていたところだよ、エヴァン・バック」チャーリー・ホプキンスが声をかけた。「開店時間にいないなんて、あんたらしくないからね。ベッツィは捜索隊を出そうかなんて……」

「そんなの嘘よ！」ベッツィは顔を真っ赤にした。その髪が濃い赤褐色になっているのを見て、エヴァンはぎょっとした。黒髪の女性が好きだった有名なオペラ歌手に誘惑されかかって以来、ベッツィはあれこれと髪の色を試している。さらに今夜は、襟ぐりが大きく開いたヒョウ柄のベロア生地のタンクトップという格好だったから、控えめに言っても見ている者を落ち着かない気分にさせるには十分だった。

「エヴァン・エヴァンズが自分の面倒を見られることくらい、よくわかっているもの」ベッツィは挑発的な笑みを浮かべた。「だって、彼はそういう人でしょう?」

「いずれあんたに捕まるようなことがなければな」チャーリー・ホプキンスが痩せた体を揺すりながら声を出さずに笑うと、欠けた前歯があらわになった。「彼が抵抗するところを見てみたいもんだ!」

ベッツィがタンクトップをぐいっと下に引っ張ると、大きく開いた襟ぐりは成人向けレベルと呼べるほどになった。「あたしがエヴァン・エヴァンズとふたりきりになったら、彼は抵抗しようなんて思わなくなるわよ!」大勢の客の前で宣言した。「そのときは、あたしたちが夢中になるのはバードウォッチングなんかじゃないから……しばらく前から考えていた刺青(タトゥー)を入れようって決めたなら、話は別だけど」

低い天井に笑い声が反響した。エヴァンは人の好さそうな笑みを浮かべ、なにを言おうとベッツィは都合よく解釈するに違いないから口を閉じておこうと決めた。

「それで、今夜はなににするの、エヴァン・バック？　いつものギネス？」

「今夜は、ひつじのミスター・オーウェンズに合わせてロビンソンズにするよ」エヴァンは答えた。「喉がからからなんだ」

ベッツィはちょうどいい量の泡をのせたロビンソンズを手際よく二杯注いだ。「さあ、ぐいっとやってちょうだい。そうしたら、今日はどこにいたのか教えてね」

「山をのぼっていたって教えたじゃないか」ガソリン屋のロバーツが答えた。「彼がグリデル・ヴァウルのほうに行くのを見たのさ」

スランフェア村では、なにひとつ秘密にはできない。

「ブロンウェン・プライスはバンガーの大学で教師たちの会合に出ているって聞いたぞ」牛乳屋のエヴァンズがしたり顔でウィンクをした。

「いまいましいブロンウェン・プライス」ベッツィはつぶやくと、優しいとは言えない手つきでグラスを置いた。エヴァンは襟を緩めた。今夜はずいぶんと暑い。

「ベッツィはあんたが戻ってくるのをいまかいまかと待っていたんだ、エヴァン」チャーリー・ホプキンスが言った。「新しくできたフランス料理店に連れていってもらいたいんだとさ」

ベッツィは誘いかけるようにエヴァンに向かって微笑んだ。「エヴァン・エヴァンズとのデートを断る気はないけれど、フランス料理はごめんだわ。カタツムリや蛙の脚を食べるんだもの――あと、頭がついたままの小鳥とか……」

客たちは嫌悪と笑いの交じった表情を浮かべた。

「本当だってば」ベッツィは言い張った。「テレビで旅番組を見たんだから」

「ちょっと待ってくれ――いったいどこのフランス料理店の話をしているんだ？」エヴァンが遮った。

「ナントペリスの上にある古い礼拝堂がフランス料理店になったんだ」チャーリー・ホプキンスが答えた。「今日の午後、パリー・デイヴィス牧師が見たらしい。そうですよね？」

「そのとおりです、ミスター・ホプキンス。神の家が悪の巣窟に変わるのを見て、わたしははらわたが煮えくり返る思いでしたよ」薄暗い一角に置かれたテーブルから声がした。ライバルであるベウラ礼拝堂のパウエル＝ジョーンズ牧師とは違い、彼はパブで一杯やることをためらわない。わたしも人間であることを信者のみなさんにわかってもらうためですよというのが、彼の言い分だった。実際に彼は日曜の夜、信者の男性たちと共に礼拝堂の裏口から〈レッド・ドラゴン〉の裏口へと足を運ぶことがしばしばあった。

「あれはレストランですよ、牧師」牛乳屋のエヴァンズが指摘した。「売春宿じゃない」

「どうしてわかるんだ?」ブルドーザーの運転手のおんぼろ車のバリーがくすくす笑いながら言った。「外見はそうかもしれないがな。とにかくおれは自分で確かめに行くつもりさ。シェ・イヴェット。いい響きじゃないか——きっといかした女だろうな。黒いレースのコルセットをつけているんだぜ——フランス女はそういうやつをつけるもんなんだ」

「どうしてそんなことを知っているの、おんぼろ車のバリー?」ベッツィは辛辣な口調で訊いた。

「おれは世の中を知っているからな」

「バーミンガムより南に行ったこともないくせに」ベッツィは勝ち誇ったように言った。

「黒のコルセットをつけているあんたを見たいもんだな、ベッツィ」バリーはにやりと笑った。

「あたしは、宝くじを当てたいわね。どっちも同じくらい可能性はないでしょうけどね」

エヴァンは男たちといっしょに声をあげて笑った。彼は常々、ベッツィの頭の回転の速さには感心していた。

「どこのフランス料理店だろうと、おれは行くつもりはないね」肉屋のエヴァンズが声をあげた。「それでなくてもここらには外国人が多すぎるんだ。ばかみたいなモミの木を植えたり、丘をめちゃめちゃにしたり、おれたちのコテージを買ったり……。おれの思いどおりにできるなら――」

「スランフェアを壁で囲って、ウェールズのパスポートがなければ入れないようにするんだろう？」牛乳屋のエヴァンズが言い、男たちの笑いを誘った。

「そのとおりさ」肉屋のエヴァンズはうなずいた。「ベッツィ、同じものを頼む」

ベッツィは彼のグラスにお代わりを注いだ。「エヴァン・エヴァンズにバンの話をしてあげてくださいな、牧師さま」彼女が言った。「牧師さまは大きなバンを買ったの――」

「谷から信徒たちを連れてこようと思ったんです」牧師が言った。「昨年から礼拝堂がなくなってしまった、あのあたりの人たちのことがずっと気にかかっていましてね。バスがない日曜日には、ここまであがってくることができませんから。バンがその答えだったんですよ」

「農夫のオーウェンズに運転してもらうように頼むといい」おんぼろ車のバリーが言った。「ひつじを集めるのが得意だから。犬を貸してもらうといいかもしれない」

「犬といえば、あんたのところの雌犬はどうなんだい、ミスター・オーウェンズ？」ガソリン屋のロバーツが尋ねた。「無事なのか？」

「幸いにね」ミスター・オーウェンズが答えた。

「どうしたの？　なにかあったの？」ベッツィがカウンターに身を乗り出したので襟ぐりがまた大きく開き、飲み物を口に運ぶ客たちの手が再び止まった。

「あそこのイングランド人にもう少しで轢かれるところだったんだ」ガソリン屋のロバーツが言った。「それも一般道路じゃないんだぞ。コテージに続く道だ」

「そのうえ、犬をしつけておけと、ずうずうしくもわしに向かって怒鳴ったんだ。わしの土地でだぞ！」

「ロードリが外国人にコテージを売ったときに、問題が起きるってことはわかってたんだ」肉屋のエヴァンズは腹立たしげに言った。「だから言っただろう？　外国人なんかを村に入れたら、ろくなことがないんだ。地元の店をひいきにするわけでもないしな。彼女がおれの店に来たのはたった一度きりだ。こともあろうに、英語はできるかとおれに訊いたんだぞ。そのうえ、頭の弱い人間に話をするみたいに、身振り手振りつきときた」

「おまえを郵便屋のエヴァンズの兄貴だと思ったんじゃないか」牛乳屋のエヴァンズがくすくす笑った。「頭が弱いのは遺伝だと思ったのかもしれないな」

肉屋のエヴァンズは音を立ててグラスを置いた。「頭の弱さを受け継いでいる人間がいるとしたら、それはおまえだ！」

エヴァンは疲れていたうえ、ほっとしてくつろいでいたので会話に加わる気にもなれず、カウンターによりかかってビールを飲んでいたが、肉屋のエヴァンズがこぶしをふりあげたのでふたりのあいだに割って入った。

「落ち着いて、ガレス・バック。ぼくもエヴァンズだぞ」軽い口調で言った。

肉屋のエヴァンズは手をおろした。「ロードリのコテージが売りに出ていることを知っていればなあ。そうしたら、おれが買ったのに」

「そして山の上に住むのか？　ばかを言うなよ」

「外国人に買わせないためなら、なんでもするさ！」

「どちらにしろ、手遅れだ」農夫のオーウェンズが言った。「彼らはあそこに大金をつぎこんだ。すぐに出ていくことはない」

「だれかが追い出さないかぎりはな」肉屋のエヴァンズがぼそりと言った。

「まあ、しばらくは留守だ」オーウェンズが言い添えた。「天気がひどくなれば、そうしょっちゅうは来なくなるだろうし。二、三回、大きな嵐が来れば、あの道は川になる。そのとき、あいつがジャガーであそこを走るかどうかを見てやろうじゃないか！」

「なんだってそんなに大騒ぎするのか、あたしにはわからないわ」ベッツィが言った。「あの人たちに困らされているわけでもないのに。ここにだって来たことないじゃない」

「それなんだよ、おれが言っているのは」肉屋のエヴァンズは勝ち誇ったように言った。

店のドアが突然さっと開いたので、全員がそちらに顔を向けた。入ってきたのは若者だった。砂色の髪は風に乱れ、そばかすのある頬は赤く染まっている。

「おや、ブリンじゃないか」チャーリー・ホプキンスはそう言うと、男たちに向き直った。「娘の子だよ。消防隊に入ったばかりなんだ。サイレンのブリンって呼ばなきゃいけないなって言っていたところだ」

「で、火事はどこだ、坊や？」おんぼろ車のバリーが笑いながら声をかけた。

「そんなところに突っ立ってないで、こっちに来て一杯やるといい」チャーリーは孫息子の背中を叩こうとして、手をあげた。

若者は首を振った。「いまはだめだよ、お祖父さん（タイドウ）。電話をかけなきゃいけないんだ。いますぐ署に連絡しないといけない。山で火事が！」

4

あっという間にパブは空になった。そこにいた男たちは磨きあげたよそ行きのブーツで、険しい山道をのぼり始めた。

「ロードリのコテージだ！」肉屋のエヴァンズが叫んだ。「あのイングランド人どもがガスをつけっぱなしにしていったんだろうか？」

コテージはすでに炎に包まれていて、割れた窓や一部が破損した屋根から火が噴き出している。

「なんて眺めだ。澄んだ夜の空に火花が散っていた。ガイ・フォークスの夜よりすごいぞ！」おんぼろ車のバリーが叫んだ。

「消防隊が早く来てくれないと、山全体が燃えてしまう」農夫のオーウェンズは飼っているひつじたちがいる牧草地を心配そうに見やった。

「みんなさがって。近づきすぎないように」エヴァンはうなる炎と男たちの興奮した叫び声に負けないように大声をあげた。「消防車が通れるように、道を空けておくんだ。ほら、もっとさがって」そう言いながら、野次馬たちを脇へと押しやった。

「消火を始めたほうがいいんじゃないか、ミスター・エヴァンズ？」オーウェンズが訊いた。「わしの家に鋤（すき）がある……」

エヴァンはためらった。山腹に火が燃え移る危険はおおいにあるが、関係のない人間を危険にさらすようなことはしたくない。

「ぼくがやる」ブリンが前に出た。「心配いらないよ。こういうことをするために訓練を受けているんだから」コテージまでの通路を半分ほど進んだところで、ブリンが叫んだ。「ここにホースがついた蛇口がある。元栓を閉めていないといいんだけれど」

ホースの先からちょろちょろと水が流れてきた。そんなものでは数メートル先で燃え盛る炎に対抗できるはずがないとエヴァンは思ったが、ブリンはその場を動くことなく、コテージのまわりの地面にひたすら水を撒いている。やがて峠のほうからサイレンの音が聞こえ、消防車が現われた。そのうしろには給水車がいて、強力な放水で炎はまたたくまに消し止められた。

「とりあえず、延焼は免れた」男たちがホースを片付けているあいだに、白髪の消防士がエヴァンに近づいてきた。「見物人を近づけないようにしてくれて、助かりましたよ」彼は手を差し出した。「ゲラント・ジョーンズ、この消防隊の隊長です。あなたはエヴァンズ巡査ですね」

「ええ」ふたりは握手を交わした。「こんなに早く来てくれて助かりましたよ。お祖母さんを訪ねてきたブリンがここにいたのも運がよかった。あなた方が来るまで、火が広がらないようにしていてくれたんです」

ジョーンズ隊長はうなずいた。「いい若者ですよ。少しばかり肩に力が入りすぎるところはありますが、わたしもあの年の頃はそうでしたからね」彼はそう言ってエヴァンの腕を叩いた。「この火事のことを上司に報告するんでしょう？　明らかに不審火だ」

「放火だと考えているんですか？」

ジョーンズ隊長は歯と歯のあいだから息を吸いこんだ。「わたしたちが着いたときにはすでに家全体が炎に包まれていましたから、どこが火元なのかは不明です。ですがこれまでの経験からわかっていることがある――この手の古いコテージがあんなふうに燃えるには時間がかかるものなんです。石の壁、石の床。手を貸してやらなければ、炎は広がりませんよ。報告書を作っておきます。あなたの助けになるでしょうから」

「ありがとうございます」

「放火担当の捜査員が明るいところで現場を見るまで、野次馬は近づけないようにしたほうがいいですよ。土産代わりになにを持っていかれるか、わかったもんじゃありませんからね」

「ありがとうございます。今夜はこのあたりを封鎖したほうがいいですね。本部に電話して、夜のあいだ見張ってくれる人間をよこすように言ってみます」

「ふたりばかりここに残しておきます」ジョーンズ隊長が言った。「くすぶっているところに水をかける必要があるかもしれない。風が吹いて、山腹に火が燃え移ったりしたら困りますからね」

「ぼくは見物人たちを帰らせます」エヴァンは魅入られたように焼け跡を眺めている野次馬たちに近づいた。「さあ、みなさん。ショーは終わりだ。帰ってください。ここでの作業が終わるまで、だれも近づかないように」

人々がおとなしく帰り始めたので、自分の声にそれだけの力があることを知ってエヴァンはいささか驚いた。

「みんな、帰るぞ。〈レッド・ドラゴン〉はまだやっている」チャーリー・ホプキンスが声をかけた。「ブリンはどこだ？　一杯おごってやらないとな」彼は孫息子の肩を抱くようにして、丘をくだっていった。

人々がその場を離れようとしたところで、ざわめきのなかに女性の叫び声が響いた。

「あの子がいない！　ああ、どうしよう――いったいどこにいるの？」

エヴァンは人込みをかき分けて、恐怖におののきながらあたりを見まわしている女性に近づいた。ブロンウェンの学校の隣にあるコテージの住人だ。エリー・ジェンキンスと言って、〈エヴェレスト・イン〉でメイドとして働いている。

「どうしたんです、ミセス・ジェンキンス？」エヴァンは彼女の腕をつかんだ。

「テリーが。あの子を見ませんでしたか？　いないんです」彼女はかろうじて言葉をしぼり出した。

「テリー？　いや、見ていません」

「ここにいるはずなのに」彼女はそう言いながら、せわしげにあたりを見まわしている。「ここじゃなければ、どこに？」

エヴァンは彼女の腕をつかんだ手に力をこめた。「大丈夫ですよ、ミセス・ジェンキンス。男の子はいたずらをするものだって、知っているでしょう？　ほら、深呼吸をして――最後に彼を見たのはいつですか？」

彼女は震えながら、ため息のような息を吐いた。「てっきり寝ていると思ったんです。消防車が通り過ぎていくのが聞こえたのに、あの子が起き出してこなかったんで驚いたんですよ。消防車が大好きなのに。それで部屋をのぞいてみたらベッドが空だったんです。だからてっきりここにいるとばかり……」

エヴァンは安心させるような笑みを浮かべた。「必ず見つかりますよ、ミセス・ジェンキンス。心配いりません。ぼくがいっしょに探しますから」

見物人たちは山をくだり始めていた。エヴァンは少年たちを見かけるたびにテリー・ジェンキンスのことを尋ねたが、だれも見た者はいなかった。

「あの子をどうすればいいのかわからないんです、ミスター・エヴァンズ」ミセス・ジェンキンスは、まだくすぶっている焼け跡の脇に止められた消防車のほうに歩きながらため息をついた。「父親が出ていってからというもの、手がつけられなくて。もうなにを言っても聞かないんです。危険なものばかりに興味を示すんですよ。火事、爆発、爆弾。テレビでやっている、人々が吹き飛ばされるようなアクション映画とか。いったいあの子をどうすれば――」

「ちょっと待ってください」エヴァンは彼女を遮った。消防士のひとりが叫ぶ声が聞こえたからだ。

「そこから出るんだ、坊や。怪我をするぞ」

ホースを運んでいる長身の男たちのあいだを素早く移動する、小さな人影が見えた。

「テリー？」エヴァンは呼びかけた。

少年は顔をあげた。

「テリー・ジェンキンス、いますぐここに来なさい！」彼の母親の声がほかのすべての音をかき消した。

エヴァンは、パジャマの上に赤いアノラックを着た少年に歩み寄った。「テリー、お母さんはきみを探していたんだぞ」

テリーはエヴァンを見あげ、すすで汚れた手で顔をぬぐった。「ぼくを怒るんでしょう、ミスター・エヴァンズ？」そう言ってにやりと笑う。「でもその価値はあったよ。あのホースからどんな風に水が出てくるのか、見た？　すごかったんだから。それにあの炎――高さ三〇メートルはあったに違いないよ。ぼくもいつか消防士になりたいな。そして、あんな風に火を消すんだ」

「テリー・ジェンキンス、お母さんはいつかあなたのせいで死んでしまうわ」母親は息子に近づくと、腕をつかんだ。「夜中に家を抜け出すなんて、いったいどういうつもり？　焼け死んだかもしれないのよ！」

「えっと」テリーは気まずそうな顔になった。「でも、どうしても見にいかなきゃいけなかったんだ。母さんが行かせてくれないのはわかってた。母さんにも見せたかったよ——屋根が落ちて、炎がぶわってあがったんだ。すごかったんだから！」

「あなたをどうすればいいのか、お母さんにはわからないわ。お父さんさえいてくれたら……」

「でも父さんはいない。そうだよね？」テリーは怒ったように言った。「ぼくがなにをしようと、父さんにはどうでもいいんだ」

テリーは母親の手を振りほどくと、山を駆けくだっていった。エヴァンは気の毒に思いながら、息子のあとを追うミセス・ジェンキンスを眺めた。テリーは難しい年頃に差しかかっているというだけでなく、昔から扱いにくい子供だった。数週間前エヴァンは、ガソリン屋のロバーツのガソリンスタンドで、自動販売機からチョコレート・バーを抜き出そうとしている彼を捕まえていた。悪いことをしているという意識はないようだった——そういうタイプの人間が最悪の犯罪者になるのだ。

エヴァンは見物人の最後のひとりといっしょに山をおりた。報告書を書くために警察署に向かっていると、ブロンウェンが長く赤いマントを翼のように翻しながら、村の大通りをこちらに駆けてくるのが見えた。

「エヴァン、無事なの？　火事があったって、たったいま聞いたところなの」

「大丈夫さ」エヴァンは近づいてきた彼女に微笑みかけた。「ロードリじいさんのコテージが燃えたんだ。けが人はいない。いま消防隊があと始末をしているところだ」

「本当にあなたっていう人は」ブロンウェンはエヴァンのすぐ近くに体を寄せ、彼の顔を見あげた。「ほんの一日あなたのそばを離れただけなのに、大きな事件が起きるんだから」

「それならそばを離れないことだね」エヴァンはからかうように言った。手を伸ばし、朝にはこの仕草が村中の噂になっていることを覚悟の上で彼女の頬を撫でた。「きみは心配しすぎるよ。それに警察官の仕事は楽しいことばかりじゃないって、何度も言っただろう?」

ブロンウェンはうなずいた。「そうね。わたしは心配症なのよ。けが人がいなくてよかったわ。火事の原因はわかっているの?」

エヴァンは首を振った。「持ち主のイングランド人は何時間も前に帰っていたし、コテージは戸締りがしてあった。明るくなったら調べることになる」

ブロンウェンは山腹を走る消防車のヘッドライトを見つめながら、自分の体を抱きしめた。「気に入らないわ、エヴァン」

「なにがだい?」

「あのコテージが焼けたことよ——つい最近、よそ者が買った家。あんなことが、ここで起きないといいんだけれど」

5

「またきみか」翌朝、パトカーを降りてきたワトキンス巡査部長が言った。「きみは本当に厄介者だよ。わかっているかね？」

「おはようございます、巡査部長」エヴァンは笑みを浮かべ、差し出された彼の手を握り返した。「不審火の可能性があると消防隊が言っていたので、報告しなければならなかったんですよ。引っ張り出されたのがあなただったとは、申し訳なかった」

「まったくだ」ワトキンスは応じたものの、その顔には曖昧な笑みが浮かんでいた。「家族とのんびりした週末を過ごしたんだ。月曜の朝を待ちかねて仕事に行ったら、ヒューズ警部補がなんて言ったと思う？〝ワトキンス、きみはこの事件からはずれてもらう〟だとさ」

「どんな事件なんです？」

「このあたりでは、久々にやりがいのある事件だよ。アベルソホの沖合で見つかった、船体の横に大きな穴の開いたヨットのことを覚えているかい？　持ち主を探してみたところ、ヨーロッパからアイルランド経由で麻薬を密輸するのに使われている船のひとつだった。以前はホリーヘッドから入ってきていたんだが、アングルシー署が監視を強化してね。どうも最近では、本土に上陸しようとしているようだ」

「アベルソホ？」エヴァンはつぶやいた。「理想的じゃないですか。この時期、スリン半島に観光客は多くない」

「確かに理想的だよ。国際的な麻薬組織の捜査に参加できるかと思ったのに、どうなったと思う？　〝きみはスランフェアに行ってもらうよ、ワトキンス。きみはあそこに慣れているからね〟と警部補に言われたんだ。というわけでわたしは、ゆうべ焼け落ちたコテージを見に来なきゃならなくなった。おそらくは、持ち主がテレビを見ながらジャガイモを揚げていたせいでね」

「持ち主はあそこにいなかったんです、巡査部長」エヴァンは言った。「つい最近、イングランド人が買ったんですよ」

「それは本当かね？」ワトキンスの顔が真剣になった。「ふむ、どうにも気に入らないね。まったく気に入らない。また始まったわけじゃないだろうね？」

「もう長いあいだここでは、休暇用のコテージが燃えたことはありません。少なくとも、ぼくが来てからは」

「それはそうだが、だからといって再開していないとは限らない。このあたりで活動している新しいグループがあるらしい。メイビオン・グウィネズ——グウィネズの息子たち——と名乗っていて、かなり過激だ。ウェールズ独立を勝ち取るまで、やめるつもりはなさそうだな」

「ばかげていますよ。ウェールズ独立？　イングランドの支援なしで、ぼくたちがやっていけるとでも？」

ワトキンスは首を振った。「やつらはそこまで考えていないんだよ。たいていの過激派たちは、両方の世界のいいところだけを欲しがるんだ。ウェールズは独立するが、イングランドにはしっかり保護してほしいってね」

「それで、メンバーの名前はわかっているんですか？」

「会報を何通か手に入れた。バンガーの礼拝堂で会合を開いたことはわかっている。かなりいかれたやつらだよ——自分たちの言い分を証明するために、コテージを燃やすような手合いだ」

エヴァンは顔をしかめた。「それじゃあ、イングランド人が最近ここに越してきたことを、だれかが彼らに話したのかもしれない……」

ワトキンスはその言葉の意味を悟った。「ここの人間が過激派グループと関わっているということか？」

エヴァンは肉屋のエヴァンズのことを考えまいとしたが、だめだった。〝だれかが追い出さないかぎりはな〟と彼がつぶやいたことを思い出した。彼は極端な国粋主義者で、そのうえ短気だ――いかにも、メイビオン・グウィネズのような過激派グループに誘われるタイプだ。「可能性はあります」

「気づかれないように調べてみたらどうだろう？　小さな村がどういうものかはわかっている。ほかの人間がなにをしているのか、みんなが知っているんだ。そうだろう？」

エヴァンは精肉店のほうを見た。「結論に飛びつく前に、自分の目で見ておいたほうがいいと思います。だれかがごみ箱に煙草を放りこんだことが判明して、見当違いの心配をしていたことがわかるかもしれませんよ」話しているあいだに、思い出したことがあった。「そういえば、火事になる少し前にぼくもあのコテージの横を通ったんですよ」

「それで？　だれかを見かけたのか？」

「農夫のオーウェンズだけです。コテージのほうからやってきて、一緒に帰ったんです」

「農夫のオーウェンズね。彼は過激なタイプなのか？」

エヴァンは笑って答えた。「その反対ですよ。人は人、自分は自分という感じで……」だが、イングランド人があのコテージを買ったことは歓迎していなかったとエヴァンは考えた。それにコテージに行ったとも言っていた……。唐突に、だれかに見られているような感覚を覚えたことを思い出した。「オーウェンズだとは思いませんが、話を訊いてみますよ。なにかを目撃しているかもしれない」

ふたりは丘をのぼり始めた。ひつじの毛のような朝もやが谷を覆っていたが、のぼっていくにつれ青空が広がり、ヒバリの鳴き声が聞こえてきた。

「この天気は癖になるね」ワトキンスはため息をついた。「世界的に気候が変わってきているというじゃないか。ウェールズは、次のリヴィエラになるかもしれないぞ」

「肉屋のエヴァンズにはそんなことを言わないでくださいね」エヴァンは笑いながら言ったが、ワトキンスにじっと見つめられていることに気づいて、顔から笑みが消えた。「彼が関わっていると考えているんじゃないでしょうね？　今回は違いますよ、巡査部長——ありえない。火事が起きたとき、彼はぼくたちといっしょにパブにいたんだ」

「火がつくのを遅らせる方法はいくらでもある。腕のいい放火魔は、火事が起きたときには何キロも離れたところにいたりするものだ」

「絶対に彼じゃありません」エヴァンは言った。「いつも通りでした――喧嘩腰でうるさかったですけれど、不安そうな様子はなかった」

「なにがあっても動揺しない男なのかもしれない」

「そうじゃないことはわかっているじゃないですか。尋問しようとして連行したとき、ひどく取り乱しましたよね」

「だが、情報を流していた可能性はある。それは認めるだろう？」

「そうですね、それは認めます。彼は確かに、メイビオン・グウィネズに加わりたがるようなタイプです。なにかを知っているかもしれない。それとなく探ってみますよ」

ふたりはコテージの焼け跡にたどり着いた。四面の壁は骨組みだけが残っている。灰色の石は分厚いすすに埋もれてしまっていた。壁の内側にコンロとバスタブの形は見て取れたが、それ以外はなにもかもが黒焦げのうえに、水浸しだった。

「なんとまあ」ワトキンスがつぶやいた。「いい仕事をしているじゃないか。ほとんどなにも残っていない」ふたりはコテージの周辺を足元に気をつけながら歩いた。

「だが、放火だと思って間違いないだろう。ほら、ここの地面がひどく焦げている。なにか可燃性の液体を撒いたに違いない」ワトキンスはエヴァンを見た。「だれも写真は撮らなかったのかね？」

「写真？」

「そうだ。写真でもビデオでもいい。放火犯は自分の作品を見たがることが知られている。見物人の記録があると、役に立っただろうね。また同じことが起きるかもしれない」

「だれがあの場にいたのか、ぼくが覚えていると思います。よそ者はだれもいませんでしたよ」

「それは価値のある情報だな」

エヴァンは、踏みしだかれたワラビの茂みのなかでなにか白いものがひらひらしていることに気づいた。近づいてみると、端のほうが焦げている一枚の紙だった。

「これを見てください、巡査部長」エヴァンは声をあげた。「あなたの考えが当たっていたようです」二本の指で慎重に紙をつまんで戻ってくると、ワトキンスに渡した。ワトキンスはそれを読み、顔をあげた。「〝ここにおまえの居場所はない〟？」大きなため息をつく。「これがどういう意味かわかるかね？　ピーター・ポッターと彼の奇跡の犬チャンプのおでましということだ」

「なんですって？」エヴァンはくすりと笑った。

「彼が来たら、笑ってはいられなくなるぞ。放火捜査の新しい専門家なんだ――ロンドン警視庁で訓練を受けている」

「北ウェールズ警察が、イングランドの放火捜査専門家を雇ったんですか？」

「そうじゃないんだ。妻がスランディドノーの高級ホテルで働くことになったんで、彼が異動を申し出た。たまたまそれが、鼻の利く犬を連れた放火捜査の専門家だったということだよ。自分の犬だったみたいで、一緒にやってきたというわけだ」

「いい知らせじゃないですか」

「ピーター・ポッターのような男に近くにいてもらいたいのならね。なんとも鼻もちならない男でね。一度会ったきりだが、わたしの頭を撫でながら〝行って遊んでおいで、坊や〟と言いだすかと思ったくらいだ」

「彼もそのうち、学びますよ」

ワトキンスは、かつては窓だったところからなかをのぞきこんだ。溶けてねじれたガラスのかけらが涙のように石の上を伝っている。「これ以上はなにもしないほうがよさそうだ。証拠を台無しにしたと言って責められたくはないからね」彼は足を止め、まじまじとコテージのなかを見つめた。「ここにはだれもいなかったんだろうね？」

「住人は何時間も前に帰っています」エヴァンが答えた。「それに、ここはそれほど大きな家じゃない。だれかいたとしても、火が広がる前に逃げ出して警報を鳴らせますよ」

「薬を盛られたり酔っていたりして、意識がなければ話は別だ」

エヴァンは別の窓からなかをのぞいた。「ですがそれなら、遺体があるはずでしょう？」

「火の温度が高ければ、死体は残らない。火葬場はなんのためにあると思うんだ？灰になってしまうよ」

「火の温度が高かったのは確かですしね」

「コテージの持ち主には連絡したのか？」

「ぼくはしていません。ゆうべの報告書に、持ち主の名前と住所は書いておきました。それにぼくはただの――」

「わかっているよ――しがない村の巡査だと言うんだろう？　それは前にも聞いたよ」ワトキンスは向きを変えて、山をくだり始めた。「ピーター・ポッターと奇跡の犬がやってきたときには、その役割を演じることだ。それがわたしからのアドバイスだ」

ワトキンスが帰っていくと、エヴァンはすぐに農夫のオーウェンズを探しに山道をのぼり始めた。上にある牧草地から両側に犬を従えてバイクでおりてくる彼を捕まえることができた。話を聞いたオーウェンズはゆっくりと首を振った。ゆうべは、なにもおかしなものは見なかった……

「犬を連れていなかったのが残念だよ。なにか妙なものがあれば、こいつらはすぐに気づいただろうに。人間よりはずっと鋭いんだから。そうだろう、おまえたち？」

黒と白の模様の二匹の犬が、ぶんぶんと尻尾を振りながら彼を見あげた。「ロードリのコテージを燃やしたがったのがだれだか知らないが、ずいぶんとうまくやったものだ。アンティークもフランスのバスルームもほとんど残っていないんだから」

「あんなことをしたがる人間に心当たりはありませんか？」エヴァンは言葉を選びながら訊いた。

「なにか恨みがある人間に決まっている。あれほど悪意のあることをするんだからな」

エヴァンは、オーウェンズ自身も恨みを抱いているはずだと思ったが、口には出さなかった。飼い犬を危うく殺されるところだったのだ。だがこの温厚な農夫が放火をするとは思えなかった。

　次に話を訊かなければならないのは肉屋のエヴァンズだが、気が進まなかった。彼は頭に血がのぼりやすいうえ、すぐに喧嘩腰になる。彼からなにか聞き出そうと思うのなら、細心の注意が必要だ。

「おはよう（ボレダ）、おまわりのエヴァンズ」肉屋のエヴァンズは、恐ろしげな包丁でラムのレバーを切り分けながら挨拶をした。「ただ顔を見に来たわけじゃないんだろう？」

「実はそうなんだ、ガレス。あんたが外国人をよく思っていないことはわかっている。だから――」

「おれがゆうべ山を駆けあがって、あのコテージに火をつけたと思っているのか？　頭がどうかしたんじゃないか？」

「そんなことは思っていないよ、ガレス。ぼくがパブに行ったとき、きみはもう来ていた。きみに火をつけることができたはずがない。そうだろう？　だが、そんなことをしそうな人間に心当たりがあるかもしれないと……」

　肉屋のエヴァンズの顔が怒りで真っ赤になった。「知っていたら、おれがあんたに引き渡すとでも思うのか？」

「とんでもない。だがもし知っているのなら、そうしてくれればと思うよ。彼らはいつか、やりすぎてしまうかもしれない。彼らが次に火をつけるコテージでは、赤ん坊が眠っているかもしれない。考えてみてくれないか？」

肉屋のエヴァンズはレバーを切る作業に戻った。「講義をありがとうよ、おまわりのエヴァンズ。放火犯に会ったら、そう伝えておくさ」

エヴァンはドアのほうに歩きかけて、振り返った。「放火捜査の専門家が来るんだ。ぼくなら、心の内は口に出さずにおくね」

「あそこが燃えて残念だとは思っていないし、そんなふりもできないよ。せいせいしたね」肉屋のエヴァンズはエヴァンの背中に向かって言った。

うまく話を聞けたとはとても言えないとエヴァンは思った。だがそれはぼくのせいではない。ぼくは地元の人間と仲良くしなければいけないのだから。尋問は犯罪捜査部（CID）に任せればいい。

エヴァンは腕時計を見た。二時前だ。ミセス・ウィリアムスはとっくに彼の昼食を用意して、このままでは台無しになってしまうとやきもきしている頃だろう。エヴァンは署に戻ってメッセージが残されていないかどうかを確認してから、急いで家に戻った。ミセス・ウィリアムスの家は、ずらりと並んだテラス付きコテージの向かいに建つ二軒長屋のひとつで、彼女はそのことにひそかに優越感を覚えていた。小さな前庭にはバラの茂みがあり、この時期には菊も咲いている。

「あなたなの、ミスター・エヴァンズ？」家に入ると、いつものように高い声が彼を迎えた。

「ええ、ぼくですよ、ミセス・ウィリアムス。遅くなってすみません。忙しかったもので」

「仕方ありませんよね。警察官の仕事は楽じゃありませんからね」ミセス・ウィリアムスはそう言いながら足早にコンロに近づくと、手品師が帽子からウサギを取り出すような手つきで、オーブンから陶器のキャセロール鍋を取り出した。

「あなたの好物にしておいてよかったですよ」ミセス・ウィリアムスがそこで言葉を切ったので、今日の自分の好物はなんだろうとエヴァンは考えた。「ラム・カウルですよ」

彼女が鍋の蓋を開けると、伝統的なウェールズのラム・シチューがくつくつと煮えていた。人参とカブ、そして肉汁たっぷりの大きなラム肉の塊が、ハーブの香りがする茶色いソースのなかで泳いでいる。ミセス・ウィリアムスは再びオーブンに手を入れ、大きなベイクド・ポテトを取り出した。

「これをお腹に入れておけば、失敗することなんてありませんよ」ミセス・ウィリアムスはシチューを皿によそった。

エヴァンは唾が湧いてくるのを感じながら、腰をおろした。

「あなたのラム・カウルは絶品ですね、ミセス・ウィリアムス」彼は言った。

「まあ、料理の腕は悪くはないでしょうね」ミセス・ウィリアムスは控えめにうなずいた。「でも、地味な料理ばかりですよ。全然おしゃれじゃない。だから、レッスンを受けようと思っているんです」

「レッスン？」

「新しくできたフランス料理店から、今日手紙が届いたんです。マダム・イヴェットが、料理のレッスンをしてくれるみたいなんですよ。チャーリー・ホプキンスの奥さんに一緒に行こうと誘われたんで、行くって返事をしたんです」

「フランス料理を習うんですか？」エヴァンは驚いて顔をあげた。

ミセス・ウィリアムスは顔をピンク色に染めた。「おしゃれな料理の作り方を知りたくてね。孫のシャロンが料理のレッスンを受けたじゃないですか。覚えてますか？なかなかの料理人になったんですよ。いずれはいい奥さんになるでしょうね」彼女は意味ありげにエヴァンを見た。運の悪いことに、エヴァンは彼女の孫娘に会っていた

――くすくす笑う癖のある大柄な娘だった。

「きっとなるでしょうね、ミセス・ウィリアムス」エヴァンはあわててシチューに視線を戻しながら言った。

ほんのふた口ばかりシチューを食べたところで、玄関をノックする音がした。

「いったいだれかしら？」彼女の対応はとても頼もしかった。「あなたはそこにいて。わたしが出ます」

彼女がドアを開ける音が聞こえた。「ごめんなさい、彼はいま食事中なんです」英語で応対していた。

「それなら食事を中断して、仕事に戻るように伝えてもらおう」怒鳴るような声だった。「わたしは暇じゃないんだ」

エヴァンはフォークを置いて、玄関に向かった。ドアの外に立っていたのは三〇がらみの男で、黒い髪をサッカー選手のようにごく短く刈りあげていた。濃紺のぶかぶかのセーターに色褪(いろあ)せたブルージーンズという格好で、ハイキングか登山に来た人間だろうとエヴァンは見当をつけた。「やあ。どうかしましたか？」

「ぐずぐずしていないで、いますぐ焼けたコテージにわたしを連れていくんだ」男の言葉には、明らかにロンドン周辺のなまりがあった。

「ああ、あなたがピーター・ポッターですね」エヴァンは新参者に手を差し出した。

「ポッター巡査部長だ。だれもきみを監督する人間がいないのをいいことに、長々と昼休みを取る癖がついているようだな」

「実を言えば、ほんの一〇分前まで仕事だったんですよ」エヴァンは言った。「昼休みが取れないこともちょくちょくありますし、なにか重大事件が起きれば週末だって休めません」

「こんなところで重大事件？」ピーター・ポッターはくすくす笑った。「草地に鍵を落としたとか？」

「ここでも犯罪は起きるんです」エヴァンは、この男がなにを言おうと気にすまいと思いながら応じた。「またひとつ起きたようですし」

「それではきみは、放火の専門家なんだね？」

「いえ、違います。でも〝帰れ〟と書かれた手紙を見つけたのはぼくです」エヴァンは道の先を指さした。「あっちです」

ポッター巡査部長はそちらに向かおうとはせず、止めてある車に戻った。うしろのドアを開けると、大きなシェパードが飛び出してきた。

「奇跡の犬チャンプだ！」エヴァンは声をあげた。片手を差し出すと、犬は尻尾を振りながら一歩彼に近づいた。

「名前はレックスだ」ポッター巡査部長は冷ややかに告げた。「戻れ！」犬を叱りつける。「いまは仕事中だとわかっているだろう！　あんたもレックスをそそのかすようなことはやめてくれ」そう言って、エヴァンをにらみつけた。「ここの規律は手ぬるいようだ」

「すみません。犬と仕事をすることに慣れていないもので。実際、その必要はありませんからね――失くした車のキーを探すのには」エヴァンはかなりの速度で山道をのぼり始めた。焼け跡にたどり着いたときには、ポッター巡査部長は真っ赤な顔をして息を切らしていたので、エヴァンはにんまりした。

「近づくんじゃないぞ、巡査。わたしの証拠を台無しにしないように」ポッター巡査部長が言った。「鞄を持っていてくれ。渡してくれとわたしが言ったら、渡すんだ」

「わかりました、巡査部長」エヴァンは思わず敬礼しそうになった。

ポッター巡査部長と犬は玄関があったところまで歩いていき、そこで立ち止まった。

「ふむ、これも郵便受けにぼろ切れを突っ込む昔ながらの手口だな」満足そうにつぶやいた。

「どうしてわかるんです？」エヴァンは言った。癪だったが、感心したのは事実だった。ポッター巡査部長は人を見下すような笑みを浮かべた。「わたしくらい長くこの仕事をやっていれば、わかるんだよ――よく使われる手口のひとつだ。火元がどこかほかの場所だったなら、玄関のドアは焦げるだろうが、これほど完全に燃えてしまうことはない」

犬は興奮した様子で地面のにおいを嗅いでいる。

「ほらね？　レックスは可燃性の液体のにおいがわかる。いい鼻をしているんだよ――バッキンガム宮殿ほどの広さの場所で、ほんの一滴の燃焼促進剤を嗅ぎわけることができるんだ」

ふたりと一匹はコテージのまわりを歩いた。レックスはにおいを嗅ぎつづけ、ポッター巡査部長は時折かがみこんでサンプルを採っては、ビニールの袋をエヴァンに渡した。「犯人は完璧な仕事をしているね」彼はエヴァンを振り返った。「なにかを目撃した可能性のある人間に話は訊いたのか？」

「いいえ。言われていませんから」エヴァンが答えた。

「自主性だよ！　自分から動かないと！」ポッターが大声をあげた。「いずれは昇進したいだろう？　こんなさびれたところで、一生過ごしたいわけじゃあるまい」

エヴァンは、青く澄んだ秋の空にくっきりと浮かびあがった山頂を物欲しげに眺めた。

山々は、このさびれた場所が与えてくれる恩恵のひとつだ。いまあそこにいられたならとエヴァンは思った。「地元の人間全員に話を訊くんだ。だれかがなにかを見ているはずだ。こういう小さな村では、だれもが人のしていることに目を光らせているものだ。それから、最近ガソリンを缶で買った人間も探すんだ！」

「だれにも見られずにここまで来るのは難しくありません。必ずしも、村を通る必要はありませんから」

「だが犯人はガソリンの大きな缶を運んできている。どれくらいの距離を運べると思う？　車で来たのでないかぎり？」

「車じゃありませんね」エヴァンが言うと、ポッターは鋭いまなざしを彼に向けた。

「火事の少し前に、ぼく自身が山にいたんです。車が通れば気づいたはずです」

「とにかく、話を訊くことだ」ポッターはついてこいと言うように、犬に向かって——おそらくはエヴァンに対しても——指を鳴らした。「わたしが自分でやりたいところだが、まだあのいまいましい言葉を会得していなくてね。このわたしにレッスンを受けさせようとするんだぞ。まったくそんなばかばかしい話は聞いたこともない！

だが近頃はそういうものらしい」

気の毒なだれかがピーター・ポッターにウェールズ語を教えているところを想像して、エヴァンは思わずにやりとした。

「そうですね、いずれ地元の人とコミュニケーションを取る必要が出てくるでしょうからね。身振り手振りだけでは通じないこともありますし」

「言わせてもらえば、行きすぎた国粋主義だね」ポッターが言った。「そんなものは、トラブルにつながるだけだ――あんな風に」彼は焼けたコテージを指さした。「運がよければ、どこかのグループが自分たちの仕業だと名乗り出てくるだろう。わたしたちは自分の仕事をするだけだ」彼は道をくだり始めた。「ほら、突っ立っていないで帰るぞ」

エヴァンは不意に、ウェールズの国粋主義者たちに親近感を覚えた（奇跡の犬チャンプにも）。

6

時間の無駄だと思いながらも、エヴァンは言われたとおりに村をまわり、人々から話を聞いた。〈レッド・ドラゴン〉にいた人間のリストも作った。だれも火事の前に不審なものを見ていなかったし、見知らぬ人間や車を見かけた者もいなかった。さらに、ガソリン屋のロバーツが指摘したとおり、地元の農夫全員とバイクを持っている若者の少なくとも半分は、いつも缶でガソリンを買っていることもわかった。もう半分は芝刈り機か、灯油を使う石油ストーブを持っていた。

エヴァンがポッター巡査部長でさえけちのつけようのない報告書を書いていると、警察署のドアが勢いよく開いて、見知らぬ男が入ってきた。

エヴァンは「どうかしましたか？」と尋ねようとしたが、男が口を開くほうが早かった。「あんたがここの担当警察官かね？　責任者はどこだ？」

「ぼくが責任者です」エヴァンは親しげな笑みを浮かべた。「ここの責任者はぼくです。分署にすぎませんが」

「なるほどね、思ったとおり役立たずというわけだ」男は彼のあとから入ってきた女性に向かって言った。エヴァンは彼女に見覚えがあった。村の大通りで何度か見かけたことがある。

「あのコテージの持ち主の方ですね？」エヴァンは立ちあがった。「お気の毒でした――」

「まったくだ。犯人はもう捕まえたのか？」

「まだ二四時間もたっていないんです。捜査を始めたばかりです」

「そうだろうとも」皮肉たっぷりの口調だった。「わたしたちをここから追い出すことができて、みんなして勝利のダンスを踊っているんだろう。ウェールズにコテージを買うと言ったら、いろいろと警告されたよ。ここでは歓迎されないってね。歓迎されようがされまいがどうでもいいと、わたしは答えたんだ。だがこんなことになるとは、夢にも思わなかった」

「野蛮なのよ、あの人たちは」女性が言い添えた。完璧に化粧を施した顔が敵意に歪んでいる。「町のチンピラや未開人と同じ。体罰が禁止されたのが残念だわ。ああいう手合いには、樺（かば）の木の鞭（むち）がふさわしいのよ」

「放火捜査の専門家がいるので……」

「あなたはなにをしているのかしら、巡査？　わたしたちの家が燃えたのが、どうでもいいことみたいじゃないの」女性はエヴァンをにらみつけた。「どうして犯人を捜していないの？」

「実のところぼくは……」エヴァンは言いかけたが、男は机にこぶしを叩きつけてぐっと身を乗り出し、彼をにらんだ。「行動しろ、巡査。ぐずぐずしていないで、犯人を見つけるんだ。そのために税金を払っているんだからな」

彼はドアに向かって歩きだした。「あんたの上司に会って、正式に苦情を申し立てておく。そうすれば、行動を起こす気になるだろう」

ふたりは荒々しい足取りで署を出ていった。ジャガーのエンジンがうなり、走り去る音が聞こえた。エヴァンはため息をついて、頭をかいた。一日でこれだけのことがあれば、充分だ。署の戸締りをして、村の大通りを進んだ。子供たちが背中のかばんを揺らしながら、傍らを駆け抜けていった。少年のひとりがエヴァンに呼びかけた。

「こんにちは、エヴァンズ巡査。元気（ス・タイ・ティ）ですか？　明日の夜はラグビーの練習はありますか？」

エヴァンは質問に答え、今日の授業が終わってすっかり気楽になった少年たちが駆けていくのを見送った。大人の人生もあんなふうに単純ならよかったのに。

授業が終わったことに気づいて、丘をのぼるエヴァンの足取りが速くなった。学校は村のはずれに建っていて、その先にはふたつの礼拝堂があるだけだ。近づいていくと、ベウラ礼拝堂の外の掲示板にパウエル＝ジョーンズが新しい聖句を貼りだしているところだった。〝招かれる人は多いが、選ばれる人は少ない〟（新約聖書 マタイによる福音書 22：11〜14）。エヴァンはにやにやしながら、向かいにあるもうひとつの掲示板に目を向けた。パリー・デイヴィス牧師が今週の聖句に選んだのは、これだった。〝通りや小道に出ていき、無理にでも人々を連れて来て、この家をいっぱいにしてくれ〟（新約聖書 ルカによる福音書 14：23）。

パウエル＝ジョーンズ牧師がバンの話を聞いたことは間違いなかった。

校舎は教室と教師の住居に分かれていた。ブロンウェンが暮らす一角の煙突から煙が出ている。窓の外のタチアオイはまだ花を咲かせていて、彼を招いているようだ。けれど校庭を半分も行かないうちにドアが開いて、ブロンウェンが現われた。エヴァンに気づいて足を止める。

「あら、わたしに会いにきたの？　なにか困ったことでもあった？」

「いや、もうなくなった」エヴァンはその場に立ち止まり、太陽にさらされた彼女の髪が風になびく様や、笑ったときにできる目のしわを好ましく眺めた。「今日はひどい一日だったんだ。ちょっと気持ちを落ち着けたくてね」

ブロンウェンの顔が曇った。「実を言うと、出かけるところなの。カナーボンに行く四時のバスに乗ろうと思って。フランス料理のレッスンを受けるつもりなんだけれど、わたしのキッチンは悲しいくらい道具が足りないんですもの」

「きみもフランス料理のレッスンを受けるの？　ミセス・ウィリアムスもだよ」

「噂によれば、村の半分くらいが受けるみたいよ」ブロンウェンが言った。「パリのコルドンブルーで料理を学んだ人から教えてもらえるなんて、一生に一度のチャンスよ。それにすごく安いのよ」

「彼女が自分で言っているとおりの経歴の持ち主なら、どうしてこんなところに来たんだろう？」

ブロンウェンは肩をすくめた。「間違いなく言えるのは、このあたりのレストランは改善が必要だっていうことよ――わたしが知るかぎり、マンチェスターより近いところにフランス料理店はない。それどころか、ここととスランベリスのあいだに、〈ゲギン・ヴァウル〉カフェがあるだけよ。そこで出すものだって、トーストのビーンズのせと大差ないわ。マダム・イヴェットはきっとここでうまくやると思う」

「もう彼女に会ったの？」エヴァンが訊いた。

ブロンウェンは笑顔で答えた。「まだよ。でもテリー・ジェンキンスによれば、〝ものすごくセクシー〟なんですって。今朝、フランス人とその奇妙な習慣について、ふたりでいろいろと話したの。たとえば、カタツムリを食べることとか。とても創造性のある地理のレッスンだったわ！」

「テリー・ジェンキンス？　どうやってマダム・イヴェットに会ったんだろう？」

「彼女の様子を探るために自転車であそこまで行ったらしいわ」ブロンウェンはあきれたような笑みを浮かべて、首を振った。「あの子はなんにでも興味があるのね」

「それ以外はどうだい？　少しばかり手に負えないとか？」

「そうとも言えるわね。でもわたしはあの子が好きよ。活力があるもの」

「母親は愛想をつかしかけているよ。父親が出ていってからというもの、息子に振り回されっぱなしなんだ。火事現場では消防士といっしょにホースを運ぼうとしていたからね」

「あの子らしいわ。でももっとひどくてもおかしくなかった。少なくともあの子は、怒りを態度に表しているもの」

「ぼくもそうすべきだったかもしれないな」エヴァンは言った。「ぼくは今日、とんでもなく不愉快な人間に我慢しなきゃならなかったんだ。ただじっと立って、礼儀正しくしているほかなかった。怒りを少しでも態度に表すことができれば、もっと気分がよくなっていたんだろうが……」

「気分はよくなっても、気がつけば留置場のなかだったかもしれないわよ」ブロンウエンは彼に微笑みかけた。「そういうことなら、カナーボンに行くのをやめてもいいのよ。今日でなくてもいいんだから」

「だめだよ、そんなこと。きみの料理のレッスンの邪魔はしたくない。それに、もう気分がよくなったよ。さあ、行こうか。バス停まで送っていくよ」

「それって、火事になったコテージに関係あること？」校庭を横切り、エヴァンがゲートを開けたところでブロンウェンが尋ねた。

エヴァンはうなずいた。「犯人をまだ見つけていないと言って、コテージの持ち主に怒鳴られたし、新しく来た放火捜査の専門家には能無しみたいに扱われた」肩をすくめる。「公務員である以上、仕方がないのかもしれないな。〈レッド・ドラゴン〉で一杯やっても、こればかりは解決できない」

「カナーボンから帰ってきたら、わたしも行こうかしら。新しい泡だて器を見せてあげてもいいわ」ブロンウェンは彼の目を見つめた。

「待ちきれないね。この週末にでも、その新しいフランス料理店に行ってみようか？」

「素敵」ブロンウェンの顔が輝いた。「あなたがどのお料理を気に入ったのかを教えてくれれば、それを習ってくるわ」

「その言葉が聞きたかった——恋人を喜ばせるために腕をふるう女性というわけだ」

ブロンウェンが買い物かごで打とうとしてきたので、エヴァンは笑いながらそれをよけた。

バスが黒い煙を吐きながら、近づいてきた。ブロンウェンは前に出ると、手をあげて合図をした。バスはタイヤをきしらせながら止まった。ブロンウェンがきびきびした足取りで乗りこみ、バスは再び走りだした。動きだしたバスを眺めるエヴァンの目に、窓の向こうにいるブロンウェンの顔が映った。ブロンウェンは手を振り、投げキスをした。エヴァンは手を振り返し、丘をくだり始めた。突如として世界がまた明るくなったようだった。


翌日、残留物はガソリンだったことが確認されたとワトキンス巡査部長から電話があった。手紙には指紋が残されていたので、身元のわかっている過激主義者たちと照合するということだった。事件解決までそれほど長くはかからないだろう、コテージの持ち主のイングランド人たちが本署でわめき散らしているので、そうなれば助かると彼は言った。

エヴァンは安堵のため息をついた。この件は彼の手を離れたようだ。これでいつもの仕事に戻ることができる。その最初の仕事が、通りに大きな灰色のバンが止まっていて、交通の邪魔になっているというミセス・パウエル＝ジョーンズからの苦情の電話だった。これから何度も、同じ苦情を聞くことになるのだろうとエヴァンは思った。

その件を片付けて戻ってきた直後、ドアをノックする軽やかな音がして女性が入ってきた。

「ここは警察署ですよね？」彼女は不安そうに部屋のなかを見まわした。

エヴァンは立ちあがった。「ええ、そうです。どうかされましたか？」

女性はいかにもヨーロッパ人らしい仕草で、両手を広げた。「わからないの。ただのジョークかもしれないけれど、でも……」

彼女は大きな黒のエナメル革のハンドバッグから一通の封筒を取り出した。

エヴァンは椅子を引いた。「どうぞ座ってください。ぼくはエヴァンズ巡査です」

「イヴェット・ブシャールです」女性はうっすらと笑みを浮かべながら腰をおろした。

あのマダム・イヴェットに違いないとエヴァンは考えた。「レストランをオープンしましたよね。どんな具合ですか？」

「いまはまだなんとも」彼女の声はハスキーで低く、外見もエヴァンが考えるフランス料理店のオーナーそのものだった。おそらく三〇代後半で、いくらか鷲鼻ではあるが、唇はぽってりとしてなまめかしい。深くくぼんだ黒い目はくっきりと黒いアイラインで縁取られ、豊かな黒髪は頭の高いところで昔ながらのお団子にまとめてあった。ハイネックの黒いブラウスを着て、首にはスカーフを巻き、細いウエストをぎゅっと絞った幅広の黒のベルトが豊かな胸をいっそう強調していた。椅子の上で足を組んだので、黒のストッキングがあらわになった。

テリー・ジェンキンスの第一印象は間違っていないとエヴァンは思った。

「それで、どういったご用件でしょう、マダム・イヴェット？」エヴァンは尋ねた。

「これなの」彼女は封筒を差し出した。「今朝、届いたのよ」

エヴァンは慎重な手つきで手紙を取り出した。太い赤のマーカーで大文字で書かれていた。

帰れ。ここにおまえの居場所はない。手遅れになる前に出ていけ。

エヴァンは封筒を確かめた。「ふむ。消印がありませんね」

「ほかの郵便物といっしょにマットの上にあったの。どう考えていいのかわからなくて。これってジョークかなにかなのかしら？」

「おそらく違いますね」エヴァンは答えた。「残念ながら、このあたりでも排外思想があるんですよ。今週の初めには、コテージが燃やされました。なので、これも深刻に受け止めたほうがいいと思います」

「でも、自分の町でおいしいものが食べられるのをいやがる人がいるかしら？」イヴェットが訊いた。「わたしが来る前は、あのあたりにはなにもなかった。レストランは一軒もなかった。だからここに来たのよ。競争相手がいないから」

エヴァンはうなずいた。「ぼくもそのとおりだと思いますよ。でもご心配なく。そんなふうに考えているのは、頭のいかれたごく一部の人間だけですから。村の女性たちは、あなたのレッスンを受けるのをみんなとても楽しみにしていますよ」

イヴェットはにっこりした。笑うと顔全体がいきいきして、ぐっと若返って見える――ぼくとそれほど違わないのかもしれないとエヴァンは考え直した。「どうやって宣伝すればいいかはわかっているの。まずは、地元の人と仲良くなることでしょう？

フランス料理は、エスカルゴみたいな変わったものばかりじゃないって教えたいのよ。わたしが作るラムや魚の料理を一度食べたら、忘れられなくなるわ。きっと、ご主人を連れてわたしのレストランに来てくれる」

「いい考えですね。ぼくも土曜日に行こうと思っています」

彼女はうかがうようなまなざしをエヴァンに向けた。「奥さんといっしょに？」

「いや、ぼくは独身です」

エヴァンはその先を続けようとしたが、〝恋人〟という言葉を口にするより先に、マダム・イヴェットが目を輝かせながら言った。「あら、それじゃあこのあたりの女性はみんな、あなたをめぐって争っているのね？」

「いや、そういうわけじゃ……」エヴァンは最後まで言うことができなかった。顔が赤くなるのを感じて、色白のケルト人の肌を呪った。

「恥ずかしがることはないわ。あなたはハンサムですもの。女性に称賛されることを誇らしく思っていいのよ」

エヴァンは咳払いをした。「ええと、その手紙のことですが、犯罪捜査部に見せたほうがいいと思います。これまでに見つかったほかの手紙と比較することになるでしょう。それまでは身辺に気をつけて、なにか不審なことがあればぼくに連絡を……」

　彼女は黒い目をさらに大きく見開いた。「たとえばどんな？」

「見知らぬ人がうろついているとか、脅迫されたとか。失礼な態度を取る人間や敵意を持った人間が現われるかもしれない」

「なんてこと（モン・デュー）！　まさか、本当にわたしの身が危ないなんて思っているんじゃないでしょうね？」

「そんなことは思っていませんよ。ですが、警察がその手紙を調べるまでは、気をつけたほうがいい。ぼくが近くにいますから、なにか心配なことがあったら連絡してください」

「ありがとう。あなたってとても親切ね。フランス語はできるのかしら？」

「学校で勉強しましたが、それ以来、ほとんど使う機会がありませんでしたから。いくつかの動詞の活用はまだ覚えていると思いますけれどね」

「あら……」彼女の顔にゆったりとした笑みが広がった。「いつ動詞の活用が必要になるかもしれないわよ。わたしはそろそろ帰らないと。〈シェ・イヴェット〉でお待ちしていますね。さようなら（オ・ルヴォワール）、ムッシュー・エヴァンズ」

　エヴァンはドア口まで彼女を送っていった。ほっとため息をつく。あの手の女性はきっとまわりに波風を立てるだろう。

土曜日の夜、エヴァンは彼のおんぼろ車でブロンウェンを迎えに行った。

「あなたをマダム・イヴェットに紹介するべきかどうか、迷っているのよ」ブロンウェンは言った。「彼女はいかにも——フランス人なんですもの」

「知っているよ。もう会ったからね」

「そうなの？　いつ？」

「彼女が警察署に来たんだ。出ていけと書かれた脅迫状が届いたんだよ」

ブロンウェンは顔をしかめた。「コテージで見つかったみたいな？」

「ああいうやつだ」

「ひどい話ね。同じようなことが広がらないといいんだけれど」

「ごくわずかな過激派の仕業だと思うよ。ひとりかもしれないし、そうじゃないかもしれないが。どちらの手紙にも指紋が残っていたが、あいにく同じものじゃなかった。手紙の形式も違っていた。片方は新聞を切り抜いたものだったが、もう一方は手書きの大文字だったんだ」

「それじゃあ、何人かのグループだっていうこと？」

「その可能性はあるね。脅迫状を書くような手合いは、同じ形式にこだわることが多い。つまり、同一人物ではなさそうだということだ」

「今回は、必要な文字を新聞で見つけられなかったのかもしれないわよ」

エヴァンが車のドアを開け、ブロンウェンが助手席に乗った。「それで、マダム・イヴェットをどう思った？」彼女が尋ねた。

エヴァンは運転席に座った。「テリーと同じ意見さ。とてもセクシーだね。実を言えば、ぼくも彼女のレッスンを受けようかと思ったんだ。そうすれば、彼女がコンロの上に乗り出しているところを眺められるからね。痛い！」ブロンウェンに叩かれて、エヴァンは声をあげた。

「今日、初めてのレッスンがあったの」ブロンウェンが言った。「素晴らしかったわ。教わったレシピを試してみるつもりよ。見本どおりにできたら、ごちそうするわね。でも、あなたがお料理のレッスンを受けるのは悪い考えじゃないと思うわ。いずれ、ひとり暮らしができるようにならないといけないもの」

「どうしてその必要があるのか、ぼくにはわからないよ。そういうことをするために女性がいる——運転中に叩くのはやめてくれ！」

エヴァンは方向転換をするつもりで、ベウラ礼拝堂の外の駐車スペースにバックで車を入れようとした。不意に悪態をついたかと思うと、急ブレーキを踏んだ。「あのバカ」車を止め、勢いよくドアを開ける。

「どうしたの？」ブロンウェンが尋ねた。

エヴァンの体はすでに車から半分外に出ていた。「テリーだ。もう少しで轢くところだった」テリーに向かって怒鳴りつける。「急に飛び出したりして、どういうつもりだ、テリー？　ぼくの車がバックしているのは見えただろう？」

「あなたを探してたんだ」テリーが甲高い声で叫んだ。「また火事なんだ！」

「どこで？」

「上――〈エヴェレスト・イン〉」

「また火事だそうだ、ブロン」エヴァンは車を降りてきたブロンウェンに言った。

「九九九に電話してくれ」

丘を駆けあがっていくと、ちらちら揺れる炎に巨大なシャレーの輪郭が浮かびあがっているのが見えた。チャーリー・ホプキンスのコテージの前を通りかかったところで、ブリンが祖父より先に姿を見せた。

「また火事です、ミスター・エヴァンズ」ブリンが叫んだ。「お祖母さんが消防隊に電話しています。心配ありません。すぐに消しますから！」

翌朝、〈エヴェレスト・イン〉の駐車場に現われたのはワトキンス巡査部長だった。

「ピーター・ポッターが自分より先にあなたを現場に来させたとは、驚きですよ」エヴァンは言った。

「彼は休みなんだよ」ワトキンスはくすりと笑った。「電話をしたんだが、留守だった。おそらく週末はイングランドに戻っているんだろう。彼じゃなくて、わたしに会えてうれしいだろう？」

「否定はできませんね」エヴァンはぼそりと答えた。

「不愉快な思いをしただろう？　まあ、気にしなくていい。どこに行っても人気のない男だから。だが放火に関することとなると、彼は最高だよ」

ふたりは並んで駐車場を歩いた。

「今回はたいした被害はなかったようだな」ワトキンスが言った。

「幸いなことに、燃えたのは裏にある物置小屋だけでした。もっとひどくなっていてもおかしくなかった」

「手紙は？」

「いまのところ見つかっていません」

「それじゃあ、過失かもしれないいな」ワトキンスはそう言うと、慎重にがれきをまたいだ。「ふう」いくつもの焦げた缶を指さす。「灯油だ。あれに燃え移る前に、火が消し止められてよかった」

エヴァンは〈エヴェレスト・イン〉の大きなスイス風シャレーを見つめて、考えこんだ。「巡査部長、ずっと気にかかっていることがあるんです——どうしてここなんでしょう？」

「このホテルは金持ちの外国人でいっぱいだからとか？」

「それならどうして徹底的にやらなかったんです？　なんだってちっぽけな物置に火をつけるんです？　それも中途半端に？」

「これほど大きな建物に火をつけるのが怖くなったのかもしれない」ワトキンスはシャレーを見つめながら言った。「それとも、ここに灯油が置いてあることを知っていて、火が燃え移って物置が吹き飛び、あそこの高級車に火の粉が飛ぶことを期待していたとか」

「そうは思えませんね」エヴァンは言った。「それが目的なら、車に火をつければすむことだ。それに、だれも犯行声明を出していない。だれの仕業なのかがわからなければ、建物に火をつける意味はありませんよ」

ワトキンスはうなずいた。「確かにそのとおりだ。指紋の照合を急いでいるところだが、まだ判明していない。これ以上被害が出る前に、わかるといいんだが」

「それじゃあ、これも放火だと考えているんですね」

ワトキンスはかがみこんで、ハンカチでなにかを拾いあげた。「コテージで使われたのと同じタイプの導火線のようだ。同一犯だと考えて差し支えないだろうな」

エヴァンとワトキンスがホテルからの通りをくだっている頃、パリー・デイヴィス牧師は説教壇に立ち、新しい信徒に語りかけていた。

「みなさん」開いた窓から彼の声が響いてきた。「巨悪がわたしたちの元にやってきました。十戒のひとつをないがしろにする悪です――主の日を汚してもかまわないと考える異教徒の外国人がやってきたのです。峠の先にある新たな悪の巣窟――あのフランス料理店のことです。今日、新しい信徒たちを乗せてあそこを通りかかったとき、わたしがいったいなにを見たと思いますか？　レストランが開いていたのです――安息日に営業していたのです！

みなさん、わたしはあなた方の牧師として忠告します。あの罪の家には近づかないことです。安息日に営業するような店は悪魔の集う場所であり、そこに出入りする人間は、永遠の地獄の業火と天罰を自ら望んでいるに等しいのです」

通りの反対側にいるパウエル＝ジョーンズ牧師にも、いやでもその声は聞こえていた。「虚栄心！」自分の信徒たちに向かって声を張りあげた。「虚栄心は悪魔の道具です！　自分をよく見せよう、よりよい地位を得ようとする人間がいるのです――信徒を増やすために、高価なバンを購入するような人間が。なんのために？　多くの魂を救うためではありません。献金皿に集まる額を増やすためなのです！」

礼拝が終わるやいなや、彼は外に出て掲示板に新しい聖句を貼りだした。〝偽善者よ、まず自分の目から丸太を取り除け〟（新約聖書　ルカによる福音書6：42）

「それだけじゃありませんよ、エドワード」ミセス・パウエル＝ジョーンズが通りの向かいに止められたバンをにらみつけながら言った。「いますぐになんとかしなければ、パリー・デイヴィスの妻はあのバンを使って女性の信徒たちを集めようとするに決まってます。そうなったら、もう止めようがありませんよ！」

7

月曜日の朝、現場を調べ終えたポッター巡査部長がエヴァンのところに立ち寄った。

「ここには連続放火犯がいるようだ」ポッターが言った。「同じ手口だった——割れた窓から放りこんだ同じ燃焼促進剤、同じ種類の導火線」

「でも、今回は手紙は見つかっていません」エヴァンが指摘した。

「まだ見つかっていないだけかもしれない。間違って燃えてしまったのかもしれない」彼は立ちあがり、開いたままのドアから外を眺めていたが、唐突にエヴァンを振り返った。「だとしたら、だれだろう？　きみはなにか考えていることがあるんだろう？　ここは小さな村だ。だれもがほかの人間のことを熟知しているはずだ。そうじゃないか？」

「村の人間の仕業だと言っているんですか？」エヴァンは訊いた。

「理にかなっているじゃないか。一週間のうちに二度の火事。どちらもスランフェア村周辺だ。当然の疑問が湧いてくる。どうしてここなんだ？　観光客が殺到するようなところではない。スランフェア村が燃えたとして、いったいだれが気にかける？　つまり、地元の人間でしかありえないということだ。それにあの導火線――このあたりの男たちはみんな、閉鎖される前はスレート鉱山で働いていたはずだ。ああいった導火線を手に入れることができる。違うかね？　圧力をかけたまえ、巡査。導火線を家に置いていた人間を見つけるんだ。村の人間全員から話を訊いて、火事が起きる三〇分前のアリバイを調べるんだ。これ以上被害が出る前に、犯人を捕まえたい」

ポッターはエヴァンの返事を聞こうともせずに、荒々しい足取りで帰っていった。

エヴァンは言われたとおり、もう一度村をまわったが、これといってなにも収穫はなかった。古い導火線を置いていると認めた者はいなかったし、その時間はレアル・マドリードとマンチェスター・ユナイテッドのサッカーの試合をテレビで放映していたので、男たちの多くが自宅にいた。肉屋のエヴァンズはむっつりとして、ろくに質問に答えようとはしなかった。だが、二度目の火事の夜、彼には確たるアリバイがあった。カナーボンでダーツクラブの会合に出ていたらしい。エヴァンはクラブの名前と住所を書き留めた。調べる価値はあるかもしれない。

昼食の時間が来て、エヴァンは空腹と大きな期待を抱えてミセス・ウィリアムスの家に戻った。昨日はラム肉だったから、今日はシェファーズ・パイのはずだ。ミセス・ウィリアムスのシェファーズ・パイは絶品だった。

ミセス・ウィリアムスは顔を紅潮させ、いくらか不安そうにオーブンを開けた。

「気に入るといいんですけれど」

彼女はそう言ってエヴァンの前に皿を置いた。そこには、昔の半クラウン硬貨ほどの大きさの丸いなにかが三つ、のっていた。

「えーと、これはなんですか？」エヴァンはおそるおそる尋ねた。

「フランス料理ですよ」ミセス・ウィリアムスの口調はどこか誇らしげだった。「レッスンで習ったんです。これがラムのノワゼット」茶色いものを指さした。「これはポロネギのピューレ、それからこれがガーリックを入れたホイップ・ポテト」

「うん——とてもおいしいですよ」エヴァンは言った。確かにとても、おいしかったのだが、六回口に運んだだけで皿は空になった。

「ですが——量が少ないですね？」エヴァンはナイフとフォークを揃えて置きながら言った。

「それがフランス流なんですよ。マダム・イヴェットに言わせると、味蕾（みらい）を刺激するだけで充分なんだそうです。お腹いっぱいにしたいときは、フランスではパンを食べるんだとか……もちろん赤ワインは欠かせないとも彼女は言っていましたけれど、わたしはそこまで真似する気はありませんよ」

エヴァンはため息をつきながら、パンに手を伸ばした。

その後〈レッド・ドラゴン〉を訪れたエヴァンは、ひもじい思いをしているのが自分だけではないことを知った。

ベッツィはカウンターの上の壁に新しい黒板を取りつけていた。一番上に〝レッド・ドラゴン・ビストロ〟の文字。その下に今日のお勧めが書かれている。〝ポロネギとグリュイエール・スフレ〟

「スフレってのは、いったいなんだ？」老いた農夫が尋ねた。

「お料理のレッスンで作り方を習ったのよ」ベッツィが答えた。

「まったく料理のレッスンなんてうんざりだよ」男たちのひとりがうなるような声で言った。「ゆうべ、女房がなにを作ったのか見せたかったよ。ニンニク入りのどろどろした代物だ。もう一度こんなものを作ったら、実家に帰すぞと言ってやったんだ」

「心配ないさ。マダム・イヴェットとやらは長続きしないよ」肉屋のエヴァンズが言った。

「どうしてだ？」エヴァンは耳をそばだてた。

肉屋のエヴァンズはうろたえたように見えた。「わかりきったことだろう？　このあたりで、あんな食い物を好むやつはいない。それに、値段を聞いたか？　レタスをちょびっとと新玉ねぎふた切れの料金で、フィッシュ・アンド・チップスをたらふく食えるんだぞ。クリスマスまでもたないね。おれの言ったことを覚えておくといい」

「そうなるように仕向けようなんて、考えていないだろうね、ガレス？」エヴァンは静かに訊いた。

「どういう意味だ？」

「だれかが彼女に脅迫状を送ったんだ」

「おれじゃない。ミスター・パリー・デイヴィスじゃないのか。説教で、彼女のことをひどく批判しているっていうじゃないか。イゼベルよりひどい女だと言っているらしいぞ」

朝になったらパリー・デイヴィス牧師の指紋を採らせてもらうことにしようとエヴァンは考えた――そして肉屋のエヴァンズの指紋も。

翌日、エヴァンはほとんどの村人の指紋を採取した。肉屋のエヴァンズは、これは脅しだ、警察は見当違いをしていると文句を言いながらも採取に応じた。パリー・デイヴィス牧師はため息をついたものの、殉教者のような態度を見せた。一方で彼の妻は、夫や肉屋のエヴァンズ以上に声高に不満を申し立てたし、ミセス・パウエル＝ジョーンズは断固として拒否し、名誉を棄損されたことを知り合いの下院議員と署長に訴えると言ってエヴァンを脅した。

エヴァンは本部に採取した指紋を送った。返答を待ったが、なにも連絡はなかった。

翌朝、紅茶をいれているとワトキンス巡査部長が現われた。

「またサボっているのか？　ポッターー巡査部長に文句を言われるぞ」ワトキンスは分署のドアから顔をのぞかせて言った。

「おや、おはようございます、巡査部長。捜査は進展していますか？」

ワトキンスはため息をついた。「行きづまっているよ」オフィスに入ってきたワトキンスは椅子を引いた。「本部がいまもっとも重要視しているのは、この事件じゃないんだ。ヒューーズ警部補が口にすることと言えば、オペレーション・アーマーダのことばかりだ」

「オペレーション・アーマーダ？」

ワトキンスは顔をしかめた。「麻薬おとり捜査だよ。船を全部沈める。ルール・ブリタニア。わかるだろう……」

エヴァンはにやりと笑った。「それじゃあ、この事件を捜査するのはあなたとピーター・ポッターだけなんですね。そうさせてもらえるなら、ぼくも手伝いたかったんですが」

「そうできればよかったと思うよ」ワトキンスはぐったりと椅子の背にもたれた。「正直に話してくれないか、エヴァンズ。今回の火事について、きみは本当になんの手がかりもつかんでいないのか？　ほら、これまではきみの直感が真相にたどり着くのに役立ったじゃないか。できることは全部やった――ウェールズの過激派として知られている人間の指紋はすべて手に入れた。新聞社に国粋主義的な手紙を送った人間、ここの肉屋みたいにその手のクラブに属している人間を調べた。だが、二通の手紙の指紋と一致するものはなかった」

ワトキンスはため息をついた。「ひとつ言っておくよ――あのいまいましいピーター・ポッターには、もううんざりしているんだ。あの男ときたら、わたしたちを無能扱いだ。普段の彼は、この手の事件を一日、二日で解決するらしい。どちらの火事も手口は同じで、腕の立つプロの仕事だと彼は言っている。火についてよく知っている人間の仕業だと。だが、コテージを燃やした前科のある人間とは指紋が一致しなかった。つまり犯人は未知の人間だということで、わたしはもうどうやって犯人を見つければいいかわからないんだよ。過激派グループにスパイを送りこむのはどうだろう――あのメイビオン・グウィネズに。考えていたんだが……」

「ぼくを見ないでくださいよ」エヴァンはあわてて言った。

「いや、きみじゃない。きみが何者かはだれだって知っているからね。わたしが考えていたのは、きみのところの肉屋だ。法と正義のために協力してほしいときみが説得できれば、きっと役に立ってくれる」

エヴァンはくすくす笑った。「泣きわめく彼を留置場に連行したのは、それほど前のことじゃありませんよね――協力すると思いますか？」

「きみは地元の人間と親しい。きみなら、彼を説得できると思うんだ」

「見込みはないと思いますがね。実を言うと、彼は自分で言っている以上のことを知っているんじゃないかと思うんです。でもあなたがそうしろと言うのなら、話してみますが」

「本当はきみにこの事件を解決してもらいたいんだ。そうすればわたしもオペレーション・アーマーダに少しは参加できるからね」

「まだだれも捕まえていないんですか？」

「まだだ――やつらは鳴りを潜めている。おそらく我々が興味を失うか、人員を減らすのを待っているんだろう。だが時間の問題だよ。やつらは数隻の小さなボートを使って、同時に異なる港に近づくつもりだろう――警察は同時にあらゆる場所を見張ることはできないからね」

「確かにそのとおりですね」

「近頃の犯罪者は頭が良すぎる」ワトキンスはうめくように言った。「とにかく、きみにできることをしてほしい。それとも、きみをポッターのフルタイムの助手にするように本部に進言するべきかもしれないな」

ワトキンスが帰っていくと、エヴァンは分署に鍵をかけ、物思いにふけりながらゆっくりと通りを歩いた。ワトキンスはとうてい無理なことを言っている。ウェールズの過激派の逮捕に、肉屋のエヴァンズが協力するはずがない。だがだからといって、エヴァンにいい考えがあるわけではなかった。マダム・イヴェットはあれ以来なにも言ってこない。村の巡査としての仕事があるから、自分でテロリストを追うわけにもいかない……エヴァンは自分の無力さにいらだった。いま彼に必要なのは運だ。これが連続放火犯の仕業なら、次の犯行は時間の問題だ。ひょっとしたら三度目は、運が向いてくるかもしれない。放火犯は今度こそミスを犯すか、なにか証拠を残すかもしれない。

その夜エヴァンがベッドに入る準備をしていると、寝室のドアをノックする音がした。

「ミスター・エヴァンズ？　いますか？」三〇分前、階段をあがる彼を見ていたにもかかわらず、ミセス・ウィリアムスが訊いた。「あなたに電話です――緊急だそうです」

エヴァンはガウンをつかむと、階段を駆けおりた。

「エヴァンズ巡査？」マダム・イヴェットの緊迫した声だった。「こんな時間に申し訳ないんですけど、また手紙が来たの……ほんの数分前に気づいて。犯人がまだ家の外にいるんじゃないかと思うと、怖くて」

「ドアに鍵をかけて、待っていてください」エヴァンは言った。「すぐに行きますから」

急いで服を着ると、懐中電灯をつかみ、できるかぎりのスピードで車を走らせた。カーブを曲がるたびに、ヘッドライトが闇を急角度で切り裂く。目的地に着いたところで車を止めて、懐中電灯のスイッチを入れた。武器を持っていなかったから、ずっしりとしたその重さに心強さを覚えながら車を降りた。

建物の外をぐるりとひとまわりしたところで、背後に人の気配を感じた。振り返ると、襟元に羽根飾りのついた白いサテンのガウンとお揃いのスリッパという格好のマダム・イヴェットが、戸口に立っているのが見えた。

「ああ、来てくれたのね。本当によかった。犯人がまだここにいてわたしを見張っているのかと思ったら、怖くて仕方がなかったの」

「心配ありませんよ。全部確かめましたから。仮にだれかがいたとしても、もういません」エヴァンは彼女のあとについてレストランに入った。かつて礼拝堂だったところには、赤と白の格子縞のクロスをかけたテーブルが六つ並んでいた。窓にはカーテンがつけられ、壁には印象派の絵が飾られている。エヴァンは満足そうにうなずいた。

「ついさっき、手紙を見つけたと言いましたね？」

「戸締りを確認しようとしたときに見つけて、すぐにあなたに電話したのよ。お店を開けていたときにはなかった。もしあったら、お客さまが見つけていたはずだもの」

エヴァンはどこに座ればいいのかわからず、きれいに磨かれた銀器と白いリネンのナプキンが置かれたテーブルを順に眺めた。マダム・イヴェットが彼の心を読んだかのように言った。

「小さいお店から始めたの。テーブルは六つだけ。そうすれば、軌道に乗るまでひとりでできるでしょう？　いまはこの上で暮らしているの——古いバルコニーがあったところに。狭いけれど、ほら――」彼女はいかにもフランス人らしく両手を広げた。「――ひとりで暮らすなら充分だもの、ね?」

彼女はレストランを奥へと進み、厨房に通じる自在ドアを開けた。中央の木のテーブルの上にぴかぴかに磨かれた鍋やフライパンが吊るされている。大きなコンロの上に吊るされているのは、ニンニクや玉ねぎや様々なハーブ。「こっちよ」彼女は左に向かった。奥の壁には勝手口があって、その横の壁に沿って木の階段が作られている。彼女はむき出しの板にスリッパをパタパタ言わせながら、振り返ることなく階段をのぼり始めた。ガウンの裾をたくしあげたので、男の気をそそるような脚がちらりと見えた。

上の階の住居スペースは、厨房の上にロフトのように作られた広めのワンルームだった。手前には小さなソファと肘掛け椅子とコーヒーテーブルが置かれ、隅にはテレビがのったキャビネットがある。奥の壁際にあるベッドは乱れたままで、その上には黒いレースのブラジャーをはじめとする様々な服が散乱していた。

「どうぞ座って。どこでも好きなところに」

エヴァンはレースのブラジャーに背を向けるようにして、階段の一番近くにあるソファの端に急いで腰かけた。「手紙のことですが」エヴァンは切りだした。

「ワインはいかが？」マダム・イヴェットは部屋を横切りながら訊いた。

「いえ、仕事中は飲みません」

「コニャックも？」彼女はテレビの下のキャビネットを開けた。「わたしは飲ませてもらっていいかしら。気持ちを落ち着けないと」

彼女はブランデーグラスに琥珀色の液体を注ぎ、ソファのもう一方の肘掛けに座った。ひと口飲み、ため息をついてからコーヒーテーブルにグラスを置いて、ゴロワーズの箱に手を伸ばした。「煙草は？」

「いえ、吸いません」

「賢明だこと。よくない習慣よね。わたしもやめたほうがいいんだろうけれど、やめられそうにないわ」

彼女は煙草に火をつけると、深々と吸いこんだ。エヴァンに確信はなかったが、彼女がわざと自分のほうに煙を吐いたような気がした。

「その手紙を見せてください」エヴァンは言った。「このあいだのものと同じですか？」

彼女はガウンのポケットから手紙を出した。「これよ」

エヴァンは手紙を開いた。黒のマーカーで記されたくっきりした文字。〝帰れ、さもないと〟

「簡潔で的を射ている」顔をあげると、彼女が自分を見つめていたことに気づいた。

「指紋が一致するかどうかを調べましょう」

「指紋？」

「このあいだの手紙にははっきりと指紋が残っていたんです。これもおそらく同じ人間が書いたものでしょう」

彼女は肩をすくめた。「どうしてわかるの？　わたしを追い出したい人が、いっぱいいるのかもしれない。ここはいいところだと思ったのに。友だちが旅行に来たのよ。そうしたら、〝イヴェット、北ウェールズにはフランス料理店がないのよ、どうしてあそこでレストランを開かないの〟って彼女に言われたの。でもわからなくなったわ。こんなこと、考えてもみなかった」

「わずかな過激主義者がいるだけですよ。それにウェールズ人は新参者を受け入れるのに時間がかかるんです。それが外国人だと余計に。でもぼくたちは食べることが好きですからね。あなたがおいしい料理を出していれば、いずれはみんながあなたを受け入れますよ」

「そうだといいんだけれど。あまり高くないところでしか、お店を買えなかったの」

「フランスから直接ここに来たんですか？　向こうでもレストランを？」

「いいえ。サセックスの海岸沿いで夫とふたりでレストランをやっていたの。でも、そこでは悪いことばかりだった。夫は死んで、わたしもしばらく入院していた。とても同じところでやり直す気にはなれなかったの」

エヴァンは同情してうなずいた。「気の毒に。ご主人がいなくて寂しいでしょう」

「あの人が？　まさか！　あの人は――ろくでなしだったわ！　怪物よ！」彼女の声は恨みに満ちていた。「彼から自由になった日が、わたしの人生で最高に幸せだった日よ」一度言葉を切り、ブランデーグラスを手に取って口に運んだ。「彼が死んだ日っていう意味よ」彼女はエヴァンの隣にするりと腰をおろした。「だからわたしはいまひとりなの。女がひとりで生きていくのは簡単じゃないわ」

「そうでしょうね」エヴァンは落ち着かない気持ちになり始めていた。このソファはふたりで座るにはいささか窮屈だ。

「期待が大きすぎたのかもしれない」彼女は、唇のすぐ下にブランデーグラスを当てたまま言った。「わたしは料理ができるから、きっと成功すると思っていた。出だしは素晴らしかったの――新聞社がインタビューに来て、わたしの写真を撮っていった。このあいだの週末は、〈テイスト・オブ・ウェールズ〉の人が食べに来たのよ。〈テイスト・オブ・ウェールズ〉って知っている？」

「おいしい店に賞をくれるんですよね？」

「〝新しいレストラン賞〟にノミネートするかもしれないって言ってくれた――悪くないでしょう？　ウェールズのお料理を出したの。ラム肉のローズマリー風味とポロネギのピューレ。感心しているのがわかった……」語っているうちに彼女の目が輝き始めたが、またすぐに表情が曇った。「それなのにこれよ！　ここの人たちがわたしにいてほしくないのなら、賞をもらったってなんにもならない」

「ほとんどの人は、あなたにいてほしいと思っていますよ」エヴァンは言った。

「そう思う？」彼女はグラスを置いたが、煙草は左手の指のあいだにはさんだままだった。「だれかがわたしにいてほしいと思ってくれたら、うれしいけれど」

彼女のシルクのガウンが手にこすれるのを感じて、エヴァンは立ちあがろうとした。

「そろそろ帰ります。朝になるまでできることはありませんから」

「そう思う？」

エヴァンは咳払いをした。「明日は、ワトキンス巡査部長かほかの警察官がその手紙について話を訊くことになると思います。そのあとで指紋を照合します」

彼女はエヴァンの腕にそっと手をのせた。「帰らないで」ひそやかな声で言う。「今夜はひとりになりたくないの」

彼女がなにをほのめかしているのかエヴァンにはわかっていたが、いかにも警察官らしい超然とした態度で応じた。「あんな手紙を受け取ったあとでは、不安になるのもわかります。本部に電話をかけて、女性警官をよこしてもらうように頼んでみましょうか？」

彼女の黒い目に面白そうな光が浮かんだ。「イングランドの男の人って——いつだって〝紳士〟なのね、違う？　わたしがいまいっしょにいてほしいのは、女性警官じゃないの……」

「ぼくはイングランド人じゃありません。カム——ウェールズ人です」エヴァンは言った。「それに残念ながら、ぼくたちのほうがもっと控えめなんです」

「でもその下では、同じ火が燃えているんだわ。そうでしょう？」彼女が脚を組んだので、裸足の爪先がエヴァンの脚に触れた。

「本当にもう帰らないと」エヴァンは言った。部屋がひどく暑く感じられる。

エヴァンは立ちあがろうとしたが、彼女の手に腕を押さえられた。「わたしと夜を過ごしたがっていることを、どうして認めないの？　わたしが欲しいって、あなたの目が言っているのに——それのなにがいけないの？　あなたは健康な若い男でわたしは――経験を積んだ女。そしてふたりとも独身。きっと素敵なひとときになるわ」

「それはそうでしょうが……」エヴァンはかろうじて、彼女の手から逃れた。「ぼくはそういうタイプの男じゃないんです……気軽にそういうことは……付き合っている女性がいるので」

狼狽(ろうばい)するエヴァンを見て、彼女は笑った――ハスキーな低い笑い声。ソファの背にもたれた彼女を見て、ガウンの下はなにも身に着けていないに違いないとエヴァンは確信した。いますぐここを出ていくんだ――頭のなかに警告の声が響いた。

「その人と婚約しているの？」

「いえ――まだそこまでは」

「フランスでは、男性には妻と愛人が必要だって考えられているのよ。それから恋人も。それに――あなたが今夜ここで過ごしたことがだれにわかるっていうの？」

エヴァンは震える声で笑った。「みんなですよ。あなたはまだ北ウェールズのことがわかっていない。ぼくがここに呼ばれたことを、みんなはもう知っていますよ。ぼくが帰った正確な時間もね」

「それが心配なの？」彼女も立ちあがり、エヴァンに体を寄せた。「あなたの立派な評判が台無しになることが？　それなら朝までじゃなくてもいいのよ。あなたがそうしたいのなら、急いで終わらせればいいわ。そうすればだれにも知られることはない……」

「ぼくが知っている」エヴァンは言った。「ぼくが付き合っている女性に対して、それは不誠実だ。そうでしょう？」

「彼女は幸せね」マダム・イヴェットはエヴァンの肩に両手をのせた。「彼女はあなたを満足させてくれている？」彼女はいきなりその手を顔に移動させると、ぐっと自分のほうに引き寄せ、唇を重ねた。やがて顔を離して言った。「気が変わったら、いつでも来ていいのよ。娘と女の違いを教えてあげるわ」

彼女はからかうようにエヴァンの頬を軽く叩いた。どうやって階段をおり、自分の車に戻ったのかエヴァンには記憶がなかった。

8

その週の終わりになっても、捜査に進展は見られなかった。たとえあったとしても、スランフェア村の分署にいるエヴァンの耳に入ることはなかった。バンが道路をまたふさいでいるというミセス・パウエル＝ジョーンズからの二度目の苦情をパリー・デイヴィス牧師に伝えた以外、エヴァンにはこれといってすることもなかった。きっと一致する指紋はなく、あれ以降、火事も起きていないのだろうとエヴァンは考えた。だが二件の火事が週末に起きたことを忘れたわけではない。この週末は、注意を怠らないつもりだった。

土曜日の朝、スランフェア村の女性たちは再びマダム・イヴェットのキッチンに集まった。イヴェットは彼女たちを見まわして言った。

「今日は少ないのね。みなさん、忙しいのかしら？」

「旦那たちが来させないのよ」ベッツィがぶっきらぼうに言った。

イヴェットは顔をこわばらせた。「わたしがここにいるのが気に入らないの？　わたしが外国人だから？」

「いいえ、そういうことじゃないの」ベッツィが言った。「フランス料理が好きじゃないのよ」

「料理が好きじゃない？」イヴェットは胸を押さえた。「〈テイスト・オブ・ウェールズ〉の審査員に出したのと同じポロネギのピューレなのに。素晴らしいって言われたのに」

「食べ慣れていないからだと思うわ」ブロンウェンが穏やかな口調で言った。

「それに量が少ないし」メア・ホプキンスが言い添えた。「わたしが作ったものを食べたあと、チャーリーは自分でチーズとピクルスのサンドイッチを作っていたもの」

「ああ、足りなかったのね？　なるほど（ジュ・コンプロン）ね。いいでしょう。今日はブフ・ブルギニヨンとエクレアを作ります——ご主人たちもきっと満足するわ」

女性たちは野菜と牛肉を刻み始めた。

「牛肉を使ったラム・カウルみたいなものね」ミセス・ウィリアムスがメア・ホプキンスにささやいた。「なんだってこんな手間をかけなきゃいけないのか、わたしにはわかりませんよ」

「次に赤ワインを入れます」マダム・イヴェットがボトルを手に取った。「ボルドーがあればいいけれど、家にある赤ワインならなんでもかまいません」

ミセス・ウィリアムスはぞっとしたような顔になった。「わたしたちはキリスト教徒なんです！　家にワインなんて置いていません！」

マダム・イヴェットは笑顔で応じた。「お料理といっしょにワインを出しても、ご主人は文句を言わないんじゃないかしら」だがすぐに笑みは消え、彼女はなにかを考えているような顔になった。「ご主人が来させないのは、だれかがわたしに手紙をよこしたからかしら」

女性たちは食材を切っていた手を止めて、顔をあげた。

「聞いていると思うけれど、だれかが〝帰れ〟と書いた手紙をわたしによこしたの」

「なんてことを！」ミセス・ウィリアムスが声をあげた。「スランフェアの人間がそんなことをしたら、わたしがうんと叱りつけてやりますよ！」

「そんなことをするのはだれかしら？」メアリ・ホプキンスが言った。

「外国人だっていう理由で彼女を追い出したがる人間なら知ってる」ベッツィが言った。「何人か名前を言えるわ」

「エヴァンズ巡査がもう調べているはずよ、ベッツィ」ブロンウェンが間髪を容れずに応じた。

「ええ、そうね、そうでしょうとも。あなたたちが……バードウォッチングをしているときに、彼からその話を聞いたわけね」

食材を切っていたイヴェットは、笑みを浮かべた。「エヴァンズ巡査はとても親切だったわ」

「エヴァンはボーイ・スカウトみたいだもの」ブロンウェンがつぶやいた。

「それに、ハンサムよね。ネス・パ？　彼に必要なのは、彼を幸せにしてくれる女性だわ」

「わたしはいつもそう言っているんですよ」ミセス・ウィリアムスが言った。「〝身を固めることを考える時期ですよ〟ってね。孫娘のシャロンはとても料理が上手だし、家事もお手のものだし、ダンスも得意なんですよ。すごく軽やかに踊って……」

「その時期がきたら、エヴァンは自分で決めると思いますよ、ミセス・ウィリアムス」ブロンウェンはさらりと言った。

「彼はそのうち、気づくわ」ベッツィが言った。「いずれ目を覚まして、自分がなにを逃していたかに気づくのよ」

「あら、彼がなにかを逃していると思うの?」ブロンウェンが手にしていたナイフを勢いよく振りおろしたので、ニンジンのかけらが宙を飛んだ。

「わかりきったことでしょう?　ボーイ・スカウトならバードウォッチングもいいでしょうけど……」

「だれもが、夜を踊り明かしたいわけじゃないのよ、ベッツィ。人は成長するものなの」ブロンウェンが言った。ニンジンのかけらがさらに宙を舞った。

イヴェットは喉の奥でくすくす笑った。「あなたたちイングランド人ときたら――失礼、ウェールズ人ね。セックスの話をするのが怖くて仕方ないのね。男と女は互いを求めるものなのよ。それ以上に自然なことがあるかしら?　どうしてそういう欲望がないふりをするの?　このあいだ、夜をいっしょに過ごしたときは、あなたのエヴァンズ巡査はとても面白かったのよ……」

「なんですって?」ブロンウェンとベッツィは同時に手を止めた。

イヴェットは切った牛肉に小麦粉をまぶしている。「このあいだの夜、彼はここに来たの――聞いていないの?　みんなが噂するだろうって言っていたのに。楽しい時間を過ごしたのよ。あなたたちウェールズ人はなんて呼ぶのかしら……ちょっとしたおしゃべりとか?」イヴェットはハスキーな声で笑った。「彼も、娘と女の違いがわかったと思うわ」

「エヴァンは絶対にそんなこと……」ブロンウェンが言いかけた。

「わたしが彼を追い出したのは、夜中の一時だったわね」イヴェットは熱したフライパンに牛肉を入れた。「これがこのお料理のこつなの。ジュージュー言うくらいまで、フライパンを熱するのよ」

「わたしが一二時頃にベッドに入ったとき、彼はまだ帰っていなかったわ」ミセス・ウィリアムスはメア・ホプキンスに言った。ブロンウェンはなにも聞こえなかったかのようにナイフを使い続けていたが、その頬は赤く染まっていた。


その日の午後、エヴァンはブロンウェンに会うために村の大通りを歩いていた。期待に思わず頬が緩む——週末は自由に過ごせるうえ、天気もいい。明日はハイキングに行くか、村の上の丘でピクニックをしてもいい……

ブロンウェンが玄関のドアを開けた。「あら、あなたなの、エヴァン」彼女はエヴァンを招き入れようとはせず、ドア口に手を当てて立っていた。

「やあ、ブロン。週末の予定をまだ立てていなかったと思ってね」

「そうだったかしら？」

どこか変だとエヴァンは感じたが、それがなにかはわからなかった。「あのフランス料理店にまだ行っていないのはわかっている。忘れていないよ。でも今夜と明日は出かけないほうがいいと思うんだ。このあいだの火事はどちらも週末に起きている。だからこの週末は警戒しているつもりだ。そんなわけで、料理のレッスンで教わったことをきみに披露してもらったらどうかと思ってね」

「わたしが教わったこと？」ブロンウェンはじっとエヴァンを見つめていたが、やがて髪をうしろに払った。「悪いけれどエヴァン、この週末は忙しいのよ。先週の会議で会った人と会う約束をしているの」

「今夜？」エヴァンの顔が曇った。

「いっしょに食事をして、明日も会おうということになっているの。とても面白い人たちだし、わたしももっといろいろな人と付き合うべきだと思うの。ずっとこの村に閉じこもっていたもの」

「きみはここが好きなんだと思っていた」

「あら、教えるのは好きよ。でも、社交という面では、なにも得るものがないでしょう？　もういいかしら――わたしは着替えないと……」

ブロンウェンは顔をそむけ、ドアを閉めようとした。

「ブロンウェン、ぼくはなにかしたんだろうか？」

「自分の胸に訊いてみたら？」

「いったいなんのことだ？」

「本当にもう準備をしなきゃいけないの。友人が待っているのよ」ブロンウェンはその場に立ち尽くすエヴァンの目の前でドアを閉めた。エヴァンは首を振りながら、その場を離れた。いったいどういうことだ？　一〇〇万年生きても、自分には女性という生き物を理解できないだろうと思った。ブロンウェンは明らかになにかに怒っていて、彼はその理由を自分で突き止めなくてはいけないらしい。マダム・イヴェットが提案してきた、〝あとくされのないセックス〟は悪くない考えかもしれないと、彼はふと思った。


結局その週末は、なにひとついいことがなかった。ミセス・ウィリアムスが食卓にのせたのは、牛肉のかけらと二個の小粒玉ねぎにグレービー・ソースをかけたものだったが、ワインを買うことを彼女が断固として拒否したせいで、なんの味もしなかった。エヴァンは通りに目を光らせながら、パブの外をうろついたが、火事は起きなかった。最悪だったのは、週末のあいだずっとブロンウェンが留守だったことだ。彼女が会ったという教師たちは全員が女性だったのだろうかと、エヴァンはいぶかり始めていた。

月曜日、エヴァンは村をまわる午後のパトロールを、あえて学校の授業が終わる時間に合わせた。ブロンウェンは門のところに立って、母親のひとりと話をしていた。顔をあげてエヴァンに気づくと、顔をしかめて母親との会話に戻った。母親が子供の手を引いて離れていくまで、エヴァンは近くをうろうろしていた。

「週末はどうだった？」エヴァンは尋ねた。

「とても楽しかったわ、ありがとう。これからもちょくちょくやるつもりよ」ブロンウェンが答えた。「刺激をくれる人と会うと気分が変わるわね」

「あのフランス料理店に行く日を決めていなかったと思ってね」

「あら、残念ね、わたしはフランス料理に興味がなくなったの」ブロンウェンが言った。「それじゃあ、悪いけど……」ブロンウェンはさっさと会話を終わらせた。

エヴァンはますます困惑し、がっかりして家路に就いた。

その夜、〈シェ・イヴェット〉の記事が半面を飾っている月曜日の《デイリー・ポスト》紙を振り回しながら、肉屋のエヴァンズがパブにやってきた。コンロの前に立つイヴェットの写真も載っていて、大きな鍋のなかのなにかをかきまわしている彼女は、色気たっぷりだった。記事の最後には、〈テイスト・オブ・ウェールズ〉委員会は〈シェ・イヴェット〉を〝新しいレストラン賞〟にノミネートしたと記されていた。

「これを見ろよ！」パブに入ってきた肉屋のエヴァンズは新聞を放り投げた。「〈テイスト・オブ・ウェールズ〉にノミネートだと！　くそったれのフランス料理店がなんだって、ウェールズの味になるんだ？　教えてもらいたいね」

「伝統的なウェールズの食材を使っているって、彼女は言っているわ」ベッツィはそう言うと、肉屋のエヴァンズが注文する前にロビンソンズをグラスに注いだ。「飲むといいわ。気分がよくなるから」

おんぼろ車のバリーが、肉屋のエヴァンズの肩越しに新聞をのぞきこんだ。「だから言っただろう？　色っぽい女じゃないか。いいおっぱいをしている——」

「言葉に気をつけてもらえる？」ベッツィが口をはさんだ。「ここはちゃんとしたお店なの。その手の話はやめてちょうだい」グラスを乱暴に置いたので、カウンターに泡が飛び散った。「あの女のことも、彼女がどれほどセクシーかも、あたしはもう一切聞きたくないから。あの女は問題を起こすだけよ」

エヴァンはひどく落ち込んでいたので、まわりの話に耳を傾けることもなくひとりでビールを飲んでいた。だが、ベッツィの言葉にふと顔をあげた。ベッツィはこの手の話題に顔をしかめるタイプではない。普段の彼女なら、客たちとのきわどいやりとりを楽しんでいたはずだ。マダム・イヴェットのなにかが、彼女の気に障ったのだろう。エヴァンは、ブロンウェンが彼女には珍しく辛辣な口調で言った言葉を思い出した。〝わたしはフランス料理に興味がなくなったの〟

マダム・イヴェット——ブロンウェンの妙な態度の理由は、彼女のせいに違いない。夜遅く彼がイヴェットの家を訪れたことが、きっとまた噂になっているのだろう。ぼくはばかだった。ゴシップが広がる前に、自分の口からブロンウェンに話しておくべきだったのに。

エヴァンはグラスを置くと、パブを出た。

「おまわりのエヴァンズはあんなに急いでどこに行くんだ？」背後でだれかが言っているのが聞こえた。「また火事じゃないだろうな」

「〈テイスト・オブ・ウェールズ〉が味わいたくなったんじゃないの」ベッツィが鋭い口調で言い返した。

強い風を顔に受けながら、エヴァンは通りを駆けていった。

ブロンウェンは、フランネルのガウンとスリッパソックスという格好でドア口に現われた。「なにごと?」不安そうに彼を眺める。「緊急事態?」

「きみがぼくに怒っていて、ぼくにその理由がわからないのは緊急事態だ」

ブロンウェンは肩をすくめた。「あなたに理由がわかっていないのなら、わたしにはどうしようもないわ」

「ブロンウェン——先週の夜遅く、ぼくがマダム・イヴェットの家に行ったことに関係がある?」

ブロンウェンの顔が一瞬引きつったが、彼女はすぐに挑むように顔をあげた。「空いている時間にあなたがなにをしようと、わたしには関係のないことよ」

「ブロンウェン」エヴァンの声が大きくなった。「ぼくは彼女に呼ばれて行ったんだ。脅迫状が届いたせいで、彼女は動揺していた」

「夜の一一時に呼び出されて、一時に追い出されるまで居座ったわけね?」

「追い出された?　だれがそんなことを?」

「マダム・イヴェットよ」

エヴァンは制服の襟元まで、全身がかっと熱くなるのを感じた。「よくもそんなことを!　ぼくを追い出した?　怖くてたまらないから帰らないでくれって、彼女が言ったんだぞ」

「そして例によって真面目なあなたは、彼女を安心させるために帰らずにいたわけね？」

「そうだ……彼女の本当の目的がわかるまではね。気づいたらすぐに礼儀正しく、でも急いで帰ったよ」

「そう」ブロンウェンはエヴァンの頭のなかを見通そうとするかのように、厳しいまなざしで彼を見つめた。「わたしが聞いた話と違うわ」

「きみは古臭いゴシップを信じるのかい？」

「彼女から直接聞いたんだもの。娘と女の違いをあなたに教えてあげたって言っていたわ」

エヴァンは思わず笑った。「おいおい、ブロン。きみは本当にぼくが、ろくに知らないフランス人女性とベッドを共にするような男だと思っているのかい？」

「わたしにわかるはずがないでしょう？」ブロンウェンの口調は再びとげとげしくなった。「男の人がなにに心を動かされるのかなんて、知らないもの。断るにはもったいない申し出だったのかもしれないって思ったの」

「だがぼくは断った」

ふたりはドア口に立ったまま、互いを見つめ合った。

「ごめんなさい」ブロンウェンが言った。「あなたがなにをしてもしなくても、わたしに怒る権利はないんだわ」

「まずぼくに確かめてからでなくては、怒る権利はないんだよ」

「そうね。ごめんなさい。わたし、不安で仕方がないのよ。彼女は、わたしが持っていないものを持っている気がして」

エヴァンはにやりとした。「確かに。黒いレースのブラジャーとか」

「あの人、あなたにブラジャーを見せたの？」

「つけていたわけじゃなかったけれどね」

「そのほうが悪いわ」ブロンウェンは応じたが、その顔には笑みが浮かんでいた。

「ブロンウェン」エヴァンは静かに言った。「ここは寒い。なかに入ろうとは言ってくれないのかい？」

9

翌週の土曜日の夜、エヴァンとブロンウェンはようやく〈シェ・イヴェット〉に赴いた。

「やっぱりやめようかしら」エヴァンが車を止めたところで、ブロンウェンが言った。

「ばかを言うんじゃないよ。ふたりで決めたことだろう？　ぼくはきみといっしょにいるところを彼女に見せたいんだ」

「わたしが作ったものを先に食べてほしかったわ」入口につながる石畳の小道を歩きながらブロンウェンが言った。「彼女に毒を入れられるかもしれないわよ」

「きみはぼくに死んでほしいわけだ。まさに本物の愛だね」エヴァンは入口のドアを開けた。ブロンウェンは笑みで応じた。

店内の照明は、丸いガラスカバーをかけたろうそくの明かりだけだった。かつての厳粛な礼拝堂の面影はなく、すっかりレストランの内装になっている。ゆらめくろうそくの明かりが、六つあるテーブルにどこかなまめかしい雰囲気を作りあげているが、アーチ形の天井と奥の隅は闇に沈んでいた。ふたりが店に入っていくと、マダム・イヴェットは客がいるテーブルに料理を運んでいるところだった。振り返ってエヴァンに気づいた彼女はうれしそうに顔を輝かせた。「まあ、ムッシュー・おまわりさん。来てくれたのね。うれしいわ」

「恋人を連れてきたんですよ」エヴァンが言った。「あなたのレッスンを受けた彼女が料理をべた褒めしていたんで、試してみようと思いまして」エヴァンはブロンウェンの肩に手を置いて、寄せ木張りの床を奥へと進んだ。

マダム・イヴェットは優雅にうなずいた。気分を害していたとしても、いささかもそんな素振りは見せなかった。「どうぞ、座ってくださいな。ここに――隅の一番いい席よ。ロマンチックでしょう？　メニューとワインリストを持ってくるわね」

ふたりはワインリストを眺め、ブロンウェンがメルローを選んだ。

「料理はどうする？」エヴァンはブロンウェンに尋ねた。「ぼくは、フランス料理はさっぱりわからないんだ」

「彼女に選んでもらいましょうよ」ブロンウェンが提案した。「そうすれば、彼女のお勧めが食べられるわ」

マダム・イヴェットはうれしそうに応じた。「まあ、素敵。最高のお料理を作るわね。そうね、まずはホタテ貝の白ワインとショウガ風味はどうかしら。メインはわたしの一八番のセル・ダニョー――地元の子羊を使うわ。とても軟らかくておいしいの。それとベビーリーフのサラダ。そしてデザートには当店のスペシャリテ」彼女は謎めいた笑みを残してテーブルを離れていった。

最初の二皿は申し分なかった。さっぱりしたクリームソースをかけたホタテ貝は口のなかでとろけるようで、格子の形に薄く焼きあげたぱりぱりしたジャガイモが添えられていた。ラム肉は外側は濃い茶色だが中央はピンク色で、たっぷりの肉汁からはニンニクとハーブの香りがほんのりと感じられた。

「わたしたちに反感を抱いているとしても、そんな素振りはないわね」ブロンウェンが小声で言った。

「料理の腕前を見せることができて、満足なんじゃないのかな。確かに、いい腕だ」

「早めに来てよかったわね」ドアが開き、吹きこんできた冷たい風がナプキンをはためかせ、ろうそくの炎を揺らした。にぎやかな四人連れ――その話しぶりからするとイングランド人だろう――が入ってきたかと思うと、すぐにまた男のひとり客がやってきて、反対側の壁際に置かれた小さなテーブルに座った。

マダム・イヴェットはにこやかな表情で、テーブルからテーブルへと忙しそうに飛びまわっている。

「わたしが調理したウェールズのラム肉は気に入ってくれたかしら？」空いた皿をさげに来た彼女が尋ねた。

「おいしかった」エヴァンが言うと、ブロンウェンもうなずいた。「ここ何年かで食べた最高のお料理だったわ」

「デザートを期待してちょうだい！」彼女の目は、秘密を抱えているいたずらっ子のように輝いていた。「あの人たちの注文を聞いたら、戻ってくるから」

イヴェットはその場を離れたかと思うと、ひとり客のためのワインとにぎやかな四人のイギリス人のためのシャンパンを持って戻ってきた。それから、エヴァンとブロンウェンのテーブルにカートを転がしてきた。

「クレープ・シュゼットを作るわね」彼女が言った。カートの上には小さなアルコールストーブがのっている。「コアントローを持ってくるわ」彼女はバーのほうへと歩いていった。奥のテーブルに座っている男が彼女を呼んだ。彼女は身をかがめ、彼としばらく短く言葉を交わしたあと、エヴァンたちのテーブルに戻ってきた。足を止め、しばらく宙を見つめていたが、やがて恥ずかしそうに笑いながら言った。「いやだ、コアントローね。次は自分の頭を忘れるかも！」もう一度、バーへと歩いていく。

エヴァンは、戻ってきた彼女がボトルの栓をうまく開けられずにいることに気づいた。

「ぼくがやろう」エヴァンは言った。

「ありがとう。わたしったらどうしたのかしら……」彼女の声は震えていた。

エヴァンは奥のテーブルの男性に目を向けたが、彼は落ち着いた様子で赤ワインを飲んでいる。

マダム・イヴェットはクレープを折りたたみ、フライパンにのせた。コアントローのボトルを傾けると、中身が勢いよくあふれてテーブルクロスや床に飛び散った。

「ごめんなさい」彼女が謝った。「わたしったら」

「どうかしましたか？」ブロンウェンが聞いた。

「いいえ、なんでもない」マダム・イヴェットは首を振った。「さあ、火をつけるわよ……」そう言ってマッチを擦った。フライパンから炎が高くあがり、エヴァンがその熱を感じるほど大きく広がった。ブロンウェンが警戒のまなざしをエヴァンに向けた。マダム・イヴェットは〝オ・ラ・ラ！〟といいながらあとずさり、エヴァンは水の入ったグラスに手を伸ばしたが、炎はすぐに消えた。

「ほら、できた！」マダム・イヴェットは一枚目のクレープを皿に移し、ブロンウェンの前に置いた。次のクレープはあたりを火事にすることなく、作り終えた。

「なんだったのかしら？」マダム・イヴェットがせわしなくカートを引きあげていくと、ブロンウェンがつぶやいた。「なにかに動揺していたわね」

エヴァンはうなずいた。「料理に文句をつけられたのかもしれない。有名な料理人は気難しいものだからね」

コーヒーを飲み終えたあともふたりは店を出ようとはせず、会話に夢中になっていたので、ブロンウェンに「そろそろ帰ったほうがいいわ。店を閉めるのを待っているみたいよ」と言われたときには、エヴァンは少なからず驚いた。

店内を見まわすと、ほかの客はもうだれも残っていなかった。ふたりは料金を払い、挨拶をして店を出た。

「素晴らしいお料理だったわ。賞にノミネートされたのもわかるわね」

「確かにいい腕だ」エヴァンはうなずいた。

一二時少し前にミセス・ウィリアムスの家にようやく帰り着いたときには、エヴァンはおおいに満足していた。申し分のない夜だった。ブロンウェンは許してくれたし、マダム・イヴェットは彼に恋人がいるという事実を受け入れたようだったし、料理は素晴らしかった——その分、懐が軽くなって、当分のあいだ同じような食事ができないとしても。

ミセス・ウィリアムスを起こさないように脱いだ靴を手に持って、忍び足で階段を半分のぼったところで、電話が鳴った。エヴァンは階段を駆けおり、二度目の呼び出し音で受話器を取った。

「エヴァンズ巡査ですか？　本部の通信係です。たったいま、新たな火事の通報がありました。捜査中のほかの火事現場から近いので、あなたに行ってもらいたいと署長が言っています。ワトキンス巡査部長とポッター巡査部長にも連絡しました」

「わかった」エヴァンは答えながら靴を履き直した。「どこだ？」

「そこから丘をくだったところだと思います。いまはレストランになっている、古い礼拝堂です」

数分後、エヴァンは再び〈シェ・イヴェット〉の外にいた。建物の裏側からあがっている炎がアーチ形の屋根の輪郭を浮かびあがらせ、やはりアーチ形の細長い窓を照らしている。消防隊はついいましがた到着したばかりらしく、男たちが急いでホースをつないでいるところだった。エヴァンは集まってきた野次馬たちを押しのけ、一番近くにいた消防隊員に近づいた。「マダム・イヴェットはどこだ？」炎がうなる音やはぜる音に負けないように、エヴァンは声を張りあげた。「なかに人がいないことを確認したのか？」

消防隊員はエヴァンの顔を見て取ると、ホースを引き出す作業を続けながら答えた。「彼女は無事です。そのはずです――隣の家から、彼女が通報してきたんですから」

「いまどこにいる？」

「わかりません」若い消防隊員は緊張しているようだ。

「ほかにはだれもいないんだな？」

ふたりの脇を走り抜けようとしたジョーンズ隊長が、エヴァンに気づいた。すすで汚れた顔に、滝のような汗が流れている。「おや、エヴァンズ巡査――早かったですね。レストランにはだれもいません。表のドアには鍵がかかっていたので、壊さなきゃなりませんでしたが、なかは空でした。ですが、キッチンには入れなかった。すっかり火に包まれていたんです。キッチンで働いている人間はいなかったと聞いていますが？」

「ええ、彼女が全部ひとりでやっていました」

「それはよかった」彼はホースを引っ張っている男たちを振り返った。「上から行くぞ。裏側の屋根はもう燃え落ちている」

エヴァンは消火の邪魔にならない場所に移動した。あたりを探してみたが、マダム・イヴェットは見当たらない。「ここの持ち主のフランス人女性がどうなったか知らないか？」地元の少年ふたりに訊いてみた。「病院に運ばれたんだろうか？」

「そうじゃなくて、ぼくの母さんがパブに連れていったんです――その先にある〈ヴェイノル・アームズ〉に。すごく取り乱していたから」

「それじゃあ無事なんだね？　火傷はしていないんだね？」

「泣きじゃくっていただけです、多分」少年が答えた。

「間違いなく彼女は無事なんだろうね？」布製の帽子をかぶった男が訊いた。「まったく恐ろしいことだ。彼女を歓迎しているとは言わないが、最悪の敵だってこんな目に遭わせたいとは思わんよ」

「あなたは？」エヴァンが訊いた。

「オーウェン・グリフィズだ。丘のふもとで〈ゲギン・ヴァウル〉というカフェをやっている。隣人だ」

エヴァンはしげしげと彼を眺めた。隣人であり、ライバルというわけだ。だがミスター・グリフィズは本当に心を痛めているように見えた。エヴァンは念のため、彼の名前を記憶に刻みこんだ。

エヴァンがパブに向かうより早く、二台の車がほぼ同時に到着した。一台からはワトキンスが、もう一台からはピーター・ポッターが降り立った。ふたりは嫌悪感もあらわに見つめ合った。

「きみが来る必要はなかったよ、ワトキンス」ポッターは抑揚のない南部の口調で言った。「わたしが処理できる。きみはさっさと帰りたまえ」

「上司から来るように言われたんでね。跳べと命令されれば、わたしは跳ぶんだ」ワトキンスはポッターの脇を通り過ぎ、エヴァンに歩み寄った。「きみもベッドから引きずりだされたらしいな。なにかわかったか?」

エヴァンは首を振った。「たいしてなにも。火事になったとき、レストランはすでに閉まっていました。オーナーは裏口から出て隣人の家に行き、そこから通報したようです。いま、彼女に話を聞きにいくところでした」

「いっしょに行こう。天才少年には自分の仕事をしてもらおうじゃないか」すでに建物のまわりを調べ始めているピーター・ポッターを見ながら、ワトキンスが言った。

「運が良ければ、彼の上に壁が倒れてくるかもしれない」

〈ヴェイノル・アームズ〉は、五〇〇メートルほど離れたところにある白しっくい塗りの細長い建物だった。マダム・イヴェットはブランデーのグラスを手に、暖炉のそばの長椅子に座っていた。サテンのガウンの上に着た黒いレインコートを、寒くてたまらないかのように襟元にしっかり巻きつけている。その顔はうつろで涙に汚れていたが、髪はきれいにまとめられたまま、少しも乱れていなかった。エヴァンを見ると、訴えるように手を伸ばした。「わたしを追い出したがっていた人たちは、とうとう成功したんだわ」声が裏返った。「いったいだれがこんなひどいことをするの？」

「これが放火だと考える理由があるんですか、マダム？」ワトキンスが訊いた。

イヴェットは大げさに肩をすくめた。「どうしてわたしのレストランが燃えなきゃいけないの？　わたしは脅迫状を受け取ったのよ？」

「今夜は、なにか不審なことがありませんでしたか？　いつもと違うことは？」

イヴェットは首を振った。「なにも。いい夜だったの。ほぼ満席だった。ネス・パ？エヴァンズ巡査が知っているわ。お店にいたんだもの」

ワトキンスはにやりと笑った。「出世したじゃないか、エヴァンズ？　フランス料理とはね」

「初めて行ったんですよ」エヴァンが言った。「ぼくたちが店を出たのが最後でした。一〇時ちょっと前です」

「いつ火事に気づいたのか、話してください、マダム」

イヴェットは再び肩をすくめた。「お店を閉めたときはなにも問題はなかった。キッチンを片付けたあと、テレビを見ていたの。いつのまにか座ったまま寝てしまったみたいで、煙のにおいで目が覚めた。階段の下に火が見えたわ。あわててコートを頭からかぶって階段を駆けおりて、裏口に向かった。生きて外に出られて、運がよかったのよ！」

エヴァンは咳払いをした。「テレビを見ながら眠ってしまったと言いましたね。吸っていた煙草が、手から落ちたという可能性はありませんか？」

「それならどうして階段の下が燃えるの？　わたしがいるところじゃなくて？　もういいの、もうやめるから。わたしを出て行かせたい人がいるのよ」

「でも、警告はなかったんですよね？」エヴァンは確認した。「今夜、脅迫電話はありませんでしたか？　手紙は？」

「なにもなかったってば！」彼女の頬をまた涙が伝った。「こんなことをするなんて怪物よ。わたしの人生をめちゃめちゃにした。わたしが必死に作りあげてきたものをすべて奪ったのよ」

ワトキンスは彼女の肩に手をのせた。「今夜はゆっくり寝てください。ここは部屋を借りられるんだろう、エヴァンズ？」

「ええ、もちろんです。この時期に満室ということはないはずです。確かめてきますね」

「そういうことです」ワトキンスはマダム・イヴェットの肩を叩きながら言った。「エヴァンズ巡査が、今夜はここに泊まれるように手配してくれます。わたしたちは帰りますよ。明日の朝、また来ますから」ワトキンスはついてくるようにとエヴァンに身振りで示した。

　ふたりが戻ってみると、火はくすぶるばかりになっていた。澄んだ夜の空気のなかにふたりの足音が響いた。

「彼女が考えているとおりだとしたら」エヴァンが切りだした。「犯人はさらに一歩、踏みこんだということですね」

「どういう意味だ？」

「犯人はこれまで、だれもいない建物を選んでいましたから」

「そうかもしれないし、別の犯人がいるのかもしれない」ワトキンスが言った。「今回は、個人的な恨みがあるのかもしれないぞ。きみはマダム・イヴェットについてなにを知っている？」

「ほとんどなにも知りません。ひと月ほど前にここに来たばかりなんですよ。ぼくが知っているのは、結婚していたけれど夫が死んだこと、イングランドの南部で夫とふたりでレストランをやっていたことくらいです。あとはパリのコルドンブルーの学校に通ったっていうことですかね」

「ふたりしてどこに行っていたんだ？」くすぶり続けている焼け跡に戻ったふたりに、ポッターが尋ねた。

「建物の所有者に話を聞いていた」ワトキンスが答えた。「手を貸してほしかったのか？」

「なかに入ってサンプルを採取できるようになるまで、たいしてできることはない。だがわたしが見るかぎり、今回は例の連続放火犯の犯行ではないね。手口が違うというのが理由のひとつだ。この火事は建物の裏から始まっている。玄関のドアはほとんど無傷だ」

「キッチンが裏手にありますね」エヴァンが指摘した。

「だからわたしは、単純な事故ではないかと考えているんだよ」ポッターが言った。「彼女はガスの火をつけたまま寝てしまったのかもしれない。火の上でティータオルを乾かしていて、それが落ちたのかもしれない。よくあることなんだ」

「ですがここのキッチンは最新式のものでした。火がむき出しになっているところはなかったはずです」

「だとしても——原因はいくつも考えられる。揚げ物をした鍋をそのままにしたとか、煙草を吸っていたとか。とにかくだ、朝になればはっきりしたことがわかる。巡査、それまでに、今夜現場にいた野次馬たちのリストを作るんだ。それを、これまでの二件のものと照合する。三件すべてにいた人間を見つけたら、指紋を採取する。わかったかね？」

「わかりました、巡査部長」エヴァンは答えた。

「ああ、それと巡査、本部からだれかをよこすようにするから、それまで今夜はここで勤務についていてくれ。忍びこんだ何者かに現場を荒らされては困る」

「承知しました、巡査部長」

「いまいましい独裁者め」ポッターが車に戻ると、ワトキンスはつぶやいた。「いったい自分を何様だと思っているんだ？」

エヴァンはにやりとして答えた。「神ですかね？」

ワトキンスはエヴァンの肩を叩いた。「それじゃあ、明日の朝、会おう。本部に電話をかけて、きみがいつまでもここにいなくていいようにしておくから」

「ありがとうございます」エヴァンは苦々しい笑みを浮かべた。「それじゃあ、いまからここいる人たちに話を聞きますよ」メモ帳を取り出すと、一番近くにいた男たちのひとりに近づいた。火はほぼ消えていたが、あたりにはまだ濃い煙が漂っている。集まっていた人たちは家に帰ろうとしていたので、エヴァンはその場にとどまるようにと大声で叫んだ。最初に話を聞いたのは、〈ゲギン・ヴァウル〉のミスター・グリフィズだった。彼はまだ動揺しているように見えた。レストランが火事だという声が聞こえたときは、〈ヴェイノル〉で酒を飲んでいたらしい。夕方からずっと、村の数人の男といっしょにいたということだった。エヴァンは彼らの名前を控えた。

そこにいる人たちに順に話を聞いていたエヴァンは、危うく自転車にぶつかりそうになった。

「テリー？」エヴァンは自転車のハンドルをつかんだ。少年は怯えたような顔になったが、すぐに笑顔を作った。「こんばんは、ミスター・エヴァンズ。今回は間に合わなかったよ。もう火が消えていたんだ。やっぱり、この前みたいに大きな火事だった？」

「とても大きかったよ」エヴァンは答えた。「それにしても、こんな真夜中になにをしているんだ？　お母さんは知っているのか？」

テリーは嘲笑うような表情を浮かべた。「知らないに決まってるじゃないか。ぼくはいつも排水管を伝って抜け出すんだ。消防車の音が聞こえたから、見に来たんだよ。だれが火をつけたのか、わかった？」

「まだだ。どこにも行くんじゃないぞ」エヴァンは強い口調で告げた。「名前と住所を聞かなきゃいけない人間があと何人か残っているが、交代要員が来たらすぐに家まで車で送っていくから」

10

翌朝七時前に目覚まし時計に起こされたエヴァンは、どうしてこんなにひどい気分なのだろうと考えた――やがて、睡眠時間が五時間を切ると調子が悪くなることを思い出した。焼けたレストランをあとにしたときには、すでに二時近くになっていたというのに、そのあとテリーを家まで連れて帰らなければならなかったのだ。エヴァンは、テリーが排水管をのぼって自分の部屋に戻ることを許した。そうすれば、こっそり抜け出したことを母親に気づかれずにすむ。エヴァンもテリーの年頃には、禁止されていることをした覚えがあったからだ。

自宅の部屋に戻ったものの、ひどく興奮していてとても眠れそうになかったので、それぞれの火事現場にいた人たちのリストに目を通した。落胆しただけだった。リストを見るかぎり、三つの火事現場すべてにいた人間はいない。例外はテリーだったが、彼がガソリンの入った缶を手に入れたり、自転車にのせて運んだりしたとは考えられない。つまり、放火犯はふたりいるか、もしくは最後の火事は間の悪いときに起きた失火だったということだ。

エヴァンは制服を着て、階下におりた。めったにないことだが、そこにはだれもいなかった。ミセス・ウィリアムスはいつも夜明けと共に起き出すのに。そういうわけでエヴァンは紅茶の一杯も飲むことなく、車で丘をくだった。今日もまた、秋らしいさわやかな日で、空気があまりにも澄んでいるせいで空は青いガラスのようだったし、景色を彩る様々な色は光を放っているように見えた。

かつての礼拝堂は、前面こそ形をとどめているものの、裏側は崩壊していた。上の階と屋根はくずれ落ち、黒焦げになった木材と太い屋根梁があたりに転がっている。手紙は残されていないかと探してみたが、なにも見当たらない。そこへワトキンス巡査部長が現われた。エヴァンと同じくらいくたびれた様子だった。

「もう事件を解決したのか?」ワトキンスはエヴァンに近づきながら尋ねた。

「今回は手がかりすら見つかりませんよ。野次馬のリストを比較しましたが、三件全部にいた人間はいませんでした」

「キッチンからの失火だったんじゃないかと思い始めているところだ」ワトキンスが言った。「だれかが外にいたのなら、彼女がなにか聞いているはずだろう? うたた寝をしていたと彼女は言った。ドアをこじ開けられたり、窓が壊されたりしたら、その音が聞こえたはずだ」

エヴァンはなにごとかをじっと考えていた。「気づいたことがあるんですが、巡査部長。煙のにおいで目が覚めたと彼女は言っていましたよね。どうして火災報知器の音じゃないんです？　このレストランはできたばかりだ。営業許可を取るには、消防検査が必要です。それなのに、どうして火災報知器が鳴らなかったんでしょう？」

「いい質問だ。よろしい、天才少年が来る前にわたしたちで調べてみようじゃないか」

ワトキンスは、がれきのなかを建物の裏側に向かって歩き始めた。

「裏手はほとんど残っていないな」

エヴァンはうなずいた。「この部分は二階建てでした。以前はオルガンがあったキッチンの上のロフト部分を、生活空間にしていたんですよ」

「これほど燃えたのはそのせいだな」ワトキンスは体をかがめ、ひん曲がった鍋を拾いあげた。「燃料になる家具があったというわけだ」

「床も階段も木でしたしね」エヴァンは黒焦げの梁を見つめた。マダム・イヴェットの部屋を思わせるものは、なにひとつ残っていない——ソファもベッドも。ただ黒い灰があるだけだった。

半分焼けた屋根梁の下にあるなにかに、エヴァンの視線が釘付けになった。近づいて、改めて眺める。ワトキンスに合図を送った。「これは、ぼくが思っているとおりのものでしょうか？」

ふたりの視線の先にあったのは、黒焦げの手だった。

「なんてこった」ワトキンスはつぶやいた。「この梁を動かそう」

ふたりが梁を必死になって持ちあげようとしていると、背後から怒鳴り声がした。

「いったいなにをしている？」ピーター・ポッターが車から飛び降り、つかつかとふたりに近づいてきた。「わたしが調べるまで、なにも触るなと言っただろうが！」

「だが、状況が少しばかり変わったんでね」ワトキンスが冷ややかに応じた。「きみの領域からわたしの領域に移った」

「どういう意味だ？」

「この下に死体があるように見えるという意味だ」

ポッターはさらに近づいた。「なんと。確かにきみの言うとおりだ。よし、これをどかすぞ」

死体は灰と泥にまみれていた。衣服をつけていたとしても、溶けて黒焦げの肉体と一体化してしまっている。男か女かすらもわからない。ほんの数時間前まで、これが生きている人間だったとはとても信じられなかった。エヴァンは、遠い昔に大英博物館で見たエジプトのミイラを連想した。

「彼女は店のなかを確かめてから閉めたと言っていたはずだが」ポッターが言った。

「間違っていたようだな」ワトキンスは携帯電話を取り出した。「オーウェンズ医師が来るまで、死体に触らないように」彼は脇へと移動し、電話をかけて内務省の法医学者を呼んでほしいと要請した。

待っているあいだに、エヴァンは梁のあいだに横たわる死体を観察した。「上の階にいたように見えますね。一本の梁が体の下にあります」

「そうとはかぎらない」ポッターが言った。「逃げようとしているときに上の階が崩落したなら、目の前で梁が落ちたとも考えられる。そのあとで別の梁が上から落ちてきたとか、煙に巻かれて倒れたとか」

その可能性は確かにあったから、エヴァンはうなずいた。

「ゆうべきみが言ったことは間違いじゃなかったな」ワトキンスが戻ってきて言った。「犯人は確かに、さらに一歩踏みこんだ。それがだれにせよ、放火から殺人になったんだ」

「それが同一人物ならの話だ」ポッターが言った。「車に犬がいる。においを嗅がせてみるが、今回はガソリンを撒いた形跡はなさそうだ」

「自分で火をつけておきながら、誤って火に巻かれてしまったという可能性はあるだろうか？」ワトキンスが尋ねた。

「そういうことは前にもあったが、今回の場合、逃げるのは簡単だったはずだ。裏口があったんだろう？」

「マダム・イヴェットは、火事が起きたあとで階段をおりて、裏口から逃げ出しています」エヴァンが指摘した。

「きみは、この人物も上の階にいたかもしれないと言ったね？」ポッターは不意に興味を引かれたようだった。「彼女がこの男といっしょにベッドにいて、彼女だけが逃げだしたと言いたいのか？」

「それなら、彼女はどうして二階に人がいると消防隊員に言わなかったんでしょう？」

ポッターは肩をすくめた。「評判を落としたくなかったとか？」

エヴァンは思わず笑った。「彼女はそんなタイプじゃありませんよ。彼女のことをよく知っているわけじゃないですが、人が焼け死ぬのを放っておくような人間だとは思えません」

「とにかく、まずはこの男の身元を突き止めることだ」ワトキンスが言った。

「男に間違いないんですか?」

「骨ががっしりしている。それにここを見てくれ。足の上に梁がのっていたところだ――男物の靴のように見えないか?」

ポッターは死体の脇にしゃがみこんだ。「梁が足にのっていたのなら、靴の内側が焼けずに残っている可能性がある。燃えるのに必要な酸素が届かないんだ」

ワトキンスは清潔なハンカチを取り出し、慎重な手つきで靴をはずした。踵(かかと)の部分の内側の革はまだ茶色いままで、光っているところもあった。エヴァンとポッターにもよく見えるように、ワトキンスは靴を持ちあげた。

「〝メイド・イン・スペイン〟と書いてあるようだ」がっかりしたようなワトキンスの口調だった。「これではなにもわからない。いまは、あらゆるところで靴を買う時代だからな」

「鑑識に持っていけば、靴のモデルを調べて、どこで売られたのかがわかるかもしれない。だがあんたの言うとおり、近頃じゃだれもがいたるところで靴を買う。妻は去年、イタリアで山ほど買いこんだよ」

「四六と書いてあるようですね」エヴァンは数字を示した。「これはヨーロッパのサイズですよね？　ということは、イングランド市場向きに作られたものではないですね」

「なかなか頭が切れるじゃないか」ポッターは半分ばかにするように言った。

「そのとおりだ」ワトキンスはうなずいた。「それじゃあきみは、この男は外国人だと思うんだな？」

「あるいは、ポッター巡査部長が言うとおり、外国で靴を買ったのかもしれない」エヴァンは言い添えた。「輸入物の靴はここでも簡単に買えると思いますけれどね」

「手がかりになることはそれほどないな」ワトキンスはため息をついた。「次にするべきは、行方不明者の報告がないかどうかを確かめることだろう。彼が地元の人間で、ゆうべ家に帰らなかったなら、通報があってもいい頃だ」

　ワトキンスは再び携帯電話を手にした。「素晴らしい発明じゃないかい？　素晴らしすぎるときもあるけれどね。ジャガイモを切らしているときや、わたしの帰りが遅くなったとき、妻はわたしの居場所を知ることができるんだ」

　ポッターは犬を連れてきて、焼け跡のまわりを移動しながら、焼け方を調べたり、サンプルを採ったりしている。エヴァンは法医学者の到着を待っているあいだ、時折死体に目を向けては、気の毒だと思わないようにしていた。警察の仕事をするようになって、もうずいぶんになる。それなのに、どうしていまだに人の死にこれほど動揺するのだろう?

三〇分ほどたった頃、白い警察のバンがエヴァンの車の隣に止まった。まず降りてきたのが、ヒューズ警部補だった。ワトキンスの上司で、エヴァンがもっとも苦手とする警部補だ。もう一方のドアから法医学者が降りてくるのを待とうともせず、エヴァンたちに近づいてきた。

「今回は死人が出たわけだな」素っ気ない口調だった。「きみときみのお粗末な犬が証拠を台無しにしていないといいんだがね、ポッター」

「大丈夫です」ポッターはむっつりした顔で応じた。「死体の上の梁を移動させただけで、だれもなにも触っていません」

「ふむ、死体はがれきの下にあったのだね?」ヒューズは死体を眺めた。

「そうです。三本の梁の下でした」ワトキンスが答えた。「それと落ちた屋根のスレートと」

「なるほど」ヒューズ警部補は長いあいだ、死体を見つめていた。「気の毒に。いい死に方とは言えないな。身元はわかっているのかね?」

「いいえ、サー」ワトキンスが答えた。「行方不明の報告がないかどうかを本部に確かめているところです。エヴァンとわたしはゆうべ、レストランのオーナーに話を聞きました。彼女は、人がなかにいたことを知らなかったようです。夜に戸締りをしたと言っていました。その後うたた寝をして、煙のにおいで目が覚めたそうです」

「男性用トイレに閉じこめられた客だという可能性もある」ヒューズ警部補は素っ気なく言った。

ポッターはくすりと笑った。

「それほどおかしなことではないぞ、ポッター。彼らのようにこういうところで育っていれば、トイレは昔ながらの様式で、ドアは開かなくなることがしょっちゅうあるという現実を知っているものだ」

「ですが、今回は当てはまりません、サー」エヴァンが言った。ヒューズ警部補の顔を見れば、村の巡査はビクトリア朝時代の子供のように、話しかけられるまで口をきくべきではないと考えているのがよくわかった。

「おや――それではきみは、問題のトイレに入ったことがあるのかね、エヴァンズ？」ヒューズ警部補はかすかに笑みらしきものを浮かべてみせた。

「いいえ、サー。ですがここは改装されたばかりですし、ゆうべはぼくも客のひとりでした。恋人と来ていたんですが、最後に店を出たのがぼくたちでした」

ヒューズ警部補は興味を引かれたらしかった。「それは火事になるどれくらい前だ？」

「一時間から一時間半くらい前でしょうか」

「なにも変わったことはなかったのかね？　きみが帰るとき、見慣れない車が近くに止まっていたとか？　何者かがうろついていたとか？」

「ありませんでした」

「なにひとつ、普段と違うようなことはなかったと？」

「普段と違うかどうかわかるほど、エヴァンが頻繁にフランス料理店に行っているとは思えませんね」ワトキンスが笑いながら言った。

「ひとつだけありました、サー」エヴァンが答えた。「ひとりで来ていた男性客がいたんですが、彼と話したあと、女主人の様子がおかしかったんです」

「ふむ――興味深い。調べる価値がありそうだ」

オーウェンズ医師が近づいてきたので、ヒューズ警部補は言葉を切った。彼のうしろには若い警察官がふたりいて、ひとりは肩からカメラをさげていた。

「写真撮影を始めていいですか、サー？」カメラを持った警察官は、エヴァンとワトキンスに親しげにうなずきながら尋ねた。

「始めてくれたまえ、ドーソン。建物の間取りと関連づけて、被害者がどこに倒れていたかを判断してほしい」

オーウェンズ医師は死体の横にかがみこんだ。「幸いなことに、火の勢いはそれほど激しくなかったようだ。この男からはまだわかることがある」

エヴァンは尊敬のまなざしを彼に向けた。「こんな状態でも解剖ができるんですか？」

「もちろんだとも。おそらく内臓はさほど傷んでいないはずだ――外側はきれいに茶色くなっているが、なかはピンク色を保っている。おいしい肉のようにね」

ゆうべ食べたラム肉の記憶がよみがえってきた。法医学者はどうして自分の仕事をこんなふうに冗談にできるんだ？

「それじゃあ、ＤＮＡを採取できるんですね？」ワトキンスが訊いた。

「ああ。それと一致するものがあればいいがね。この男の記録がどこかになければ、ＤＮＡは意味がない。歯型から身元がわかる可能性のほうが大きいと思うね。ふたつばかり、金の詰め物をしている歯がある。ナショナル・ヘルスが導入されて以来、英国ではこういうものは使われていないんだ」

「つまり、彼は外国人だと？」ヒューズ警部補が訊いた。

「当面の推測だ」医師は若い警察官を振り返った。「バンからストレッチャーを持ってきてくれないか、トーマス。ドーソン巡査の撮影が終わったら、死体を運びだそう」

トーマス巡査とふたりがかりで死体をストレッチャーに乗せようとしていたエヴァンは、死体の腰の下になにか光るものがあることに気づいた。「ちょっと待ってくれ。なにかある」エヴァンが掘り出したのは硬貨だった。形が変わっていたが、Republique Fra――の文字が見て取れた。

「フランスの硬貨だ」エヴァンから硬貨を受け取ったヒューズ警部補が言った。「ズボンのポケットがあっただろう場所から。これで、彼が最近になってここに来たことがわかったわけだ。フランス人の男がフランス人の女性を訪ねてきて、彼女はそのことに触れなかった。彼女が知らないあいだに忍びこんだのか、あるいは彼女はこの件にどっぷり首までつかっているか、どちらかだな。死体をバンに運んだら、わたしが直接彼女と話をする」彼はワトキンスに硬貨を渡すと――ワトキンスはビニールの袋に硬貨をしまった――手についた汚れを払った。「さてと、オーウェンズ医師の作業が終わっているようなら、もう、死体を運んでいいぞ」

「これ以上、ここでできることはない」オーウェンズ医師が言った。「死体を覆うんだ、トーマス。バンに運んでくれ」

　エヴァンは死体を運ぶのを手伝った。死体は驚くほど軽かった。

「できるだけ早く報告書を作りますよ」オーウェンズ医師が言った。

「きみも早急に分析結果を報告するように、ポッター」ヒューズ警部補は染みひとつないハンカチで手を拭きながら、がれきのなかを戻り始めた。「ワトキンス、きみはゆうべ帰ってこなかった客がいないかどうか、地元のホテルを調べてくれ」バンまで戻ると、助手席のドアを開けた。「身元を突き止めるのは、それほど難しくないはずだ。彼はここまでやってきている。近くに止まっている車を探し、地元のタクシーの運転手に話を訊くんだ」

「わかりました、サー」ワトキンスが答えた。

　エヴァンは黙っていた。自分の持ち場に戻れと、警部補に命じられることに慣れていた。

「それでは、ぼくはスランフェア村に戻ります、サー」エヴァンは言った。

「待ちたまえ、エヴァンズ。考えてみたんだが、マダム・イヴェットにいますぐ会いに行こうと思う。このことが耳に入る前の彼女の反応が見たい。ワトキンス、きみはほかの者たちといっしょにバンで戻ってくれ。わたしはきみの車を使わせてもらう。

ブです」

「わかりました、サー」エヴァンはうれしそうな顔をするまいとした。「その先のパブです」

「エヴァンズ、わたしを案内してくれたまえ」

「エヴァンズ」歩きながらヒューズ警部補が言った。「ゆうべのそのひとり客のことを話してくれ。彼が被害者だろうか？」

「可能性はあります。ほかの四人の客と同時に店に入ってきました。奥の席にひとりで座ったんです。そのあたりは暗くてはっきりとは見えなかったんですが、四〇歳前後だったと思います。見栄えはよくて、よく戸外で過ごしているような感じでした。癖のある黒髪で、横のほうは白髪が交じっていたと思います。黒っぽいタートルネックの上に革のジャケットを着ていました」

「外国人だと思うかね？」

エヴァンは肩をすくめた。「最近は、どこから来た人間かを判断するのが難しくなっています。だれもが同じように見えますから。そうじゃないですか？」

「マダム・イヴェットの彼に対する態度はどうだった？　彼を知っている感じだったか？」

エヴァンは考えてみた。「そうは思いません、サー。彼が入ってきたとき、彼女はぼくたちのテーブルのそばにいたんですが、これといった反応は見せませんでした。彼のテーブルに行って、注文を取って、ワインを運んだ。しばらくして彼に呼ばれて行ったあとで、初めて動揺しているように見えました。なんでもないことかもしれません。彼は料理のことで文句を言っただけかもしれない。ともあれ、彼はぼくたちよりずっと早く店を出ましたし、それっきり彼女とは言葉を交わさなかったと思います」

「きみの言うとおり、なんでもないことかもしれないな。きみは何度か彼女に会っているのだろう？　どういう印象を持った？」

「彼女は脅迫状を二通受け取っています」エヴァンは改めて言った。「そのことをとても気にかけていました。自分の料理にとても自信を持っていて、レストランを成功させたかったんだと思います」

「その希望が煙となって消えたわけか」細長い白い建物が見えてきたところで、ヒューズ警部補が言った。「こんなことになって、またやり直すには長い時間がかかるだろう。これが本当に国粋主義者の過激派の仕業だとしたら、今度こそ必ず捕まえる。コテージを燃やすのも気に入らないが、人の人生を台無しにするとは……」

「そのうえ、人を殺したかもしれません」

「そのとおりだ、巡査。少なくとも過失致死ということになる」ヒューズ警部補は飾り鋲のついたオーク材のドアを押し開けた。「ああ、そうだ」石敷きの廊下に足を踏み入れたところで、彼が言った。「わたしが切り出すまで、死体の話はしないように」

エヴァンはうなずき、梁をくぐろうとしてあわてて頭を引っ込めた。

マダム・イヴェットはオーク材で作られたボックス席に座り、表面が白い泡に覆われたカップをおそるおそる口に運んでいた。目は落ちくぼんでいたが、髪はいつものように頭の高いところできれいにまとめられていたし、頬紅で顔色の悪さを補っていた。赤と紫の派手なフェアアイル編みのセーターを着て、首にはニットの茶色いスカーフを巻いていたが、彼女を魅力的に見せているとは言い難かった。パブの女主人に案内されてエヴァンたちが入っていったときには、その顔にはあきらめの色が浮かんでいた。

「おはようございます、マダム」エヴァンが声をかけた。「ヒューズ警部補があなたと話したいそうです」

マダム・イヴェットは期待に満ちた目でふたりを見た。「こんなひどいことをした男を捕まえたのね？」

「いえ、まだです。どうして男だと思うんですか？」

「女がこんな恐ろしいことはしないでしょう？　きっとあんな手紙を書いたのと同じ男だわ。そっちもまだ捕まえていないの？」

「いま捜査中です」ヒューズ警部補が答えた。いつにも増してその声が硬く、ぶっきらぼうであることにエヴァンは気づいた。まさか彼女に責められるとは思っていなかったのだろう。「それに、同じ人間が両方の手紙を書いたかどうかもまだわかっていません。筆跡の専門家も断定できませんでしたし、鑑識によれば使われているペンは同じではありませんでした」

「興味深いわね」マダム・イヴェットはうなずき、コーヒーをひと口飲んで顔をしかめた。「コーヒーのいれ方がわかっていないのね」彼女はカップを置いた。「こんな格好でごめんなさいね。ここの人たちはとても親切で、着るものを貸してくれたんだけれど、でも……」彼女はどうしようもないとでもいうように、フェアアイル編みのセーターを示した。「わたしにはもうなにもないの。なにもかもなくなってしまった。ネス・パ？」

「家をご覧になったんですか？」ヒューズ警部補が訊いた。

「まだ外には出ていないわ。眠れるように薬をもらったの。すごく強力だったみたい。

でもゆうべ、ここの窓から火が見えた。あれだけ燃えたら、ほとんどなにも残っていないでしょうね」

「ええ、残念ながらそのとおりです」エヴァンが言った。

「いくつかお訊きしたいことがあります」ヒューズ警部補が切りだした。「ゆうべレストランを閉めて、戸締りをしたと言いましたね？」

「ええ、そうよ」

「すべて確認しましたか？　たとえば、男性用トイレはどうですか？」

彼女はうろたえたような表情を浮かべた。「見たと思うわ。でも、そう言われるとわからなくなってきた。まさかだれか——わたしのレストランに火をつけた人間とか——が、そこに隠れていたと言っているんじゃないでしょうね？」

「その可能性はあります」ヒューズ警部補は言った。「彼はなんらかの方法で建物のなかに入ったのかもしれない。もしあなたがすでにドアに鍵をかけていたのなら……」

「入っていなかったのかもしれないでしょう？　コテージが燃えたときは、郵便受けを使って火をつけたって聞いたわ」

「だがあなたの店の郵便受けは玄関にある。建物のそちら側はそれほど燃えていないんですよ」ヒューズ警部補は一度言葉を切った。「煙のにおいで目を覚ましたんでしたね？」

彼女はうなずいた。「いつもテレビを見ながら寝酒をすることにしているの。そのまま眠ってしまったのね。急に咳が出た。下からはじけるような音が聞こえた。そっちを見たら――なんてこと（モン・デュー）、キッチンが火に包まれていたの。火は天井にまで届いていた。とても消せなかった。わたしはコートをつかんで、頭からかぶって、階段を駆けおりた。裏口が階段のすぐ脇にあってよかったわ。そうでなければ、逃げられなかった」

「ちょっといいでしょうか、マダム」エヴァンが口をはさんだ。「どうして火災報知器が作動しなかったんでしょう？　ここは新しい店ですから、消防検査があったはずですよね？」

彼女はうろたえ、恥ずかしそうな顔になった。「ええと、その……わたしがスイッチを切ったの」エヴァンからヒューズ警部補へと視線を移した。「ええ、ばかなことだってわかっているわ。でも、あの火災報知器は変な場所に取りつけてあったのよ。調理をしようとするたびに、アラームが鳴るんだから。あんまり頭に来たものだから、スイッチを切ったの。電話して、うるさく鳴らないところにつけ替えてくれるように頼んだわ」マダム・イヴェットはいかにもフランス人らしい素振りで肩をすくめた。

「ではあなたは煙に気づいて、すぐに逃げだしたわけですね」ヒューズ警部補は繰り返した。「そのときあの建物のなかにいたのは、あなただけだった。そうですね？」

「もちろん（メ・ウィ）よ」

「確かですか？」

彼女はけげんそうに警部補を見つめ返した。「ええ。そう言ったでしょう？　どうしてそんなことを訊くの？」

「別に理由はありませんよ」ヒューズ警部補は口をつぐみ、オーク材のテーブルをこつこつと叩いていたが、いきなり顔をあげて言った。「ゆうべ、あなたのレストランに来た男の客がいましたね。エヴァンズ巡査によれば、ひとりで座っていたそうです。あなたの知り合いですか？」

彼女は肩をすくめた。「あのお客さま？　初めて見る人でした」

「だが彼になにか言われて、あなたは動揺したそうじゃないですか」

彼女はつかの間エヴァンに鋭いまなざしを向けたが、すぐに笑顔になってもう一度肩をすくめた。「たいしたことじゃないのよ。彼はロブスターを注文したんだけれど、用意していなくて。がっかりだと言われたわ。わたしのロブスター料理はおいしいって聞いていたんですって。だからわたしもがっかりしたの。だっていまは、お店の評判を高めようとしているところなんだもの。お客さまの注文には応えなきゃいけないのよ」

ヒューズ警部補はうなずき、再びテーブルに視線を落とした。それは古いもので、学校の机のように落書きやひっかき傷だらけだった。

「彼はフランス人でしたか？」

またもや、警戒するような表情が一瞬顔をよぎり、彼女はまたも肩をすくめた。

「会話は英語だったわ。なまりはあったかもしれない。でもすべてのお客さまとのやりとりを全部覚えているわけじゃないから」

「保険会社に連絡はしましたか？」

「今日するつもり」彼女は長いため息をついた。「明日という日を楽しみにはできそうもないわね。天涯孤独の女がまた一から始めるのは、簡単じゃない」

「ご主人か家族はいないんですか？」

「いないわ。夫は五年前に死んだの。そのあとはひとりでレストランを切り盛りしていたけれど、病気になって入院した。回復に一年かかったわ」

「そのレストランはどこに？」

「イーストボーン近くのサウス・コーストよ。知っている？」

「一度行ったことがある気がします。金持ちの老人が引退したあとに住む、ボーンマスのようなところですよね？」

彼女はうなずいた。「金持ちの老人。そのとおりよ。そういう人たちはいいレストランで食事をする時間とお金があるだろうって、夫が考えたの」

「そのとおりでしたか？」

「そういう人はあまりいなかった。それに、わたしたちの店は郊外にあったの。年寄りは夜は車に乗らないのよ」

「それじゃあ、あなたはどうしてここに来たんです？」

彼女は疲れたような笑みを浮かべた。「わたしでも買える場所だったから。それから、近くにフランス料理店があまりなかったから。このあとは――わたしはどこに行けばいいのかしら」

ヒューズ警部補は立ちあがった。「いまのところはこれくらいにしておきます、マダム。ですが、しばらくはどこにも行かないでください。またお話をうかがう必要が出てくるでしょうし、あなたもできるだけ早くすべてをはっきりさせたいと思っているはずです」

「ええ、もちろんよ。できるかぎりのことをしてちょうだいね。頼りにしているわ」

彼女はそう言って、手を差し出した。ヒューズ警部補はその手にキスをするつもりだろうかとエヴァンは一瞬思ったが、気が変わったらしく、短く握手をしただけだった。

「死体の話はしなかったんですね、サー」まばゆい陽射しのなかに出たところで、エヴァンは言った。

「ああ」ヒューズ警部補はにやりと笑った。「しばらく待つことにした。彼女がなにも知らないのなら、別に問題はない。知っていたなら、あれこれ思い悩むことになるだろうな」彼は目を細くして、緑色の斜面を見あげた。「彼女はずいぶんと落ち着いていた。なにを訊いても、答えが返ってきたじゃないか」

「そうかもしれませんし、本当のことを言っていただけかもしれません」

「確かに。まあ、いずれわかることだ」ヒューズ警部補はきびきびした足取りでワトキンスのパトカーに向かって歩いていった。

11

スランフェア村は、エヴァンが戻ったときもまだひっそりとして人気がなかった。牛乳を配達している牛乳屋のエヴァンズも、郵便物を読んでいる郵便屋のエヴァンズも、学校に走っていく子供たちもいない。いったいなにがあったのだろうと、エヴァンはうろたえてあたりを見まわしたが、やがて今日が日曜日だったことを思い出した。車のドアを開けると、遠くの教会の鐘の音と丘の上にいるひつじたちの鳴き声が混じり合って聞こえてきた。あたりの家の窓からは日曜日の朝のフライ料理のにおいが漂っている。パブのハリーがバケツを持って出てきたかと思うと、ピクニックテーブルを洗い、シーズン最後の観光客が来ることを期待して、パラソルを立て始めた。

悲劇や暴力のすぐ隣でごく当たり前の平和な日々が続いていることに、エヴァンはいつも驚くのだった。

腕時計を見た——まだ九時だ。すでに一日分の仕事をした気分だったし、彼の感覚ではもう昼食の時間になっていてもおかしくない。そう思ったとき、朝食をとっていないことを思い出した。胃が文句を言うのも当然だ。今日はまた仕事で呼び出されるだろうから、帰れるときに家に帰っておこうと思った。運がよければ、ミセス・ウィリアムスがいつもの日曜日の朝食を用意して……

「あら、あなたなの、ミスター・エヴァンズ」エヴァンが玄関のドアに鍵を挿しこんだところで、ミセス・ウィリアムスが彼を出迎えた。「本当に忌まわしいことじゃありませんか」

「なにがです、ミセス・ウィリアムス?」エヴァンは訊いた。〝忌まわしい〟というのは、ミセス・ウィリアムスが好んで使う数少ない英語のひとつだ。

「礼拝堂で死体が見つかったそうじゃないですか!」ほかにはだれもいないにもかかわらず、彼女は声を潜めた。

エヴァンは改めて、スランフェアの連絡網の確かさに感心した。

否定しても無駄であることはわかっていた。「だれに聞いたんです?」

「新聞を取りに行ったとき、メア・ホプキンスに会ったんですよ」ミセス・ウィリアムスはエヴァンに顔を寄せた。「彼女が言うには、朝早く配達に行ったチャーリーがバンとオーウェンズ医師を見かけたんですって。チャーリーはそれがなにを意味するかを知っていたから、車を止めて見ていたんだそうですよ。そうしたら、案の定、ストレッチャーでなにかを運んでいたって。気の毒に。だれだかわかったんですか?」

「まだなんです。行方がわからなくなっている人間、ひと晩中止めたままの車、ゆうべ戻ってこなかったホテルの客などを調べているところで……」

ミセス・ウィリアムスが手を口に当てた。「なんてこと!」

「どうしたんです?」

「ゆうべ、夫のグリンダフが戻ってこなかったことをエレン・プリスが心配していたって、メアが言っていたんですよ」

「グリンダフ・プリス?」

「ベズゲレルトに行く途中のスリン・グウィナント湖の脇にある、プリス農場を知っている? 道路から見える、白い建物ですよ」

「ああ、あれですね」エヴァンは考えこんだ。「行って、話を聞いてきたほうがよさそうですね。そのグリンダフ・プリスですが——ひと晩中帰ってこないのは、よくあることなんですか?」

「いいえ、そうは思えないわ。家族を大切にする人ですよ。もう大きくなった子供が五人いて、みんないい子たちばかりなの。ちゃんと礼拝にも行くし……」

「ありがとうございます、ミセス・ウィリアムス。いますぐ行ってみます」エヴァンはそう言いながら、物欲しそうにキッチンのほうに目を向けた。

「でもあなたは朝食もとっていないじゃありませんか」エヴァンは彼女を抱きしめたくなった。「まずは食べてからにするわけにはいかないんですか？　もうお湯は沸かしてあるし、肉屋のエヴァンズは今週、それはそれはおいしいソーセージを……」

「それじゃあ、紅茶をいただきますよ」

「朝食もですよ」ミセス・ウィリアムスは譲らなかった。「一〇分くらい、どうということはないでしょう？　そもそも今日はお休みのはずなんだし」

エヴァンは白旗をあげた。「わかりました。一〇分遅くなっても、たいした違いはありませんよね」

一五分後、満腹になったエヴァンは満ち足りた気分で通りを歩いていた。おいしいベーコンとソーセージは、どれほど人を幸せにすることか！

〈ティア・クレイグ〉は、白しっくいに塗り直された壁と上等のスレート屋根の四角い形状をしたどっしりした農家で、よく手入れされていた。狭い谷底の細長い平地に立てられていて、朝のこの時間は両側にそびえる切り立った岩壁が日光を遮っている。エヴァンが車を降りてゲートを開けようとすると、二頭の黒と白のボーダーコリーが吠えながら駆け寄ってきた。

「メグ、ゲル、戻ってきなさい」鋭い声がして、犬たちは不審そうにエヴァンを眺めながらも、おとなしく農家へと戻っていった。

ミセス・プリスはふっくらした中年女性で、その顔はいかにも農夫の妻らしくよく日に焼けていた。彼女はエプロンで手を拭きながら、エヴァンを出迎えた。

「あなたのことは知っていますよ。スランフェア村のおまわりさんですよね」彼女が言った。「夫のことですよね？　悪い知らせじゃありませんよね？」

彼女は不安そうにエプロンをいじり続けている。

「ええ、悪い知らせじゃありません。ご主人がいなくなったことを通報しましたか、ミセス・プリス？」

「いいえ。何人かの友人には話しましたけれど、それが伝わったんですよね？　警察には言いたくなかったんです。ばかみたいに見えるのがいやで」

「これまでも同じようなことはあったんですか？　朝まで帰ってこないとか？」

「若い頃は、カーディフ・アームズ・パークで行われたラグビーの試合でウェールズがイングランドに勝ったときは、一、二度そんなこともありましたけれど。でもグリンはそういうタイプじゃないんです。出かけるのはクラブの会合くらいですし」

「クラブ？　どんなクラブです？」

「ポルスマドグの男性向けクラブの会員なんですよ。月に一度集まって、ダーツやドミノをするんです。ほとんどが、グリンのような年配の農夫らしいです」

「クラブのほかの会員に訊いてみましたか？」

ミセス・プリスは顔を伏せた。「わたしは、だれのことも知らないんです。グリンはなにをしているのかを話そうとしないし、わたしも訊くのはいやだった。彼は自分のことを話したがらないんですよ、エヴァンズ巡査」

「クラブの会合がどこで行われていたかは知っていますか？」

「ええ、それならわかります。港近くにある〈オールド・シップ〉っていうパブです」

「ああ、あそこですね」エヴァンは言った。「本部に電話をかけて、すぐにだれかに行ってもらいます。心配ありませんよ、ミセス・プリス。ご主人は見つかります」

「だといいんですけれど」ミセス・プリスは涙をこらえ、またエプロンをいじり始めた。「ごめんなさい。わたしったらうろたえてしまって、お茶も出していなかったわ。どうぞなかに入ってくださいな――お湯は沸いていますから」

「ありがとうございます。でも朝食を終えたばかりなんですよ。それに、できるだけ早く捜査を始めたいですからね。ご主人はきっと見つけますから」

犬たちはゲートまでエヴァンについてくると、そこにぺたんと座りこみ、舌をだらりと垂らした笑顔で、出ていく車を見送った。エヴァンはこのままポルスマドグまで車を走らせ、自分で調べたくてたまらなかったが、ほかの警察官の受け持ち区域に首を突っ込む権利はないのだときつく自分に言い聞かせた。

スランフェアに戻ってみると、村はそれなりに活気づいていた。日曜日の一張羅をまとった人々が、二軒の礼拝堂に向かって歩いている。そのなかに肉屋のエヴァンズがいた。髪を撫でつけ、日曜日用の黒のスーツを着て、妻と共にベウラ礼拝堂を目指している。

「ちょっと待ってくれないか、ガレス」エヴァンは彼に駆け寄った。「話があるんだ」

肉屋のエヴァンズはいらついたような顔になったが、妻の背を優しく押して言った。「先に行って、おれの席を取っておいてくれ、シアン・バック。エヴァンズ巡査がおれに話があるらしい」

彼の妻は文句を言おうとして口を開いたが、考え直したらしかった。「わかった（オア・ゴレイ）」そう言い残すと、先を行く女性たちのグループに追いつこうとして足を速めた。

肉屋のエヴァンズはエヴァンに向き直った。「ゆうべまた火事があったそうだな。

どれも、だれの仕業なのかわかっていないのか？」

「まだだ。だが必ず見つける」エヴァンは彼に顔を寄せた。「ガレス、グリンダフ・プリスという男を知っているか？」

「農夫の？」肉屋のエヴァンズは驚いたようだ。

「そうだ、知り合いか？」

「何度か会ったことはあるが、よく知っているとは言えないな。彼から子羊を買ったんだ。どうしてだ？　この件に彼が関わっているとでも？」

「彼が、外国人の家に次々に火をつけている犯人だという可能性はあると思うか？」

肉屋のエヴァンズは笑い声をあげた。「グリンダフじいさんが？　彼はハエも殺せないと思うぞ」

「それじゃあ、彼は熱心な国粋主義者として知られているわけじゃないんだな？」

肉屋のエヴァンズは、スノードン山の遠い山頂を見あげた。「彼はウェールズ人だってことに誇りを持っている。だがおれたちはみんなそうだ。だからといって、建物に火をつけるってことにはならないよ」

「ポルスマドグの〈オールド・シップ〉というパブで会合を開いているクラブについてはどうだ？」

「そのクラブがどうかしたのか？」肉屋のエヴァンズの声が不意に険しくなった。

「時々ダーツをする以外のことがそこで行われているかもしれないと思ってね」

「おれは知らないね。会員じゃないからな」肉屋のエヴァンズは歩きだした。「これ以上は役に立てないよ」

エヴァンは、手がかりになるかもしれないと思いながら通りを渡った。肉屋のエヴァンズはすぐに怒鳴り散らしたり、肉切り包丁を振り回したりする。その彼がむっつりして離れていったのは、自分で言っている以上のことを知っているからかもしれない。

ナント・グウィナントの農夫——丸い赤ら顔の妻がいて、二匹の笑うシープドッグを飼っている——が、自分で起こした火事で命を落としたテロリストだという可能性はあるだろうか？　そうは思えない。だがエヴァンは、罪を犯す人間が常に犯罪者らしく見えるわけではないことがわかるくらいには、警察官としてのキャリアを積んでいた。ともあれ、この件はもう自分の手を離れたのだ。ワトキンスに話を伝えれば、あとは彼がなんとかするだろう。

警察署に入ろうとしたエヴァンの脇を、大きな灰色のバンが煙を吐きながら通り過ぎていった。エヴァンは、ベテル礼拝堂の外に止まったバンを興味深く眺めた。運転席から降りてきたパリー・デイヴィス牧師が、サイドドアを開けた。彼は数人の大柄な老婦人が降りるのに手を貸し、彼女たちに付き添って誇らしげに礼拝堂へと入っていった。

エヴァンは警察署に入り、自動ダイヤルで本部に電話をかけた。

「申し訳ありませんが、ワトキンス巡査部長はおりません」若い通信係が素っ気ない口調で言った。「ほかの刑事につなぎましょうか？」

エヴァンはためらった。刑事たちは、エヴァンが殺人事件に首を突っこむ権利はないと考えているから、彼といい関係にあるとは言えない。だが、〈ティア・クレイグ〉農場のミセス・プリスがエプロンをもみしだきながら、夫に関する知らせが届くのを待っていることを思い出した。彼が早く見つかるにこしたことはない。

「わかった。だれかにつないでくれ。伝えなきゃいけないことがあるんだ」

エヴァンは、まったく興味のなさそうなパーキンス刑事ともどかしい会話を交わした。最後は彼の「ありがとう、エヴァンズ。調べて、こちらから連絡しますよ」という言葉で電話は終わった。

エヴァンは署で新聞の日曜版を読みながら待ち、それから家に戻って遅い昼食をとったが、電話が鳴ることはなかった。ワトキンスが休みでなければよかったのに。さつきの刑事が連絡をよこさないことはわかっていた。

午後の半ばになる頃には、エヴァンはいらついて集中できなくなっていた。ブロンウェンとハイキングに行くか、また登山をすることもできたのに、日曜日を丸々無駄に過ごしてしまったのだ。もやもやした気分を追い払うために、村の巡回に行こうと決めた。朝はいい天気だったのに午後から風が強くなって、大きな綿雲が西から勢いよく空を流れている。冷たい風だった。この時期であれば、そのほうがふさわしい。このあとは雨が降りだすかもしれず、そうなればいまの季節らしい天気に戻るだろう。

エヴァンは店やコテージが立ち並ぶ、村の大通りを進んだ。〈エヴェレスト・イン〉の育ちすぎたシャレーのような建物に目をやり、あそこの火事はなにか手がかりがつかめたのだろうかと考えた。不満を抱いた従業員の仕業かもしれない。アンダーソン少佐は元海兵隊員だ。従業員には厳しいだろう。

だが、放火の手口はコテージで使われたものと同じだとポッターは言っていた。レストランの火事について、ポッターは結論にたどり着いたのだろうかとエヴァンは考えた。わかったことがあったとしても、村の巡査に教えてはくれないだろう。今回の事件をどうしてこれほどいらだたしく感じるのか、自分でもわからなかった。いつもなら、頭痛の種は喜んで刑事に任せるのに。

「なにか考えごと?」優しく呼びかける声がして、だれかがそっとエヴァンの腕に触れた。エヴァンは跳びあがった。「ブロンウェン、きみか。すまない、気づかなかったよ」

ブロンウェンは彼に微笑みかけた。「心ここにあらずなのはわかったわ。わたしが庭いじりをしているのに、あなたったらすぐ前を通り過ぎていくんだもの。とても気になることがあるのね。ゆうべの火事のこと?」

「ぼくが考えていたのは……」エヴァンは口ごもった。「ブロンウェン、村の巡査というのはぼくにふさわしい仕事だと思うかい?」

「あなたのような能力のある人にとって?」

エヴァンはうなずいた。彼女がわかってくれたことがうれしかった。

「いつもなら、蚊帳(かや)の外に置かれてもどうも思わないんだが、今回は――どうしてだか自分でもわからない――捜査に加わりたくてたまらないんだよ」

「魅力的なマダム・イヴェットのせい?」ブロンウェンの顔に、からかうような笑みがちらりと浮かんだ。「ごめんなさい、冗談にすることじゃないわね。彼女のことは本当に気の毒だと思っているのよ。あなたが事件を解決したいと思うのはよくわかるわ」

「なによりいらだつのは、いい手がかりをつかんだのに、能無しのパーキンス刑事に任せなきゃならなかったことだ――役立たずの若者だよ。同じことを二回も説明しないと、理解できなかったんだ。そんなわけで、ぼくはまた同じことを自問していたんだ。ここに来たのは正しい選択だったんだろうかってね」

「わたしはその質問をするのにふさわしい相手じゃないわ」ブロンウェンが言った。「大学にいた頃、わたしは博士号を取るつもりだった。リチャード王はロンドン塔で王子たちを殺していないことを立証する、素晴らしい論文を書いたのよ。でも、いまはここにいる」

「どうして気が変わったんだい？」

ブロンウェンは編んだ長い髪を肩のうしろに払った。「最後の年に、わたしは恋に落ちたの。結婚することにしたわ。彼は大学院に進むことになっていた。だれかが生活費を稼がなきゃならなかった。彼が博士号を取るまでわたしが働いて、彼が優秀な科学者になったらわたしを養う予定だったの」

「だがうまくいかなかった」

「そう、うまくいかなかった」ブロンウェンがそう言って視線を逸らし、山頂を見あげると、顔の前で髪がなびいた。彼女は肩をすくめた。「幼稚園で働いたの。その仕事がとても楽しかったから、教師の資格を取ってすぐここに来たのよ。子供の頃、幸せな夏を過ごした場所に」

エヴァンは笑った。「妙だね。ぼくたちは一度もそんな話をしたことがなかった」

ブロンウェンはエヴァンに視線を戻した。「わたしたちにはどちらも、忘れたほうがいい過去があるからだと思うわ」

「ぼくたちはどちらも、自分たちにとって意味のある場所に戻ってきたわけだ」

ブロンウェンはうなずいた。「それなのに、どうしてそれを手放す必要があるの？」

エヴァンは彼女の肩に手をまわした。「きみの言うとおりだ。ぼくは自分のつましい暮らしで満足するべきで、それ以上のことを望んでは――」

近づいてくるブルドーザーのけたたましい音に、そのあとの言葉は呑みこまれた。おんぼろ車のバリーが向こうからやってくる。エヴァンとブロンウェンは芝生の路肩に寄って、巨大な車が行き過ぎるのを待とうとした。だが、目の前までやってきたブルドーザーはそこで止まった。

「あんたを探してたんだよ、おまわりのエヴァンズ」バリーが大声で言った。「あんたが、ひと晩中、止めっぱなしになっている車を探しているって聞いたんでね。〈ヴエイノル・アームズ〉の駐車場に、えび茶色のトヨタのカムリが止まっている。昨日の午後からずっとあそこにあるんだ。あんたに伝えたほうがいいだろうと思ってね。だって、宿泊客は普通、昼間はどこかに出かけるものだろう？　それにあれはレンタカーだし」

「どうしてレンタカーだとわかるんだ？」エヴァンは尋ねた。

「窓にハーツのステッカーが貼ってあったからな」バリーは冷ややかに応じた。「なんでもないかもしれないが、一応、言っておこうと思ったんだ」

「ありがとう（ディーオルフ・アン・ヴァウル）」エヴァンは、うなりながら遠ざかっていくブルドーザーに手を振った。うれしそうな笑みを浮かべて、ブロンウェンを振り返った。「驚いたね。今朝警部補は、あそこのすぐ横を歩いていたんだぞ。探していた車がずっとあそこにあったとしたら、ずいぶんと意外な展開じゃないか」彼はブロンウェンの肩をぎゅっとつかんだ。「ごめんよ、ダーリン（カリアド）、でもぼくは署に戻って本部に電話をしないと」

「たったいま、つましい暮らしに満足しているって言ったのはだれだったかしら？」彼の背中に向かってブロンウェンが言った。

12

その日の夕方、エヴァンがテレビのニュースを見ていると、ワトキンス巡査部長の車が署の外に止まった。エヴァンは急いで外に出た。

「また刑事としての見事な手腕を発揮したそうじゃないか」車から降りてきたワトキンスが言った。

「ただ情報を伝えただけですよ。役に立ちましたか？」

「おおいに役立ちそうだ」ワトキンスが答えた。「ああ、そういえば、行方のわからなかった男が見つかったよ。きみが言っていた農夫」

「見つかったんですか？　どこで？」

ワトキンスはにやりと笑った。「ポルスマドグの知り合いの家で眠っていた。ゆうべは飲みすぎて運転できなくなったんで、クラブの会員が気の毒に思って、自分の家のソファで寝させてやったんだそうだ。昼になるまで目を覚まさなかったらしい」

エヴァンは安堵のため息をついた。「それはよかった。実のところ、見つかった死体が彼のものだとは思っていなかったんですよ。だって彼は農夫ですからね。自分でつけた火にまかれるような間抜けなことはしない。奥さんはさぞ喜んだでしょうね」

「彼女が旦那を怒鳴りつけて家に押しこんだところを見ていたら、そうは思わなかっただろうな」

「それで、車のほうは？」

「これから話すところだ」ワトキンスは言葉を切り、開けたままの車のドアにもたれた。「探していたものが見つかったかもしれない。ハーツに電話して確かめたら、ドーバーでフィリップ・ドゥ・ボワという男に貸し出された車だった。名前も住所もクレジットカードの番号もわかった。地図で調べたところ、ドーバー海峡のすぐ向こう、カレーから三〇キロほどのところだった。歯の治療記録を調べて、身元を確認するのは難しくないはずだ」

「フィリップ・ドゥ・ボワ」エヴァンは考えこみながらつぶやいた。「彼女の知り合いでしょうか？」

「知っているはずだ。違うか？　フランス人の男が、ウェールズの辺鄙(へんぴ)な場所にあるフランス人女性のレストランで死んだんだ。知り合いでないとしたら、それこそ驚くべき偶然だよ」

「なんらかの理由であそこに閉じこめられてしまった客だったか、もしくは彼がなにかを企んでいたのかもしれませんよ」

「あそこに火をつけるためにやってきて、出られなくなったと言うのか？」ワトキンスは首を振った。「ありえないね。彼女が関わっているはずだ。わたしたちに話していないことがきっとある」

「彼女に話を訊くつもりですか？」

「その男についてよりくわしいことがわかるまで待とうと思う。小さな町のようだから、彼が何者だったのかもじきにわかるだろう。彼がここでなにをしていたのかを知っている人間がいるかもしれない。コンピューター・センターにいるデイヴィス巡査に、いま調べさせている――会ったことがあったかな？　とてもきれいな女性だよ。だがわたしがそんなことを言ったのは、内緒にしておいてくれ。素晴らしい脚線美の持ち主だなんてわたしが言ったことがわかったら、セクハラで訴えるようなタイプなんだ」ワトキンスはにやりと笑った。

「それじゃあ、彼女がフランスと連絡を取ってくれるんですか？」

「インターネットで住所を調べると彼女は言っている。フランスに電話をかけなくてすんで、よかったよ。フランス人はいつだって、英語がわからないふりをするって知っているだろう？　少なくとも、わたしが一度行ったときにはそうだった。きみはフランスに行ったことは？」

「二度あります。一度は学校からパリに行きましたし、もう一度はラグビーの関係でした」

ワトキンスは車のドアに手をのせた。「家に帰る途中で本部に寄って、デイヴィス巡査がなにかつかんだかどうかを確かめてみるよ」

エヴァンはうなずいた。「来てくれてありがとうございます、巡査部長。うれしかったです」

「今夜はいったいどうしたんだ？　ずいぶんと静かじゃないか。女性問題か？」

エヴァンは微笑んだ。「いいえ、そんなのじゃありません。実を言えば、ぼくはただここでぼんやりしているしかできなくて、ぼくの知らないところで捜査が進んでいることにいらついているんですよ」

「刑事の訓練に申しこむようにって、前にも言ったじゃないか」ワトキンスが言った。「自業自得だぞ。なにごとも起きない平和なこの村に、いずれきみが参ってしまうことはわかっていたんだ。どうかと思うね」

エヴァンはかろうじて笑みを浮かべた。

ワトキンスは車に乗ろうとしたが、エヴァンの顔を見て、気が変わったらしかった。

「いいだろう、きみも乗るんだ」頭で車を示した。「わたしといっしょに署に行って、我らがグリニスがなにをつかんだかを確かめるといい」

「余計なことに首を突っこんでいると思われませんか？」

「もちろん思わないさ。きみは時代の変化についていこうとしているだけなんだから。警部がその気になれば、いずれなにもかもがコンピューター化される。我々は互いに話をする必要もなくなるんだ。自分のオフィスに座って、メールのやりとりをするだけになるのさ」くすくす笑うワトキンスの隣にエヴァンは乗りこんだ。「わたしにコンピューターの使い方を教えるところを見てみたいよ。娘のティファニーが一度教えようとしたんだが、わたしは見込みがないそうだ。それに年を取りすぎているから、今後も絶対無理だと言われたよ」

ワトキンスはジグザグに曲がる道を進み、レストランの焼け跡の前を通り過ぎた。

「マダムはこれからどうするんだろう？　やり直すと思うか？」エヴァンに訊いた。

「ぼくたちがなにを突き止めるか、そして保険がどこまで補償してくれるか次第だと思いますね」エヴァンは答えた。「彼女が気の毒で仕方ありませんよ――知らない国に、女ひとりで。ご主人が亡くなってから辛い人生を送ってきたんでしょうに、そのあげくにこれだ」

「きみは女性が相手となると、どうにも優しすぎる。彼女が男を誘いこんでいた連続殺人犯で、死体を燃やしていたとしたらどうする？」

「彼女がだれかを殺したとは思いたくありません」エヴァンは言った。「ですが、フィリップ・ドゥ・ボワが何者で、ここでなにをしていたのかが判明すれば、もっといろいろなことがわかるんじゃないですかね」

「今日が日曜日で、渋滞に巻きこまれなくてよかったよ」警察署の前のラウンドアバウトを走りながら、ワトキンスが言った。エヴァンの頬が緩んだ。カナーボンの交通渋滞は、せいぜいが信号で五台の車が止まっている程度だ。ワトキンスは車を警察署の駐車場に入れ、当番警察官用のスペースに止めた。

コンピューター・センターと仰々しく呼ばれていたのは、コンピューターが二台置かれただけの窓のない小さな部屋だった。実を言えば、つい最近まで待機房だったところだ。若い女性巡査が顔をあげて、ワトキンスとエヴァンに輝くような笑顔を向けた。ワトキンスの言葉に嘘はなかったことがよくわかった。赤銅色の長い髪と大きな茶色い目の妖精のような顔立ちをした彼女は、息を呑むほど魅力的だった。

「たったいま連絡したところだったんですよ、巡査部長」彼女はわずかにウェールズ語のアクセントが残る、洗練された英語で言った。カナーボンの警察署の人間すべてがウェールズ語が話せるスノードニア出身というわけではなかったから、ここでは主に英語が使われている。「問題のフランス人の居場所がわかったと思います」

「もう？　グリニス、きみは優秀だね」

彼女の白い肌が赤く染まった。「いいえ、そんなに難しいことじゃなかったんです。どんな住所でも地図上でピンポイントにわかるウェブサイトがありますから。見ますか？」

彼女はいくつかのキーを叩き、地図を次々とズームしてストリートマップを表示させた。「きっと、興味を持たれると思います」最後の画面は、小さな町の詳細なストリートマップだった。「これですよね？　セーヌ＝エ＝トワーズのアブヴィル？　これが、問題の番地です」彼女はそう言って、一点を指さした。

ワトキンスは身を乗り出し、画面を眺めた。「オピタル？　これは病院（ホスピタル）のことなのか？」

「はい、そうです。だから、興味を持たれるだろうと思ったんです」

「フィリップ・ドゥ・ボワがハーツで車を借りるときに書いた住所は、病院だった」ワトキンスはエヴァンを振り返った。「おっと、そうだった、こちらはエヴァン・エヴァンズ巡査だ。きみたちは会ったことがあったかな？　エヴァンズ、彼女はグリニス・デイヴィス巡査」

デイヴィス巡査は輝くような笑顔をエヴァンに向けた。「お噂はかねがね」

「この巡査部長から聞いたのであれば、ろくな噂じゃないでしょうね」エヴァンは照れ隠しに冗談を言った。いつかは、褒め言葉にうまく対処できる日が来るだろうか？

「難しい事件を解決する名人だって聞いています」彼女はさらに言った。「今回の事件の真相はもうわかったんですか？」

「犯罪かどうかすらまだはっきりしていないんですよ」エヴァンは答えた。「悲劇的な事故だったのかもしれない——無関係な人間が、たまたま火事に巻きこまれただけなのかも」

「でも本当はそうは思っていないんでしょう？」彼女は大きな茶色の目でエヴァンを見つめた。

「レストランのオーナーは、店内にいたのは自分だけだったし、二階にあがる前にきちんと片付けたと言っているんですよ。ただ彼女は煙草を吸うので、どこかに火がついたままの煙草を置きっぱなしにした可能性はあります。ですが――」

「あなたはそうは思っていない？」

「ぼくはただ、遺体の人物があの建物のなかでなにをしていたのかを知りたいんです」

「それで、ミスター・ドゥ・ボワが病院の住所を書いた理由をどうやって突き止める？」ワトキンスが訊いた。

「病院で働いているのかもしれません」エヴァンが言った。「研修医なのかも」

「電話をかけて、訊いてみればいいんじゃないですか？」グリニス・デイヴィスが提案した。「番号ならわかりますよ」

「フランスに電話？」ワトキンスはぞっとしたような顔になった。「簡単に言ってくれるな。わたしはフランス語が話せないんだ。なにを言えばいいのかわからないよ」

デイヴィス巡査はため息をついた。「わかりました。わたしがかけます。番号を調べるあいだ、ちょっと待ってください……」

「きみはフランス語も話せるのか？」ワトキンスが訊いた。

「はい。実を言うと、かなり話せます。フランス語のAレベルを取りましたし、交換留学生としてひと夏をフランスで過ごしたことがあります。本当に楽しかった。アルプスの小さな村に滞在して、それからパリに行って……」

「彼女の才能はとどまるところを知らないらしい」ワトキンスのつぶやきには感嘆の響きがあった。「どうして警察なんかで、その才能を無駄遣いしているんだ?」

彼女はまた顔を赤らめた。「昔から、警察の仕事に興味があったんです。いつか、刑事になりたいんです。さぞ刺激的でしょうね」

「たいていは、ただ退屈なだけだよ」ワトキンスが言った。「だが、刺激的なこともある」

「たとえば、いまやっている麻薬の手入れとか?」ワトキンスがぎょっとしたような顔になったことに気づいて、彼女はあわてて言い添えた。「あ、ご心配なく。ヒューズ警部補にインターネットのアドレスをいくつか調べるように言われたので、知っているんです」彼女は画面に目を向け、笑顔になった。「わかりました。聖ベルナール病院の電話番号です。わたしがかけますか?」

彼女はワトキンスの返事を待つことなく、番号を打ち始めた。かなり長い間があって、ようやく電話の向こうから〝もしもし〟というこもった声が聞こえた。

「こんばんは。こちらは北ウェールズ警察です。フィリップ・ドゥ・ボワという男性を探しています」グリニスは、英語のなまりはあるものの正確なフランス語で言った。

エヴァンは、受話器の向こうから流れてくる怒濤のようなフランス語に彼女がうなずくのを見ていた。「本当ですか？」グリニスは送話口を手で押さえて、ワトキンスの顔を見た。「ここに入院しているそうです」

「そこにいるのか？　いま？　彼と話せるかどうか訊いてくれ」

「彼と話はできますか？」

受話器の向こうの声がなにかをがなりたて、彼女の期待に満ちた表情がけげんそうなものに変わっていくあいだ、ふたりはじっと待っていた。やがて彼女は「そうなんですか。わかりました。ありがとうございました。失礼します」と言って、受話器を置いた。

「それで？」ワトキンスが尋ねた。「彼はそこにいるのか？　それともいないのか？」

「ええ、彼はこの病院にいます」ショックを受けているような口ぶりだった。「ここは精神科病院なんです。彼は一〇年前から入院していて、ずっと自分の世界に閉じこもっているそうです」

「振り出しに戻ったな」ワトキンスはどっしりした陶器のマグカップを手に取り、ゆっくりと紅茶を飲んだ。

ワトキンスとエヴァンは警察署のカフェテリアにいた。シフトが交代する六時を過ぎて昼勤務の職員は全員が帰宅していたから、がらんとしている。

「振り出しではないですよ」エヴァンが言った。

「遺体が何者なのか、まださっぱりわかっていないんだぞ。車を借りた人間だとみなしてもいいとは思うが、そこから先は？　彼が偽名で車を借り、同じ偽名のクレジットカードを持っていたことはわかった――身元を隠すために、かなりの労力をかけたということだ」

エヴァンは自分の紅茶にたっぷりと砂糖を入れた。警察署の強烈な紅茶もこれでいくらかましになる。「それに彼は本物のフィリップ・ドゥ・ボワが、精神科病院から出られないことを知っていました」

ワトキンスはうなずいた。「そのとおり。つまり本物のフィリップを知っている何者かだということだ――親戚か、親しい友人か……」

「あるいは病院で働いていた人間か」

「どうであれ、突き止めることは可能なはずだ。我らが語学とコンピューターの達人に、フランスのなんとかというところにあるあの病院ともう一度連絡を取ってもらおう。親戚や見舞客、ここ数年のあいだにやめた職員のリストがあるはずだ」

「ですが、彼がいつから今回のことを企んでいたのかはわかりません」エヴァンは指摘した。「何年も前から計画していたのかもしれない」

「だが、なんのために？　身元を偽るのは、逃亡しているときだ。逃亡している人間は、結局はへまをして捕まる。彼は、ここに来るために身元を偽ったんだとわたしは思うね。そして……」ワトキンスはふさわしい言葉が浮かぶのを待った。「すべきことをしたんだ」

ワトキンスは紅茶を飲み干した。「ひどい代物だ。警察官が食中毒で死ぬことがあったら、あの紅茶ポットを真っ先に調べるべきだな」

ふたりがカフェテリアを出ていくと、ヒューズ警部補がちょうどオフィスから姿を現わしたところだった。「ああ、ワトキンス」警部補の声が廊下に反響した。「だれかにきみを呼びに行かせようと思っていたところだ。会議室に来てくれ。オーウェンズ医師が来ている。解剖の結果が出たようだ」警部補はようやくエヴァンに気づき、驚いたような顔になった。「ここでなにをしているのだ、エヴァンズ？」

「エヴァンズ巡査は、我々が探していた車を発見したんです、サー」ワトキンスが言った。「コンピューター・センターでその所有者について調べていました」

「きみが？　よくやった。なにかわかったかね？」

「偽名で車を借りていたということだけです――フランスの精神科病院に入院している患者の名前でした」

「興味深いね。オーウェンズ医師の報告を聞いたあとで、きみの話を聞こう」警部補の視線が再びエヴァンに向けられた。「きみもいっしょに来たまえ、エヴァンズ。この車について調べているのはきみだし、事件について一番くわしいのもきみだからな」

警部補はワトキンスとエヴァンを従えて廊下を大股で進んだ。オーウェンズ医師は会議室の前方に立っていた。ふたりの刑事がメモ帳を広げて座っている。エヴァンが警部補に続いて入っていくと、ふたりは意外そうな顔で彼を見た。ワトキンスは部屋のうしろのほうに座った。エヴァンは彼のうしろの椅子に腰をおろした。

「待たせて申し訳ない、先生。どうぞ、始めてください」ヒューズ警部補は、ほかの警察官たちと向き合うようにして、医師の隣の椅子に座った。

オーウェンズ医師は咳払いをした。「スランベリス峠の〈シェ・イヴェット〉レストランの焼け跡から、今日の早朝発見された身元不明の男性の焼死体の解剖を終えました。被害者の年齢は、骨密度と歯の状態から判断しておそらく三〇歳から四〇歳。皮膚と髪はひどく焼けていたので、人種を判別することはできませんでした。身長は一七八センチから一八〇センチというところでしょう。

内臓は思っていたとおりでした――あれだけの損傷があったことを考えれば、比較的いい状態でした。胃のなかに残留物はなかったので、レストランの客ではなかったことがわかります。ですが、体内からはかなりの量のアルコールが検出されました。また肺を調べたところ、煙を吸引した形跡はありませんでした」

だれかが息を呑む音がして、医師は言葉を切った。「それがなにを意味するのか、みなさんおわかりのようですね。この男性は、火事になる前に死んでいたということです」

「死因はわかりますか？」ヒューズ警部補が尋ねた。

「体内から毒物は見つかりませんでした。自然死であることも考えて、心臓を調べてみました。心臓の外側は――ふむ――かなり焦げていましたが、通常よりも内部の血液が減少していました。心臓壁を詳細に調べてみたところ、穴が開いていることがわかりました」

「火事の熱のせいで？」ワトキンスが訊いた。

「いいえ、わたしが考えるに、彼は大きめのナイフで胸を刺されたんだと思います」

エヴァンは胃が口から飛び出そうな気がした。

ヒューズ警部補が立ちあがった。「これがどういうことなのか、わかっているだろうな？　これは、火事に巻きこまれた不運な事故ではない。殺人だ。そして犯人は、おそらくそれを隠蔽するためにわざと火を放ったのだ」

13

「だから言っただろう？　あのフランス女は口が達者なんだ」ヒューズ警部補が言った。会議が終わったあと、彼はワトキンスとエヴァンだけをその場に引き留めていた。「ずぶとい女だと思っていたよ」警部補は手近な机の縁に腰かけた。「いったいフランス女――それも料理の腕前が素晴らしいときている――がなぜこんなところに来たのだろうと、ずっと不思議だったのだ。これでわかった。彼女にはなにか秘密がある」警部補はエヴァンに向かって指を振った。「そしてきみが見たという男は、彼女を追ってきたに違いない」問いかけるようにエヴァンを見つめた。「夫は死んだと彼女は言ったのだね？　その男は彼女を脅迫しに来たのかもしれない。ゆすろうとしたのかもしれない。どちらにしろ、彼女は追いつめられた。ナイフを手にして、彼を黙らせようとして殺してしまった。そしてパニックを起こし、店に火をつけたのだ。だが、火事で証拠を隠滅することはできなかった」

「死体を燃やしてしまいたかったのなら、どうしてあれほどすぐに通報したんでしょう？」エヴァンが訊いた。「そっと店を抜けだして、だれかが消防署に連絡するのを待てばよかったんじゃないですか？　彼女自身が村の少年の母親のところに駆けこんで通報したと、その少年から聞いています」

ヒューズ警部補はうなずいた。「もちろんだ。わたしは、ひとつの仮説をあげたにすぎない。彼女が犯人だと言っているわけではないのだ。だがまずは、もっとも怪しい人間から調べるべきだ。違うかね？　鍵のかかったあの建物にいたのは自分ひとりだと、彼女は言ったのだぞ」警部補は言葉を切り、一方の手で作ったこぶしをもう一方の手のひらに打ちつけながらため息をついた。「まったく。いまのわたしには殺人事件の捜査にかかずらっている余裕はないというのに。オペレーション・アーマーダに、ありったけの人員を割かねばならんのだ——警察署長じきじきの命令なのだよ。麻薬の主要な流入拠点をつぶすことができれば、それは我々の大きな手柄になると署長は考えておられるし、わたしも同意見だ。だが、殺人事件の捜査をしながら、可能性のある港すべてにどうやって目を光らせておける？　とてもじゃないが、人手が足らん」警部補は机からおりると、手を払った。「骨の折れる捜査はきみにやってもらうことになる、ワトキンス。その男の正体を調べ、マダム・なんとかとの関係を探りだすのだ」

「わかりました、サー」ワトキンスが答えた。

「エヴァンズから、彼がレストランで見たという男のくわしい様子を訊くように」

「ちょっと待ってください、サー。オーウェンズ医師は、被害者はレストランの客ではないだろうと言っていませんでしたか？」ワトキンスが警部補の言葉を遮った。

「彼がなにかを食べているところは見ませんでした」エヴァンは記憶を探った。「赤ワインを飲んでいただけです」

ヒューズ警部補はうなずいた。「調べる価値はある。彼の特徴と、オーウェンズ医師がまとめた歯の治療跡をできるだけ早く（ASAP）フランスに送るのだ。ひょっとしたら彼は、向こうで手配されているかもしれない。どこかで麻薬取引につながっているという可能性も、考えられないわけじゃない。やつらが、彼女のレストランを取引場所に選んだのかもしれないぞ」

「彼女はまさにそのために、あそこにレストランを構えたのかもしれませんね」ワトキンスが言った。

ヒューズ警部補の顔が輝いた。「ふむ、やはり調べる価値はある。彼女について、あらゆることを探りだすのだ、ワトキンス。フランスの警察にも問い合わせたまえ。

彼女がなにを言い出すのか、様子を見ようじゃないか」

「連行しますか、サー?」

「いや、しばらく待とう。いまわかっていることだけでは、彼女を勾留することはできない。おじけづいて、フランスに逃げ帰られては困るからな。まずは、確たる証拠をつかむのが先だ。すぐに鑑識チームを現場の焼け跡に行かせて、凶器の可能性があるものを探させよう。あれだけの火事のあとだから、指紋が残っているとは思えないが、探してみなければわからない」

「よろしいでしょうか、サー」エヴァンはおそるおそる口を開いた。「彼女は料理人ですから、どのナイフにも指紋は残っているんじゃないでしょうか?」

「もちろんだ」ヒューーズ警部補は、エヴァンが三件の殺人事件を解決したことをいまも根に持っていたから、彼から一本取れることがうれしそうだった。「彼女の指紋があることはわかっている。興味があるのは、それ以外の指紋だよ。我々の国の法律制度は、有罪が立証されるまではその人間は無実であると考えるからね、エヴァンズ」

「はい」エヴァンはしゅんとなった。

若い医師たちを引き連れて歩く有名な外科医のように、警部補はワトキンスとエヴァンを従えて会議室を出た。

警部補は自分のオフィスの外で足を止めた。「気が変わった。いますぐ、彼女と話をしようと思う。エヴァンズ、わたしといっしょに来たまえ。あそこはきみの管轄だ。まだ逮捕するつもりはないが、指紋を採ろう。あそこに死体があったことを我々が知っているとわかったときの、彼女の態度が見たい。ワトキンス、きみはフランスのほうを調べるんだ。行くぞ、エヴァンズ。ひょっとしたら、とてつもなく大きなものにぶち当たったのかもしれない」

警部補は帆いっぱいに風を受けた船のように、さっそうと歩きだした。追いつくためには、エヴァンは小走りにならなければならなかった。

「忌まわしいったらないですよ、ミスター・エヴァンズ」午後八時過ぎ、ぐったりして帰宅したエヴァンを待ち構えていたかのように、ミセス・ウィリアムスが言った。

エヴァンは用心深いまなざしを彼女に向けた。いくらミセス・ウィリアムスが村中にネットワークを張り巡らせているとはいえ、密室で語られた法医学者の報告と殺人の証拠を知っているはずがない。

「なにがですか、ミセス・ウィリアムス？」エヴァンは帽子を脱いで、廊下のフックにかけながら訊いた。

「あなたがいつもいつもディナーを食べ損ねることですよ。オーブンにあなたの日曜のロースト肉を用意してあったのに、すっかりだめになったじゃないですか。こんな話、聞いたことがありませんよ――安息日にあなたをこんなふうに働かせて、せっかくのラム肉も食べさせないなんて。あなたを働かせすぎだって、カナーボンの警部に言ってやるつもりですからね」

「本当に大丈夫ですから、ミセス・ウィリアムス」彼女が警部に説教している様を想像すると、エヴァンは首のあたりが熱くなるのを感じた。警部がどんな反応を見せるのか、ありありと思い浮かべることができた。「これも仕事のうちですから。なにかことが起きれば、ぼくは行かなきゃいけないんです」

「火事で死んだあのかわいそうな男の人のことを調べているんでしょう？　身元はわかったの？」

「まだです」

「でも、おんぼろ車のバリーが車を見つけたって聞きましたよ。レンタカーだっていうじゃありませんか。地元のものじゃないって。ありがたいこと（ディーオル・アム・ヒニー）。犯人は外国人だって考えているんですよね？」

「そういうわけじゃありません」エヴァンは彼女についてキッチンへと入った。ローストラムと玉ねぎのおいしそうなにおいがオーブンから漂っている。あまり食欲をそそらないにおいは、コンロの上の焦げたキャベツだ。

エヴァンが食卓につくと、ミセス・ウィリアムスは食べ物を山盛りにした皿を彼の前に置いたが、今日ばかりはエヴァンも食欲がなかった。マダム・イヴェットに対する警部補の尋問のせいで、動揺していたし、戸惑ってもいた。あらゆる状況が彼女の犯行であることを、少なくとも彼女が関わっていることを示しているのはわかっていたが、彼女が犯人だとは信じたくなかった。重大犯罪を計画している女性が、警察官を誘惑したりするだろうか？　もしエヴァンが彼女の誘いに乗って、深い関係になっていたらどうだっただろう？

そこまで考えたとき、よりぞっとするような可能性に気づいた。あの誘惑は最初から計画していたことだったのかもしれない。対峙することになる地元の警察官を誘惑してみて、殺人の罪を逃れられるチャンスはどれくらいあるだろうと試したのかもしれない。

ミセス・ウィリアムスは半分しか食べていない皿を片付けながら、舌打ちをした。

「今夜の料理は焼きすぎだってわかってはいたんですけどね。ほかになにか作りましょうか？」

「いや、ありがたいですが、けっこうです。あなたの料理のせいじゃないんですよ。ただ考えることが多すぎて」

「なにか食べたいものはないですか？　ゆで卵とか？　ウェルシュ・レアビット？　バラブリス？」

エヴァンは笑顔で応じた。「餓死するわけじゃないんですから」

だがミセス・ウィリアムスは首を振りながら言った。「働きすぎると、そうなるんですよ。ごらんなさいな、あなたときたら疲れのあまり、食べ物を口に運ぶことすらできないじゃないですか。だめですよ、こんなことじゃ」

まさにそのとき、電話が鳴った。

「なんてことかしら、まただわ。ひとときの平穏もないんだから」ミセス・ウィリアムスは急ぎ足で電話に向かった。

「ええ、います。でも彼は今日一日、働いてきて、休息が必要なんです」彼女がそう応じるのが聞こえたが、エヴァンは礼儀正しく受話器を彼女から受け取った。

「エヴァンです」

受話器の向こうから、聞き慣れたくすくす笑いが流れてきた。「よく面倒を見てもらっているのがわかって、うれしいよ」ワトキンスが言った。「ベッドに入るときは、湯たんぽと熱いココアを持ってきてくれるのかい？」

「やめてくださいよ」エヴァンは遮ろうとしたが、ワトキンスはさらに言った。「きみは結婚したらどうなるんだろうね。相手の女性が気の毒だよ。その家ですっかり甘やかされているからね」

「そんなことを言うために電話してきたんですか？　それともなにか大事な話でも？」

「まずは、警部補の尋問がどんな具合だったのかを聞きたいね。彼女に自白させることはできたのか？」

「彼女からはなにも聞き出せませんでした。同じ話を繰り返すばかりで。あの夜、店にいたのは自分だけで、煙のにおいで目を覚ました。店にひとりで来ていたあの男がだれなのかさっぱりわからないし、一度も見たことはないと断言していました」

「すべて事実なのかもしれない」ワトキンスが言った。「これがなんらかの形で麻薬の密輸と関係があるとしたら、彼女はレストランを開くように指示されて、火葬された男は彼女とは初対面の連絡係だったのかもしれない」

「それとも彼は、敵対するギャングとの抗争に巻き込まれたのかもしれません」エヴァンはそう言いながらも、イヴェットが殺人とは無関係なシナリオを作りあげようとしていることはわかっていた。

「彼女の指紋やそのほかの情報は手に入ったんだろう？　よかったじゃないか。明日の朝一番に、持ってきてもらえるか？　うちのコンピューターの達人がそれをスキャンして、フランスの警察に送るよ。向こうのコンピューターで一致するものがないかどうかを探してもらえば、彼女に前科があるなら明日中には判明する」

「フランスは明日、祝日だったりするかもしれませんよ」エヴァンは素っ気なく告げた。「あの国は、週に一度は祝日なんだから」

ワトキンスはくすくす笑った。「グリニスがフランス語を話せてよかったよ。きみに頼まなきゃいけないのかと思っていた」

「ぼくのフランス語はそれほど悪くないですよ。フランスのパブのウェイトレスとは、ちゃんと意思の疎通ができましたからね」

「なるほど、そうだろうとも。きみは女性の扱いがうまいからな！　スノードニアのドン・ファン——そう呼ばれているんだろう？」

「やめてください、巡査部長。ぼくはそんなことをしないって、あなたが一番よく知っているじゃないですか」

「それなら、きみの無邪気そうな若々しい顔のせいかな——母性本能をくすぐるんだろう」ワトキンスはまた笑った。「とにかく、明日ここに来てくれ。フランスの警察が協力してくれることを願うよ。あまり期待はしていないがね」

月曜日の朝一番に、エヴァンは指紋と情報をコンピューター・センターのグリニス・デイヴィス巡査に届けた。エヴァンを見ると、彼女の顔が輝いた。

「わくわくしますね。これがわたしの初めての殺人事件の捜査なんです！」彼女は指紋をスキャンすると、コンピューターに情報を入力し始めた。「あなたは公式には私服警官ではないんですよね？」恥ずかしそうにエヴァンを見あげながら尋ねた。「でも殺人事件の捜査に関しては天才だって聞いています」

「ただ運がよかったんだよ。たまたま、都合のいいときに都合のいい場所にいただけなんだ」

「それだけのはずがありません。あなたには間違いなく才能があるんです。だれにもあるものじゃないわ。犯罪捜査部（CID）への異動願いを出すべきです。わたしも出したんです」

「きみも？」

「はい。警察官になったばかりですけれど、やる気があるところを見せたくて。いっしょに訓練を受けることになったら、楽しいでしょうね？」

エヴァンは、魅力的で才能もあるデイヴィス巡査といっしょに訓練を受けることになったときの、ブロンウェンの反応を想像した。

「ぼくはいまの自分の仕事に満足しているよ」エヴァンは言った。

グリニスはため息をついた。「わたしの異動も認めてもらえないと思います。コンピューターのことがいくらかでもわかるのはわたしだけですから。だれかに教えて替わってもらえるまでは、ここから動けないんでしょうね」彼女は画面に目を向けた。「あら、よかった。フランス警察から、受け取ったという連絡がきました。盟友のイングランドのためにできるかぎりの協力をしますですって」彼女はまたエヴァンに目を向けたが、今度はその顔に怒りの表情が浮かんでいた。「どうしてみんな、ウェールズがイングランドの一部だって考えるのかしら」

「きみはこのへんの出身なの？」彼女がウェールズに強い思い入れのあるタイプだとは思っていなかった。

「はい。スランディドノーの生まれです。父はいまもあの村で医者をしています」

「ウェールズのなまりがないね」

彼女はにっこり笑って言った。「イングランドの寄宿学校にいましたから。ウェールズ語はすっかり錆(さ)びついてしまいましたけれど、まだ少しは話せます(シャラド・カムラエグ・ティッペン・バッハ)。練習が必要なだけです」

彼女がなにをほのめかしているのか、エヴァンは気づかないふりをした。「精神科病院からなにか連絡は？」

「まだです。しばらくは来ないと思います。見舞客の古い名簿を調べたり、親戚を探すのには時間がかかるでしょうから。それにああいうところでは、みなさんとても忙しいんじゃないでしょうか。一番期待できるのはやっぱり警察だと思います。どちらかに前科があれば、少なくともなにを調べるべきかはわかります」グリニスが立ちあがった。長身で、薄い黒のストッキングに包まれた脚はすらりとしている。制服のスカートは、規定より一、二センチ短いに違いないとエヴァンは思った。「わたしは朝食がまだなんです。コーヒーを飲んできます」

「カフェテリアで？　きみは勇気があるね」

彼女は鼻にしわを寄せた。「とんでもない。歩いて行けるところに小さなコーヒーショップがあるんです。カプチーノがおいしいんですよ。いっしょにどうですか？」

グリニスといっしょにおいしいカプチーノ。おおいにそそられたが、エヴァンはかろうじてその誘惑を払いのけた。「行きたいところだが、すぐに村に帰らなくてはいけないんだ。巡査はぼくしかいないんでね」

「それじゃあ、またの機会に」グリニスは言った。

エヴァンはうなずいた。スランフェア村へと車を走らせながら、エヴァンは妙に落ち着かない気持ちだった。気の合う同僚とコーヒーを飲むことのなにが悪いんだ？　自分にそう尋ねてみたが、もちろん答えはわかっている。彼女を魅力的だと思っているからだ。それはつまり、自分はまだひとりの女性に決める準備ができていないということだろうか？

オフィスに戻ったエヴァンはグリニス・デイヴィスを頭から追い出し、仕事を始めた。一日がだらだらと過ぎていった。唯一かかってきた電話は、パリー・デイヴィス牧師の新しいバンが吐き出すディーゼルの排気ガスが空気を汚し、希少種のスノードン・リリーにも有害だという、ミセス・パウエル＝ジョーンズからの不満の訴えだった。すぐにナショナル・トラストに通報するつもりだと彼女は言った。

気がつけばエヴァンは、情報が入ってくるコンピューター・センターにいられればよかったのにと考えていた。ここにいては、なにひとつわからないままだ。いまごろはマダム・イヴェットの経歴と死んだ男の身元が判明しているはずだと推測するしかなかった。電話がかかってきたのは、ちょうど勤務時間が終わり、署に鍵をかけていたときだった。少しためらってから再びドアの鍵を開け、五回目の呼び出し音で電話を取った。

「どこに行ったのかと思ったよ」ワトキンスが言った。

「いいタイミングでしたよ。今日はもう帰るところでした。五時ですから」

「公務員の勤務時間を守れる人間はいいいな」

エヴァンは皮肉を聞き流した。「フランスからなにか知らせは？」

「あるともないとも言える。典型的なフランス流だよ。まったく役に立たないんだから。聞いてくれるか？　一致する指紋は見つからなかったんだが、ほとんどの部署はまだオンライン化していないんだそうだ。彼女の前科が軽いものだったり、大きな町以外で指紋を採られたりしていた場合、地元の警察にしかその記録が残っていないらしい。つまり、地区ごとに探さなきゃならないというわけだ。地元の警察の当該部署に電話したらどうだと言われたよ」

「国際協力が聞いてあきれますね」エヴァンは言った。「それで、精神科病院のほうは？」

「調べてくれているそうだ。それはつまり、山のような未処理の書類の一番下になっているということだろうがね」

「少なくとも彼女が、国をまたにかける逃亡中の重罪人じゃないことはわかったわけだ」

「あるいは、捕まらないくらい頭がいいのか」ワトキンスが指摘した。

「それで、このあとはどうするんです？　デイヴィス巡査にフランスの警察本部すべてに電話をかけてもらうんですか？」

「ただ座って、その結果をぼんやりと待つわけにはいかない」ワトキンスが言った。「何週間もかかるだろうからね。マダム・イヴェットにはどこにも行かないようにと言ってある。もし彼女が無実なら、ずっとそうやって縛りつけておくわけにはいかない。彼女がもう少し協力してくれていれば……。わたしがなにを考えたか、わかるかい？　サウス・コーストまで行って、自分で調べてこようと思うんだ。彼女がそこでレストランを開いていたのなら、なにかを知っている人間がいるはずだ」

「いい考えですね」エヴァンは言った。「ちょっと待ってくださいよ。たったいま気づいたんですが、彼女の前のレストランはサウス・コーストにあったんですよね。イギリス海峡に出るには便利なところです。そして新しいレストランは、地元の港から入ってくる麻薬を受け取るにはうってつけの場所だ。これは本当に麻薬と関係があるかもしれませんよ」

「わたしもそれを考えていた」

エヴァンはくすくす笑った。「あなたの方向感覚は優れているとは言えませんよね。ひとりでサウス・コーストまで無事にたどり着けると思いますか？」

「着けないだろうね。いっしょに来てくれるかい？」

「いいですよ。警部補がきっと認めてくれるでしょう！」

「真面目な話なんだ。わたしにできることをしろと警部補は言った。彼女の以前のレストランでなにがあったのか、どうしてここに来たのかを探りだす必要があると思う。わたしの方向感覚がひどいことは、みんなが知っている。だから運転手が必要なんだ」

「喜んでと言いたいところですが、サウス・コーストは遠い。丸二日もこの村に巡査がいなくなってしまいますから、行かせてはもらえませんよ」

「わたしが話を通しておく。本当に重要なことなら、きみの代わりを分署によこしてくれるはずだ。きみはレストランにいた謎の男を見ているし、マダム・イヴェットとも何度も会っている。わたしが自分で運転したら、カーライルに行ってしまうと言うさ」

「そういうことなら」エヴァンは気持ちがたかぶるのを感じた。「いつ出発しますか？」

14

電話を切ったエヴァンは机の前に座り、沸き立つ気持ちをなだめながら旅の計画を立て、なにを探りだせるだろうかと考えていた。全身をアドレナリンが駆け巡っている。刑事の仕事をさせてもらえることに、心が躍っている——それはつまり、今後について真剣に考えなければならないということでもある。辛い時期を乗り越えるという、この村に来た当初の目的は果たしたのかもしれない。自分はもうスランフェア村を卒業して、次に進む時期が来たのかもしれない。この事件が終わったら、刑事としての訓練に申し込むことを真剣に考えてみようと思った。そうすれば、ワトキンス巡査部長の正式な相棒として働くことができる。

警察署を出ると、沈みかけた太陽が谷を温かなバラ色に染めていた。スノードン山とそのほかの山の頂はくっきりと黒く浮かびあがり、そのまわりに綿菓子のような淡いピンク色の小さな雲が漂っている。山腹の高いところからひつじの鳴き声と犬の吠える声が聞こえていた。犬たちがひつじを集めているのだろう。薪の煙のにおいと夕食の支度をするにおいが混じり合って流れてきた。集会所の裏の競技場から、サッカーをする子供たちの声が聞こえていた。

エヴァンの顔に思わず笑みが浮かんだ。これこそが、この村に来た理由なのだと思える瞬間だ。エヴァンはまっすぐ家に帰るのではなく、左に向かい、村の大通りを進んだ。仕事帰りの人々が、通りすがりに彼に声をかけていく。肉屋のエヴァンズは店のブラインドをおろしながら、彼に向かって手を振った。

「〈ドラゴン〉に行くだろう?」チャーリー・ホプキンスが車のなかから声をかけた。

「多分ね」エヴァンは返事をした。

そのまま歩き続けるエヴァンの脇をバイクが通り過ぎた。運転手はバイクを止めてヘルメットを脱ぐと、チャーリーのコテージへと入っていった。彼の孫息子のブリンだ。祖父母を訪ねるのはいいことだとエヴァンは思い、自分の将来に思いを巡らせた。子供や孫に囲まれている自分の姿を想像しようとしたが、未来のはっきりした形となると、彼の頭はなぜか働かなくなった。

学校の運動場までやってくると、ブロンウェンの家の煙突から煙があがっているのが見えた。旅に出ることを彼女に伝えておこうと決めた。すぐに村中に広まるだろうし、彼女が他人から知らされるのは避けたい。

エヴァンはブロンウェンの家のドアをノックした。ドアを開けたブロンウェンはエプロン姿で、両手は小麦粉にまみれていた。鼻にも白いものがついていて、エヴァンはそれをとても魅力的だと思った。

「あら、いらっしゃい」ブロンウェンが言った。「いまちょうど、マダム・イヴェットのスフレのレシピを試していたところだったのよ。実験台になってくれる気はある？　言っておくけれど、スフレを作るのは初めてなの」

「もちろんだよ」ブロンウェンがどういうわけかグリニスのことを知っているような気がして、エヴァンはためらいがちに家のなかへと足を踏み入れた。「でもぼくはスフレを食べるようなタイプじゃないけれどね」

「本物の男はキッシュを食べないから？」ブロンウェンはからかうようなまなざしをエヴァンに向けた。「心配しなくても大丈夫よ。村中に言いふらして、あなたの評判を台無しにしたりしないから」

「この村ではなにひとつ隠してはおけないさ」エヴァンはマツ材の食卓の前に置かれているスツールに腰かけた。

「そうそう、忘れる前に言っておかないと。今週の金曜日の夜、バンガーの大学でコンサートがあるの。行きたいのよ。あなたを連れていけるかしらって思ったの。ハープのコンサートで、あなたがそういうことにあまり興味がないのはわかっているけれど、でも……」ブロンウェンの青い目が無言で訴えていた。

「申し訳ないが、ぼくはその日ここにいるかどうかわからないんだよ。ワトキンス巡査部長とイーストボーンに行かなきゃならなくなった」

「イーストボーン？　サセックスのイーストボーンのこと？」

エヴァンはうなずいた。「マダム・イヴェットの前のレストランがそのあたりにあったんだ。この事件はまだまったく手がかりがつかめていないし、彼女もあまり協力してくれない。だからワトキンス巡査部長は彼女の素性を調べることにしたんだよ。それで、運転手としてぼくを連れていくんだ」

ブロンウェンは笑みを浮かべた。「運転手ですって？　ほかのどんなできそこないの刑事よりもあなたは事件を解決するのがうまくて、みんなそのことを知っているから、彼はあなたを連れていくんでしょう？」

「それは違うよ。ぼくはただ、何度か運がよかっただけだ。ワトキンスは立派な刑事だ。ただ、方向感覚が少しばかり悪いだけなんだ。ひとりだったら、カーライルに行ってしまうだろうと言っていたよ」

「そう」ブロンウェンは笑顔のまま言葉を継いだ。「それで、イーストボーンでなにを調べるつもりなの？　それとも、それは秘密？」

エヴァンは肩をすくめた。「実を言うと、ぼくたちにもよくわかっていないんだ。だがきみもレストランで見つかった死体のことは聞いているだろう？」

「子供たちはその話ばかりしているわよ。想像がつくと思うけれど、テリーはすっかり興奮してしまっているの。悪党とかペテン師とか銃撃とか、そういったことで頭がいっぱいみたい。あの夜、銃を持った外国人を見たと言っていたわ。その男がレストランを爆破するつもりだってわかっていたんですって」ブロンウェンは首を振りながら、スフレの残りの生地を深皿にこすりつけた。

「銃を持った外国人？　ぼくたちが見たのと同じ男のことかもしれないが、銃を持っていたというのはどういうことだろう？」

「想像だと思うわ。あの子は暴力的なものに夢中なのよ。精神科医に診せたほうがいいって、母親に言ったの。ちょっと度を越していると思うのよ」

「ぼくはそれほど危険だとは思わない」エヴァンが言った。「あの子は自分たちを捨てた父親に腹を立てていて、その感情をそうやって吐き出しているんだ。だが扱いが難しいことは確かだね。火事の現場まで、自転車で来ていたよ。真夜中近かったはずだ」

「知っているわ。あなたが家まで送ってくれたって話していた。とてもうれしそうだった。あなたはいまのところ、彼のヒーローなのよ。あなたとチャーリーのお孫さんが。大きくなったら、消防士と警察官になるんですって」

エヴァンは微笑んだ。ブロンウェンはせわしげに動きまわりながら、調理器具を片付け、テーブルを整えた。

「なにかぼくにできることはある？」エヴァンが訊いた。

ブロンウェンはボウルを彼に渡した。「これをシンクに入れて。それからワインを出してもらえるかしら」

「白、それとも赤？　なにが正しいのか、よくわからないんだ」

「スフレには白だと思うわ。冷蔵庫に封を切っていないシャルドネがあるはずだから」

「わかった」エヴァンはワインを取り出し、栓を抜いた。

「それで、死体のことはなにかわかったの？　身元は判明した？」ブロンウェンが訊いた。

「まだだ。なかなかの謎なんだよ」

「身元がわかるものはなにもないっていうこと？」

エヴァンはうなずいた。「いまのところ唯一の手がかりは、乗り捨てられていたレンタカーだけだ。フランス人の男が偽名で借りていたんだ」

ブロンウェンがぎくりとしたのがわかった。「エヴァン、それってわたしたちが食事をしているときにレストランに入ってきた男の人だという可能性はない？　あの人、フランス人に見えたでしょう？」

「ぼくもそれは考えた。だが証明する方法がない」

「彼とマダム・イヴェットのあいだに、なにか妙な空気が流れた瞬間があったわよね？　彼女、もう少しでわたしたちのクレープ・シュゼットを燃やしてしまうところだった」ブロンウェンは言葉を切り、首を振った。「でも彼は、わたしたちより先に帰った。店を出たのは、わたしたちが最後だったわ」

「そうだった。だが彼女とあの男のあいだになにかがあったことは確かだ。男が言ったなにかに、彼女は動揺した。だが彼女は、男がロブスターを食べたがったのにその用意がなかったからだと釈明した」

「それくらい単純なことだったのかもしれないわね」ブロンウェンは言った。「いまのところ、なにがわかっているの？」

エヴァンはワインを注ぎ、ブロンウェンにグラスを渡した。「どこから話せばいいかな。死体は損傷が激しくて、指紋は採取できなかった。歯型は採れたが、それを使って調べるためには、彼がどこから来たのかをまず突き止めなくてはならない」

「気の毒なマダム・イヴェット。ずっと彼女のことを考えていたの。さぞ辛いでしょうね。なにもかもなくしただけじゃなくて、知らない男が自分のレストランで死んでいたのよ。悪夢としか思えないでしょうね」

エヴァンはなにも言わなかった。その死体が何者かに刺されていたことやマダム・イヴェットが第一容疑者であることを、ブロンウェンに話す必要はない。麻薬と関わりがあるかもしれないことにも触れたくはなかった。

「それで、彼女はこれからどうするの？　どこに泊まっているの？」ブロンウェンが尋ねた。

「いまは〈ヴェイノル・アームズ〉に泊まっている。捜査に進展があるまでは、どこにも行けないんだ」

「着替えも身の回りのものもなにひとつないまま、パブに泊まるなんて、さぞ惨めでしょうね。彼女が着られるものがないかどうか、手持ちの服を調べてみるわ。ほかの女の人にも頼んでみる。うちに食事に来てもらってもいいわね。彼女のためにお料理をする勇気はとてもないけれど……」

「きみは優しい人だね、ブロンウェン」

「そうね、わたしにもいくつかいいところはあるのよ」ブロンウェンの言葉を聞いて、グリニスのことがすでに彼女の耳に入っているくらい、スランフェア村のスパイは優秀だろうかとエヴァンは再び考えた。

「きみもいっしょにイーストボーンに来られればいいのに。楽しいだろうな」

「週末に羽を伸ばすのに、警察はお金を出してくれないと思うわよ」ブロンウェンは、挑発的な顔でエヴァンを見た。「観客もいることだし。ワトキンス巡査部長はあなたのそばを離れないでしょうからね。それにわたしは三〇人の子供たちを見ていなきゃいけないの。テリーがなにかを吹き飛ばしたりしないように――」

ブロンウェンはあんぐりと口を開け、その先の言葉を呑みこんだ。「エヴァン、あなたまさか……?」

彼女がなにを考えているのか、エヴァンはすぐに察した。「彼が火をつけたと思っているのかって?」

ブロンウェンはうなずいた。

「テリーはどの現場にもいた」エヴァンは考えこみながら言った。「ちらりとは考えたよ。いまの彼は、暴力的なものにずいぶんと興味を引かれているようだからね」エヴァンは首を振った。「だが、到底不可能だ。テリーのような小さな子が――どこでガソリンを手に入れるんだ？　だれにも見られることなく、丘の上までどうやってガソリン容器を運ぶ？　それに、彼が〈エヴェレスト・イン〉にいれば、だれかが気づいたはずだ」

「でも、可能性があることは認めるでしょう？」

「そうだな、可能性はある」エヴァンはゆっくりとワインを口に運んだ。

「それじゃあ、どうするの？」

「ぼくは、明日の朝にはワトキンス巡査部長とここを発つ。今夜のうちにテリーと話をしておくよ、念のためにね。ぼくがなにを考えているかを伝えておく。それでしばらくはおとなしくさせておけるはずだ。戻ってきたら、もう少し調べてみよう。きみが彼のテストかなにかを持ってきてくれれば、その指紋と残されていた手紙の指紋を照合できる」

エヴァンは再び首を振った。「テリーが火をつけたという可能性はある。だが、あんな手紙を書くだろうか？　あれは大人がすることだ。子供じゃない」

ブロンウェンは化粧台に近づいた。「採点をするためにテストを持って帰ってきたの。これよ——テリーの地理のテスト。ほぼ満点。頭のいい子なのよ。いまはただ、道に迷っているだけ——あの子には、いい影響を与えてくれる、ちゃんとした男性が必要なの」

「ぼくに彼の面倒を見ろと？」

「もっと悪いことをするかもしれないのよ」

「きみはいつも、ぼくは人の手助けばかりしているから、いっしょに過ごす時間がないと文句を言っていたじゃないか」エヴァンが指摘した。

　ブロンウェンは肩をすくめた。「教え子たちがちゃんとやっていけるように、できるだけのことをしたいのよ」

　エヴァンはテーブルの向こう側に移動し、ブロンウェンの腰に手をまわして自分のほうに引き寄せた。「きみはとても魅力的だって、言ったことがあったかな？　とりわけ、鼻に小麦粉がついているときには」

　エヴァンは優しく彼女の鼻にキスをし、それから唇を重ねた。今度はそれほど優しくはなかった。

「エヴァン」しばらくたったところで、ブロンウェンが声をあげた。「いま、わたしの気を散らしちゃだめよ。スフレが焦げちゃう！」

ブロンウェンは笑いながら、かがみこんでオーブンを開けた。「初めてにしては悪くないわ」かりかりした茶色い山のようなスフレを取り出す。「マダム・イヴェットの作ったものとそっくりよ」

「感心したよ」

「わたしも自分で感心したわ」ブロンウェンの頬はピンク色に染まっていた。だが彼女がナイフを入れると、スフレはしぼみ始めた。

「まあ」ブロンウェンの声は、スフレと同じくらい気が抜けていた。「もっと練習が必要みたいね」

エヴァンは彼女に近づいて、抱きしめた。「でも、絶対においしいさ。ワインのお代わりはどうだい？」

ブロンウェンは弱々しく微笑んだ。「そうね、ワインで忘れることにするわ」

「きみはぼくよりずっと料理が上手じゃないか。ぼくなんていまだにゆで卵すら作れない」

エヴァンはワインのボトルを手に取ったが、その格好のまま宙を見つめ、凍りついたように動かなくなった。

「幻でも見ているの？」ブロンウェンが訊いた。

「気づいたことがあるんだ。ぼくはワインにはくわしくないが、ロブスターに赤ワインを合わせないことくらいは知っている。レストランにいたあのフランス人の男がロブスターを食べるつもりだったなら、絶対に赤ワインを注文していないはずだ」

「どうかしら。メインディッシュが来る前に、一本全部空けてしまうつもりだったのかもしれないわよ」ブロンウェンはそう言ったものの、すぐに首を振った。「そんなはずないわね。それだけ飲んだら、味がわからなくなる。違う？」

「つまり、マダム・イヴェットは嘘をついたということだ……」

「狼狽して、真っ先に頭に浮かんだばかげたことを口にしただけなのかもしれないわよ。だれだってそういう経験はあるもの」

「きみが？　きみは絶対にばかげたことを口にしたりはしないさ」

ブロンウェンはエヴァンにすり寄った。

「あなたも本当にいい人ね。知っていた？　明日、わたしもいっしょにイーストボーンに行ければよかったのに。気をつけて行ってきてね。知らない女の人と話をしちゃだめよ、いい？」

エヴァンは食事のあと長居はせず、暗くなる前にテリー・ジェンキンスを探すことにした。少年たちの声が聞こえていた競技場に向かった。サッカーの試合は終わったらしく、少年たちが笑いながら競技場から出てくるところだった。エヴァンはテリーの姿を探したが、見当たらなかった。

「だれか、テリー・ジェンキンスを見なかったかい？」エヴァンは訊いた。

「自転車でどっかに行ったよ。なにかに首を突っ込んでるんじゃないかな」少年のひとりが言った。

「テリーはきみたちといっしょにサッカーをしていなかったんだね？」

「ぼくたちのチームに入りたくないんだってさ」別の少年が言った。「グウィラムが言ったとおりひとりでどこかに行ったよ」

エヴァンは通りに戻り、ジェンキンス家のコテージを目指して丘をのぼった。コテージに入ろうとしたところで、視界の隅になにか動くものが見えた気がした。急いで通りを渡ると、庭の塀の向こうにしゃがみこんでいるテリーがいた。

「なにをしているんだ、テリー？」

「なにも。なにもしてないよ、エヴァンズ巡査」テリーは答えたが、目が泳いでいる。

「きみは人の家の庭にいるんだよ、テリー。それは不法侵入っていうんだ。だからなにもしていないことにはならない。ここはミスター・ホプキンスのコテージだ。そうだね？」

テリーはうなずいた。「なにも悪いことなんてしてないよ。本当だよ。ぼくはただ……いまブリンが来ているんだ。知っているよね、消防士のブリン。彼のバイクを見ていただけだよ」

「それならどうして隠れたんだ？　バイクを見るのは、悪いことでもなんでもない。本当はなにをしていた？」

テリーは不安そうにきょときょとと周囲を見まわした。「ぼく……試しただけなんだ……それだけだよ。サドルに座ってみて、どんな感じなのか知りたかったんだ。大きくなったら、ぼくもバイクに乗るんだよ」

エヴァンはテリーの肩に手をのせた。「テリー、きみは自分で問題を起こしているってわかっているよね？　ぼくはきみを知っているからいいけれど、もしきみがバイクに乗っているところを違う警察官が見たら、いったいどう思われるかわかっているよね？」

テリーはうなずいた。「盗もうとしているって思われる」

「そうだ」テリーはホプキンス家のコテージを振り返った。「ただぼくはブリンが――」ふさわしい言葉を見つけられずに、テリーは口ごもった。「消防士ってすごくクールだよね、ミスター・エヴァンズ？」

「それほどクールじゃないとぼくは思うね」エヴァンは応じた。「たいていの場合、とても熱（ホット）いだよ」

テリーはにやりと笑った。「ぼくの言いたいこと、わかっているくせに。わくわくするよ——大きな炎、壁が崩れ落ちて、窓が割れて……」

エヴァンはホプキンス家の庭からテリーを連れ出し、道路の反対側へと移動した。

「テリー」静かな口調で語りかける。「ぼくは二、三日、事件の捜査で留守にする。そのあいだ、ぼくの代わりによく注意していてほしいんだ。火事が起きないように見ていてほしい。きみはとても観察力が鋭いから、ぼくは頼りにしているんだよ。いいね？」

テリーは重々しくうなずいた。「わかった、ミスター・エヴァンズ。ぼくにできることをするよ」ぱっと顔が輝いた。「死体の話をしてよ。見たんでしょう？　どんなだった？　すっかり焼けていて、焦げていて、見たらぞっとした？」

エヴァンは笑いをこらえきれなかった。「すごくぞっとしたよ、テリー」

「だれがやったのか、ぼく、知ってるんだ」

「なにをだい？」

テリーはまだ目をきらきらと輝かせている。「彼を殺して、死体を隠すためにあの建物に火をつけたんだよ」

単なるあてずっぽうなのか、それともギャング映画の見過ぎなのかどちらだろうとエヴァンは考えた。いくらスランフェア村の人々が噂好きとはいえ、法医学者の話が広まっているはずがない。

「映画ではいつだってそうやっているもの」テリーはさらに言った。「ぼく、犯人を見たんだよ、ミスター・エヴァンズ。外国人みたいな顔つきで、車に銃を置いていたんだ。助手席に置いてあるのを見たんだよ。赤い車を運転していた。ぼくを呼びとめて、レストランの場所を訊いたんだよ。変な発音だった――外国人みたいな」

「どんなふうだったんだ？」

「わからないよ」テリーは顔をしかめた。「外国人っぽかったんだって。革のジャケットを着てた。髪は黒くて、くるくるしてた。すごく気味が悪かったんだよ。あれは絶対、マフィアの殺し屋だね」

どこまでがテリーの想像なのか、エヴァンには判断がつかなかった。テリーの説明は、レストランにいたおそらくは被害者であろう男の特徴と一致している。それに、車はえび茶色だった。テリーが実際に彼と言葉を交わした可能性はおおいにある。だが、銃と気味の悪い外見というのは、彼が付け加えただけかもしれない。車からも死体からも銃は発見されていないのだ。

「情報をありがとう、テリー」エヴァンは言った。彼が見た男性がほぼ間違いなく死んでいることは、告げたくなかった。

「任せてよ、ミスター・エヴァンズ。あなたがいないあいだ、ぼくがちゃんと見張っているから。またなにか起きるかもしれないし」

「ひとつだけ言っておくよ」エヴァンは言った。「ぼくがいないあいだ、あまりうろつきまわってほしくないんだ。日が落ちたあとは、家にいてほしい。車に轢かれるかもしれないだろう？　行儀よくして、お母さんを悲しませたりしないでほしい。いいね？」

「わかった、ミスター・エヴァンズ」テリーはにっこりして答えた。「それで、あなたとミス・プライスは結婚するの？」さらににやにやしながら尋ねる。「ふたりがキスしているところを見たんだ」

「きみはなんでもかんでも知りたがりすぎる」エヴァンは、テリーの自宅の玄関まで無理やり彼を連れていった。「気をつけないと、そのうちひどく困った羽目に陥るぞ」

「刑事になる練習をしているだけさ」テリーは玄関のドアを開けた。「ミス・プライスと結婚するべきだよ。すごくきれいだもん」

ひんやりした夜の空気のなかにエヴァンを残し、テリーは家のなかへと駆けこんでいった。

15

「さあ、着きましたよ」エヴァンが言った。M二五号線に入ったところで運転を交代したあとは、彼がずっとハンドルを握っていた。ワトキンス巡査部長が助手席で眠っているあいだに、ふたりは予定より早く目的地に到着した。

ワトキンスが目を覚ました。車が走っているのは、穏やかな青い海沿いに延びる大通りだ。何組もの年配の夫婦が腕を組んでそぞろ歩き、父親たちが誇らしげにベビーカーを押している広々とした散歩道と車道を、遅咲きの花が植えられた花壇が隔てている。野外ステージでは軍楽隊が演奏し、年金生活者たちはデッキチェアでのんびりとくつろいでいる。波打ち際でぱしゃぱしゃと水しぶきをあげる勇敢な子供たちがいれば、小石の浜のところどころにあるわずかな砂場でお城を作っている子供たちもいた。ワトキンスは、午後の日差しに目をしばたたいた。

「目的地を飛び越えて、リヴィエラに来たんじゃないだろうな？　ここがイングランドのはずがない。イングランドには休暇で何度も来たことがあるんだ。いつだって雨だった」

「あなたはいつも夏に来ていたからですよ。八月は季節風の月なんです」エヴァンは満足そうにあたりを見まわした。「いいところじゃないですか。この捜査に二週間くらい時間をかけませんか？　あそこのデッキチェアに寝そべって、面白い本でも読みたいですね。それとも、高級ホテルのどれかに泊まって、温室で紅茶を飲むとか」

「ここには北ウェールズ警察の経費で来ているんだぞ。テントに泊まらずにすんだのは、運がよかったんだ」

エヴァンはくすりと笑った。「まずは泊まる場所を探して、それから食事ですね。あなたはどうだか知りませんが、ぼくは腹ペコですよ」

ワトキンスはうなずいた。「わたしもだよ。どちらにしろ、今日はもうなにかを調べるには遅すぎる。明日、朝早くから始めることにしよう」

「このあたりを調べる前に、地元の警察に挨拶をしておくべきでしょうか？」

「そうだな、その必要はあるだろう。だがまずは、事実を整理しておきたい。そのレストランの情報が欲しいね。そうすれば、自分のしていることがわかっているように見せられるからね」

「市役所には営業許可の記録があるんじゃないですか？　そこから始めるのがいいかもしれない」

「いい考えだ。まずそれを調べて、そこからたどっていこう」ワトキンスは歯と歯のあいだから息を吸いこんだ。「なにを探しているのかが、わかっていればいいんだが」

「マダム・イヴェットの過去を調べるんですよね？　偽名を使った男が彼女のレストランで殺されることになった理由を探りだすんですよ」

「はっきりした答えをつかめることを祈るよ」ワトキンスはため息をついた。「電話ですむようなことだけしかつかめなかったら、困ったことになるぞ」

「きっとなにかわかりますよ、巡査部長」エヴァンは横断歩道の前で車を停止させ、年配の夫婦が道路を横断するのを辛抱強く待った。永遠に渡り終えないような気がした。「なんの理由もなく、突然北ウェールズに来る人間はいません。イヴェットには、あそこでレストランを開く理由があったはずです。そして、被害者にも彼女のレストランを探す理由があったに違いないんです。ロブスターを食べたいという以外のことが。ふたりのつながりがわかれば、きっとすべてが判明します」

「彼女には、ウェールズの田舎者にフランス料理の素晴らしさを教えるということ以外の理由があったと言いたいんだな？」

老齢の夫婦が横断歩道を渡り終え、エヴァンは車を発進させた。支柱のあるポーチやガラス張りのラウンジのある高級ホテルの前を通り過ぎながら、こうしているいまもあそこでは銀のトレイで紅茶を給仕しているのだろうと、エヴァンは物欲しそうにそちらを見ながら考えた。無理やり、当面の問題に意識を戻した。「あなたがフランス人で、いまのレストランを閉めなくてはならなかったとしたら、新しいお店はその近くか、もしくはフランスで開きませんか？　どうして、なんの関わりもないウェールズを選ぶんでしょう？」

ワトキンスはうなずいた。「そのとおりだ。その答えがここにあることを祈るだけだな。そろそろ運が向いてきてもいい頃だ」

三〇分後、ふたりは〈シービュー・ホテル〉にチェックインした。

海岸から八〇〇メートルほど離れた裏通りにある、古めかしい建物だ。「商品表示法に違反していると通報すべきだな」ワトキンスは正面の階段をあがりながらつぶやいた。「ここからは、どう考えても海は見えない！」

「それに、正確にはホテルじゃありませんね」エヴァンが言い添えた。「ぼくが子供の頃は、こういうところは下宿屋と呼ばれていました」

ドアを開けた女性を見て、エヴァンは子供の頃に休暇で泊まった下宿屋の老いた女主人を思い出した。

「夜一〇時以降はうるさくしないでくださいよ」女主人は、夜通し騒ぐつもりだろうかといぶかっているかのような目でふたりを見た。「玄関は一一時ちょうどに鍵をかけます。イーストボーンでは、それ以降に外にいる理由がありませんからね。ここは、静かでちゃんとした施設なんだから」彼女はラックから鍵を取ると、ふたりを連れて絨毯(じゅうたん)を敷いた階段をあがった。「バスルームのルールは、ドアの内側に貼ってありま す」息を切らしながら、彼女は言った。「夜一〇時以降の入浴は、基本的に禁止です。湯沸かし器はうるさいんでね。ほかの人たちは眠りたいんですよ」階段をあがり切ると、ドアのひとつに鍵を挿した。「ここには、遅い休暇で？」

「いや、わたしたちは警察官なんです」ワトキンスが答えた。

「警察？」女主人はぎょっとしたように訊き返した。「わたしたちは、なにも悪いことなんてしていませんよ。ここはまともな施設なんですから」

「もちろんですとも」ワトキンスが言った。「わたしたちは事件の捜査に来たんです」

「テレビみたいだね。ぞくぞくすること」彼女の顔がぱっと明るくなった。「面白い事件ですか？　殺人とかスパイとか？」

「いえ、付加価値税（VAT）の支払いをごまかそうとしている施設を調べているんです」その言葉を聞いた女主人は唐突に料理の途中だったことを思い出して、あわててその場を離れていったので、ワトキンスはエヴァンを見てにやりと笑った。

翌朝のイングリッシュ・ブレックファーストは、極薄のベーコンが二切れと目玉焼きと焼いたトマトのスライスが一切れという、かなり貧弱なものだった。

「これなら妻も、コレステロールの摂りすぎだと文句は言えないな」食堂をあとにしながらワトキンスが言った。

「ゆうべあなたが食べたステーキを見ていませんからね」エヴァンが指摘した。

ワトキンスはにやりとした。「うまかったじゃないか。きみはフランス料理を食べていればいい。わたしは上等の赤身の肉があればそれでいいよ」

マダム・イヴェットのフランス料理店が違う人間の名義で残っていないかどうか、ふたりは電話帳を調べた。だがそれらしい名前の店はなかった。フランス料理店と名乗っているのは、新しいショッピングセンターのなかにある〈オアシス〉というレストラン一軒だけだった。

ふたりは二度目の朝食を近くのパブで取ることにした。安いけれど手のこんだ料理が出てきたし、ウェイトレスも親切だった。町の郊外でレストランをしていたフランス人夫婦を覚えていないかと、ふたりは彼女に訊いた。「そんなお店で食べたことはないわ。それにイーストボーンは大きな町だもの。新しいレストランができては、つぶれるの繰り返しなのよ」彼女は首を振って答えた。

朝食のあと、ふたりは市役所を訪れたが、係の女性は彼らが探している店にいくらかでも似通ったものさえ見つけることができなかった。

「町のすぐ郊外だと彼女は言っていた」エヴァンが告げた。「どこかほかのところに記録が保管されているということはありますか？」

「イーストボーン市内でないのなら、ルイスの州庁舎に保管されているはずですけれど」彼女が言った。

ふたりは三〇分かけて、サウスダウンズにあるルイスという古い町に赴いた。

「いいところだ」町を取り巻く緑の丘をうっとりと眺めながら、エヴァンが言った。

「きみは山がないと生きていけないのかい？」ワトキンスがからかった。

州庁舎の記録保管室にいたのは若い娘で、エヴァンをひと目見て好意を抱いたらしく、すぐに手を貸してくれた。ふたりといっしょに台帳に目を通していたが、やがてエヴァンがページのなかほどに目的のものを見つけた。「これだ。アルフリストンの〈シェ・イヴェット〉。営業許可が出されたのは……えーと……六年前だ」

「たいしたことはわからないな。所有者の名前がジャン＝ジャック・ブシャールとイヴェット・ブシャールと書かれているだけだ。居住地はレストランの住所になっている」エヴァンは係の娘を手招きした。「この店がいつ閉店したのかはわからないだろうか？」

娘は肩をすくめた。「ごめんなさい、記録はここにあるだけなんです。わかるのは、営業許可が更新されていないということだけです。レストランはしょっちゅう、新しい店ができたりつぶれたりしていますから」

「このレストランがある場所はどこなんだろう？」ワトキンスが訊いた。

「アルフリストンですか？　ニューヘイブンの近くです。イーストボーンとニューヘイブンの真ん中くらいかしら。丘陵地帯にある小さな村ですよ——とてもきれいなところです」

「イーストボーンとニューヘイブンの真ん中？」州庁舎の建物を出ていきながら、ワトキンスが言った。「フランス行きのフェリーが出るところじゃないのか？」

「そうです。ニューヘイブンからディエップまで。一度、そのフェリーを使ったことがあります」

「ずいぶんと便利なところだな——麻薬の密輸をするのには」

「イングランドで手に入らない食材を買うために、フランスまで行かなくてはならなかったのかもしれません」エヴァンは言った。「あるいは、家族に会いに行きたかったとか」

「いいだろう、もっとくわしいことがわかるまでこれ以上はなにも言わないことにするよ」ワトキンスは笑顔で応じた。「わたしが運転するから、きみは道案内をしてくれ。でないと、着く頃には日が暮れてしまう」

アルフリストンは、古風な趣の美しい村だった。わらぶき屋根のコテージも数軒あって、『美しい英国』のカレンダーに出てきそうだ。

「きれいなところだ」ワトキンスが言った。「だがレストランは見当たらないな。ティールームが二軒とパブがあるだけだ。あそこの〈コッパー・ケトル〉で訊いてみよう。大昔からあるように見えるし、ちょうどコーヒーが飲みたかったところだ」

ふたりは通りを渡ってパブに入り、壁際のテーブルについた。ウェイトレスがコーヒーをふたつ運んでくるのを待って、ワトキンスは聞いた。「以前この村にあったフランス料理店を覚えていないかな?」

「〈シェ・イヴェット〉のこと?」ぴかぴかした赤い頬の彼女が口にする田舎っぽい発音が、耳に心地よかった。「二年くらい前まであったわよ」

「どこにあったんだろう？　それらしいところが見当たらなかったんだが」

「見つかりっこないわ」彼女はけげんそうな顔になった。「いまはそこに新しい銀行が建っているんだもの。あそこの角のウェストミンスター銀行がそうよ」

「そうなのか。店を取り壊したのかね？」

驚いたような表情が彼女の顔に浮かんだ。「ううん、そうじゃない。焼けたのよ。全焼したの」

16

「彼女のレストランが二軒とも焼けたとは！」ワトキンス巡査部長は村の大通りに立ち、ウェストミンスター銀行の現代的なガラスとコンクリートの建物を見つめながらつぶやいた。古風な白しっくい塗りの骨董品店と、医院と記された真鍮のプレートがかかったジョージ王朝様式のどっしりした赤レンガの家にはさまれたその建物は、どう見ても場違いだ。「いくらなんでも偶然すぎないか？」

エヴァンはうなずいた。「二度も火事になるというのは、彼女がひどく注意力散漫で、油の入った鍋を火にかけっぱなしにする癖がないかぎり、まずありえないと思いますね」

「彼女は注意力散漫じゃないときみは思うんだね？」

「ぼくが見たとき、キッチンは染みひとつありませんでした」エヴァンは答えた。

「きちんとした人だと思いましたよ」

「地元の警察に話を聞くときが来たようだな」ワトキンスが言った。「その火事について どういう結論に達したのか、ぜひとも聞きたいね」

ふたりは車に戻り、村の大通りをゆっくりと走って、再び緑の丘に囲まれたあたりまでやってきた。

「ああ、そうだ、エヴァンズ。話はわたしがするから」ワトキンスが言った。「自分の縄張りに踏みこまれたと感じたとき、ひどくぴりぴりする人間がいるんだ。どうして電話で捜査を依頼しなかったんだと訊いてくるかもしれない」

「どうしてそうしなかったんです？」

「なにを探しているのか、わたしにもいまだにわかっていないからだ」ワトキンスがうめくように言った。

一番近い警察署はシーフォードにあることがわかった。八キロほど離れた海岸沿いの小さな町だ。ワトキンスが自分とエヴァンを紹介すると、内勤の巡査部長はふたりと握手を交わした。「北ウェールズ警察ですか？　それはまたずいぶん遠いところから。こんなところまでいらしたとは、いったいなにがあったんです？」

「先週末にあったレストランの火事について調べているんです」ワトキンスが説明し

た。「そのレストランのオーナーはマダム・イヴェット・ブシャールという女性なんですが、アルフリストンという村で起きたレストランの火事にも関わりがあったことが、ついさっき判明したんですよ」

巡査部長の顔に好奇の表情が浮かんだ。「アルフリストンで数年前に起きた火事？ええ、覚えていますよ」

「事故報告書はここにあったりしますか？　見させてもらえるとありがたいんですが」

巡査部長は立ちあがった。「調べてみましょう。ですが、あの火事についてはなにも不審な点はなかったと記憶しています」

「担当はここの署じゃなかったんですか？」

「いや、ここでした。ここの犯罪捜査部の人間が調べましたが、わたしの記憶が正しければ、あの火事は失火とみなされたはずです。なので、刑事責任は問われていません」

「失火？　間違いありませんか？」黙っているようにとワトキンスに釘を刺されたことも忘れ、エヴァンは尋ねた。

「わかっているかぎりではそうです。一六世紀に建てられた、重要文化財に指定されている建物だったんですよ。わらぶき屋根のハーフティンバー様式で、とても趣のあるものでしたが、火口箱そのものでしたからね。壁のなかにどんなゴミが押しこまれているのか、わかったもんじゃない。もちろん、たいまつみたいに燃えましたよ。火が消えたときには、なにひとつ残っていなかった——すっかり燃えていました。この目で見ましたから。ものすごい高温になったんで、コンロや冷蔵庫まで溶けて金属の塊になっていましたよ。ですが、火事を引き起こす着火剤のようなものは見つかりませんでしたし、動機もありませんでした」

「マダム・イヴェットは脅迫状のようなものを受け取っていませんでしたか？」エヴアンが尋ねると、ワトキンスが険しいまなざしを彼に向けた。「保護を依頼してきたようなことは？」

「脅迫状？　わたしが知るかぎり、そんなものはありませんでしたね」巡査部長は当惑しているようだ。「ちょっと待っていてください。警部補がオフィスにいますから。わたしよりくわしいはずなので」

数分後、巡査部長は、疲れたような顔つきをしたごわごわした口ひげと白髪頭の男性と共に戻ってきた。「こちらはモリス警部補です。その火事の捜査の責任者でした」

モリス警部補は手を差し出した。「お役に立てるかどうかはわかりませんが」その口調には、遠い昔に通っていたパブリック・スクール時代のアクセントが残っていた。「単なる失火だという結論に達したんですよ――古い建物にはよくあることです。そうではないと言われるんですか？」

「それはまだわかりません」ワトキンスが答えた。「ですが、北ウェールズにあるマダム・ブシャールのレストランがつい最近、火事になりまして――偶然すぎるとは思いませんか？」

警部補は明らかに興味を引かれたようだった。「確かに」

「もちろん、一連の放火犯の仕業かもしれません。過激派の犯行らしい火事が何件かあったんです。ご存知でしょうが、ウェールズはウェールズ人の手にというあれです。ですが、今回の火事はどうもそれには当てはまらない」ワトキンスは言葉を切り、ちらりとエヴァンを見た。「それに、別の事柄もからんでいるんです。焼け跡から死体が発見されたんです」

「死体？　つまり、殺人事件だということですか？」

「そのようです」

警部補は、ふたりを見直したらしかった。「なるほど。こちらの火事では、まったくそういった疑念はありませんでしたよ。放火事件担当の人間が調べましたが、電気配線を誤ったせいだろうという結論に達しました。あの建物を引き継いだとき、オーナーは配線をやり直すように言われていたんですが、そうしなかったようです。それに、スプリンクラーも設置していなかった。建築基準法違反ですが、状況を鑑みて、検挙はしませんでした」

「状況？　その火事で亡くなった人がいたんですか？」エヴァンが尋ねた。

「幸いにもいませんでした。消防士が迅速に行動していなければ、死人が出ていたでしょうが。ドアのすぐ内側で、オーナーを発見したんですよ。逃げ出そうとしたんでしょうが、煙に巻かれて意識を失っていました。あと数分遅ければ、間に合わないところだった。ですが彼女はひどい火傷を負っていました。わたしも見ましたが――惨憺たる有様でした。髪は全部焼けて……ブライトン病院の熱傷センターにかなり長いあいだ入院していたはずです。何度も整形手術を受けなくてはならなかった」

エヴァンの脳裏に彼女の姿が浮かんだ――豊かな髪を高く結いあげた、火傷の痕などまったくないイヴェット。驚くほどの回復だ。

「店内にいたのは彼女だけだったんですか？」ワトキンスが訊いた。「なかに閉じこめられていた人はいなかったんですね？」

警部補はうなずいた。「幸いなことに、火事が起きたのは真夜中でした。ご主人が亡くなったあと、彼女はひとりで店を切り盛りしていた。大変だったと思いますよ。週末には地元の少女をウェイトレスとして雇っていたようですが、料理や片付けは全部自分でやっていたんです」警部補は一度言葉を切った。「わたしのオフィスで話をしますか？　これ以上、お教えできることがあるかどうかはわかりませんが。さっきも言いましたが、報告書には意図的に火をつけたような痕跡はなかったと書かれてありましたからね。我々はそれを保険会社に送り、保険会社は保険金を支払ったはずです」

「火事の前に、マダム・イヴェットが相談に来たことはなかったんですね？　脅迫されているようなことは、言っていなかったんですね？」

「ええ。一度も来ていません。彼女は、脅迫されているんですか？」

「脅迫状が二通来ていますし、何者かに見張られているような気がすると言っています」エヴァンが答えた。

「火事で亡くなったのは彼女なんですか？」

「いえ、彼女は無事です。かろうじて逃げ出しましたから」ワトキンスが言った。

「発見された死体は、身元がわかっていません。おそらくフランス人と思われます。彼は火事の前に死んでいました――刺されたんです」

「興味深い」警部補はつぶやいた。「それで彼女はなんて言っているんです?」

「建物のなかに人がいたことは知らなかったと。戸締りをしたあとだったし、死んでいたのがだれかも知らないと言っています」ワトキンスが説明した。「彼女は名前などごく基本的なことしか話してくれていない。なにか知っていたとしても、話そうとしないんです。そこで、彼女の秘密を暴くことはできないかと思ってここまで来たわけです」

「残念ですが、我々ではお役にたてませんね」モリス警部補が答えた。「我々は田舎の警察ですからね。事件らしい事件と言えば、不法侵入や酔っ払いや治安を乱すような行為くらいですから」

「わたしたちが関わっているのが、なにかもっと大きな事件だとしたら——」ワトキンスが言葉を選びながら切りだした。「——たとえば、海峡を越えて麻薬を密輸しているとか……なにか心当たりはありませんか?」

「そういうことなら、本部に訊いてもらわないといけませんね」モリス警部補が答えた。「ですが、この地域に怪しい動きがあるなら、警戒するようにという指示があるはずです。もちろん、麻薬はいつだって少しずつ運ばれてきていますよ。でも最近は、あまりに簡単になったので、調べるのはとても無理だ。朝のフェリーで海を渡り、買い物をして午後には戻ってこられる。そのうちの半分は、パスポートさえ調べられることがないんですから」

「大規模な密輸だったらどうですか？　国際的グループが組織犯罪を企んでいたとしたら？」エヴァンが口をはさんだ。

「当然、本部の仕事ですね。おそらくはロンドン警視庁の手を借りることになるでしょうが。まさか、レストランの火事がそんなことに関係あると思っているんじゃないでしょうね？」

「あらゆる可能性を考えているだけです」ワトキンスが答えた。「彼女が知らないと言っている男性が、鍵のかかったレストランの焼け跡から死体で見つかった理由を探らなくてはならないんです」

「わたしなら、本部に問い合わせますね」モリス警部補が言った。「あそこには麻薬捜査班がある。わたしに言えるのは、このあたりでなにか不審なことが起きているといった情報は、一切入っていないということです」彼は近くにある電話に手を伸ばした。「ルイスの警察署に電話をして、あなたの疑問に答えられる人間がいるかどうか確かめましょうか？」

「いえ——けっこうです。わたしたちの上司に確認してからのほうがいいと思います」ワトキンスはあわてて言った。「こちらの麻薬捜査班と直接話したいと、上司が言うかもしれません。命令系統を無視するわけにはいきませんからね」

「それはそうでしょうとも」警部補は疲れたような笑みを浮かべた。

ワトキンスは手を差し出した。「ご協力ありがとうございました」

「たいしてお役にたてなくて申し訳ない。ですが古い建物の誤配線以外に火事の原因があったと考える理由はなかったんです。なにかわかったら知らせてもらえますか？すぐ鼻の先で本当に麻薬の取引が行われていたのかどうか、知っておきたいですから」

「なにかわかったら連絡します」ワトキンスが応じた。

ふたりが警察署から出ると、イギリス海峡から強い海風が吹きつけていた。海面には白波が立っている。ディエップ行きのフェリーがニューヘイブンから出航したところだった。ふたりはしばらく船を眺めていたが、やがてエヴァンが言った。「急におじけづいたようですね」

ワトキンスはフェリーを見つめたまま、うなずいた。「わたしたちに与えられた指示は殺人と放火について調べることで、それ以上でもそれ以下でもないことを思い出したんだ。警部補の大がかりな手入れ——オペレーション・アーマーダの邪魔をするようなことは避けたい。どこでどう話が広まるか、わからないからね」

「ウェールズへの麻薬ルートに犯罪組織が関わっているのであれば、あらゆるところに情報提供者を置いているでしょうしね」エヴァンは首を振った。「妙な話ですが、組織犯罪の歯車のひとつとしての彼女を想像できないんですよ」

「いつのまにか、取りこまれていることがあるだろう？　みかじめ料を払っていなかったとか、あるいは彼女自身が麻薬を使っていたとか。挙げ句に彼らから、協力するように脅されるんだ」フェリーは荒れる海のなかの黒い点になっていた。ワトキンスは向きを変え、車へと戻り始めた。「それとも、今回の件は麻薬とは一切関係なかったことがわかるかもしれない。ひとつでいいから、確かな手がかりが欲しいね。暗闇のなかで、もがいているような気がするよ」

「警部補に電話をするんですか？　それからルイスの地元警察の本部に戻るつもりですか？」

ワトキンスは再び海に目を向けた。「いまは警部補と話をする気にはなれない。彼は最初から、今回の旅は無駄だと言っていたんだ」

「地元の新聞社を当たってみてはどうでしょう？」エヴァンが提案した。「火事の取材をしたはずですから、ひょっとしたら警察も知らないような興味深い情報があるかもしれない」

ワトキンスはため息をついた。「行ってみる価値はあるだろう。害を及ぼすこともないはずだ——だが、《サン》紙で調べるようなわけにはいくまい。ここらの町の新聞社が、大きな秘密を探っていたりはしないだろうからな」

エヴァンはにやりとした。「きっと、婦人組合のケーキコンテストでだれが優勝したかみたいな記事ばかりでしょうね」

ふたりは近くにあった電話ボックスで新聞社の住所を調べ、イーストボーンに戻った。

「ここは本当にいいところだ」ひつじが草を食んでいるなだらかな緑の丘の合間に車を走らせながら、エヴァンがつぶやいた。「なんていうか、すっきりしてさわやかだ」

「デオドラントの広告みたいなことを言うね。突然、歌を歌いだしたりしないでくれよ。わたしはいま、上機嫌とは言えないんだ」

「ゆうべのステーキとワインが、今頃もたれてきたんですか？」

ワトキンスは首を振った。「そうじゃない。これからどうするべきかを考えているんだ。レストランが全焼したことはわかったが、あくまでも失火であり、マダム・イヴェットに怪しい点はないし、違法なことが行われている様子もないとだれもが考えている。わたしたちだけで、これ以上のことをつかめるとは思えない」

「まだ半日しかたっていないじゃないですか。焦りは禁物ですよ」

ワトキンスはまたため息をついた。「どうも見当違いのことをしているような気がしてきた。レストランの死体はマダム・イヴェットや彼女のレストランとは一切無関係なのかもしれない。逃げそこなった強盗か、仲間割れしたウェールズの過激派なのかも……」

「やめてくださいよ、巡査部長。二年のあいだにレストランが二軒、火事になったんですよ？　きっとなにかありますよ。マダム・イヴェットがなんらかの形で関わっているはずです」

《ヘラルド・アンド・イブニング・アルゴス》紙のイーストボーン支社は、町の郊外に建つ近代的なガラス張りの建物だった。

「記録保管室にどうぞ」受付にいた娘の唇は驚くほど赤く、長い爪も真っ赤で、片目はすっかり髪で隠れていたが、化粧を取った顔は、意外と若いような気がした。「廊下の先の右手にあります。いまはすべてコンピューターで処理しているんです。過去の新聞はウェブサイトに載っています」

「なんてこった」案内された部屋のドアを開けて、そこのテーブルにコンピューターが置かれているのを見て、ワトキンスはつぶやいた。「これをどうしろっていうんだ?」

「お手伝いしましょうか?」半分開いたドアの外から、母親を思わせる大柄で優しそうな女性が声をかけた。

ワトキンスの顔がぱっと明るくなった。「実はこういうものが苦手なんですよ。過去の新聞を探してくれる人を呼んできてもらえませんか?」

女性は笑みを浮かべると、部屋に入ってきてキーボードのキーを叩いた。「いま読みこんでいますから。あとは、ご希望の日付をクリックするだけです。紅茶はいかがですか?」

「クリックするだけ?」ワトキンスは半信半疑で訊き返した。「間違って、なにか吹き飛ばしたりしませんか?」

彼女は笑って言った。「簡単ですよ。わたしは二日間のコースでできるようになったくらいですから」安心させるようにワトキンスの肩を叩いた。「どこからいらしたんですか? ウェールズ?」

「ええ、そうです」エヴァンが答えた。

「だと思った。アクセントでわかります」彼女はうれしそうに応じた。「ずいぶん遠くからいらしたんですね。紅茶をいれてきますね」

「屈辱的じゃないか」彼女の姿が見えなくなると、ワトキンスが言った。「最初はティファニー、そして今度はわたしの母親でもおかしくないくらいの年の女性ときた。間抜けになった気分だよ。家に帰ったらすぐに、レッスンを受けるつもりだ」

「デイヴィス巡査にプライベート・レッスンをしてもらえばいいんじゃないですか」エヴァンがからかった。

ワトキンスはにやりとした。「ぜひそうしたいところだが、彼女はわたしよりもきみとふたりきりのレッスンをしたがっているような気がするよ」

プログラムの読みこみが終わり、画面にずらりと文字が並んだ。「悪くないと思うね」ワトキンスが言い添えた。

「やめてくださいよ、巡査部長」エヴァンは顔が赤らむのを感じた。「彼女はただ親切なだけですよ」

「親切ね。彼女はきみが気に入ったんだよ」

エヴァンはワトキンスを軽く突いた。「さあ、目的の年のところをクリックしてください」

ワトキンスはエヴァンのほうにマウスを押しやった。「きみがしてくれ。わたしがすると、全部消してしまうかもしれない」

エヴァンは身をかがめ、マウスをクリックした。「何月かはわからないんですよね？　だとすると、一月から順に見ていったほうがいいですね」

「日刊じゃなくて、週刊でよかったよ」ワトキンスが言った。「ひと晩じゅう、ここにいなきゃいけないところだった」

地元のニュースが次々と画面に現われては消えていった。自治区議会がスイミングプールの改装に助成金。埠頭にフーリガン。デボンシャー・パークでテニスのトーナメント……

「一面に載っているはずだろう？」いらだたしげにワトキンスが言った。

「ほかに大きなニュースがなければ——テニスのトーナメントでマルチナ・ヒンギスが勝ったとか、イーストボーン・ショーが行われたといったニュースを押しのけるほどの事件じゃないですからね」

九月まで進んだ。「待ってください」エヴァンはワトキンスの腕に触れた。「三面です。ありました」

画面に現われたのは、〝地元のレストラン全焼〟という見出しとその下の不鮮明な白黒の写真だった。

エヴァンは記事に目を通した。警察から聞いた以外のことは書かれていない。火事が起きたのは真夜中……迅速に対処した地元の消防隊がオーナーの命を救った……彼女はイースト・サセックス病院の熱傷センターに搬送された……。

記事はこう締めくくられていた。〝この火事は、快活なフランス人女性を襲った二度目の悲劇である。彼女の夫は三年前、ヨットの事故で命を落とした。それ以来彼女はひとりでレストランを維持していくため懸命に働いており、彼女のオート・キュイジーヌは高い評判を得ている〟

「たいしたことは書いていないな」ワトキンスが言った。

「ひとつ、わかったことがありますよ。彼女の夫は病気で死んだわけじゃない。事故で命を落としたんです」

「つまりこの女性は災難をもたらす存在なのか、あるいは事故のようにみせかけるのがうまいかのどちらかというわけだ。どれくらい保険をかけていたのかを調べたほうがよさそうだな。それから、夫の生命保険についても」

エヴァンはうなずいた。「もうひとつ可能性があります。何者かが彼女を狙っているのかもしれない」

17

ワトキンスは鋭いまなざしをエヴァンに向けた。「本当にそう思っているのか？　憎悪犯罪？　復讐？」

エヴァンは肩をすくめた。「いまの段階では知る由もありませんが、その可能性があることは認めるべきでしょう。彼女の夫はヨットから落ち、最初のレストランは全焼し、二番目のレストランも全焼した。彼女はだれかに狙われているのかもしれない」

ワトキンスは首を振った。「もしきみの言うとおりだとしたら、彼女はすでになにかに気づいていて、警察に話しているはずだ。少なくとも、だれの仕業なのかは感づいているだろう」

「恐ろしくて話せないのかもしれません。脅迫状が届いたといって最初にぼくのところに来たときは、かなり動揺していましたから」

ワトキンスは立ちあがった。「署に電話をかけて、脅迫状にあった指紋についてなにかわかったかどうかを訊いてみるよ。フランス側のリストとはまだ照合していないだろうな。ここに来たことが、最初の一歩になっていることを心から願うよ。そもそも、彼女はどうしてイングランドに来たんだ？　フランスで、だれかに脅されていたんだろうか？　彼女たちにはその前にも、火事で焼けたレストランがあったんだろうか？」

「じきじきに行って、調べたほうがいいかもしれませんね」エヴァンは半分冗談で言った。

「フランスに行くということか？　本気じゃないだろうな？」

「本気ではありませんが、それほど現実離れした話じゃないですよ。海峡トンネルを使えば、三〇分で行けますからね」

「フランスのどこに行けばいいのかわからなければ、同じことだ」

「彼女がパリの料理学校に通っていたことはわかっていますし、フィリップ・ドゥ・ボワの居場所も判明しています」

「海を渡る根拠としては充分とは言えないな」

さっきの女性が、紅茶のカップとショートブレットをのせたソーサーをふたり分持って戻ってきたので、ふたりは口をつぐんだ。「さあ、どうぞ。うまくいっていますか？」

「探していた記事は見つかりました」エヴァンが答えた。

彼女は画面を見つめた。「ああ、あのレストランの火事ですね。覚えていますよ。悲しいことでしたよね――彼女は夫を亡くしたうえに、危うく死ぬところだったんですから。ちょうど同じ頃にわたしも夫を亡くしたので、覚えているんですよ。本当に気の毒で」

「夫は溺死だったんですか？」エヴァンが訊いた。

彼女はうなずいた。「とても熱心なヨットマンだったんですよ。でも悪天候の日に海に出て、それっきり見つからなかったんです。彼のヨットがあったあたりで、漁師が折れたマストを見つけたんですが、ヨット本体も彼の遺体も発見されませんでした。まあ、このあたりでは珍しいことではないんですけれどね。潮の流れが遺体をさらっていって、海峡を越え、フランスのどこかや大西洋まで運んでいくんです」

「夫の遺体は見つかっていないということですね」ワトキンスは画面を見つめた。

「事態は複雑になる一方だ」女性に尋ねる。「その事故はいつだったか、覚えていますか？」

彼女は唇をかんだ。「すぐには思い出せないわ。レストランが火事になる数年前で、海に出るには少し遅い時期だったことは——ちょうどいま頃だったかしら——覚えているんですけれど」

「夫は火事の三年前に亡くなったと、この記事には書いてあります」エヴァンが言った。「三年前の九月まで戻してください」

「戻せって……わたしをだれだと思っているんだ？　ビル・ゲイツか」

女性はくすりと笑った。「難しくないんですよ、本当に。ちょっと移動してくれますか？　外部の人のためにはしないことになっているんですけれど、いまなら少し時間がありますから。ひとつ前の画面に戻って、ここで年度を選択すれば、ほら、出てきたでしょう？　五歳の子でもできます」

「五歳の子でもできる」ワトキンスの声は苦々しかった。「それが問題なんですよ」

彼女は椅子から立ちあがり、代わりにエヴァンが座った。「水の事故ですから、くわしいことは書いていない可能性がありますね。死亡記事だけかもしれません」

三人は過去の新聞をたどっていき、ようやくのことで〝ジャン＝ジャック・ブシャール、レストラン店主〟と書かれた死亡記事を見つけた。写真を添えたほんの数行の記事だった。エヴァンはじっと写真を眺めた。

「もっとはっきりした写真だとよかったんですが」

「なぜだ？　見覚えがあるのか？」

エヴァンは大きく息を吸った。「あの夜、レストランに来た男の若い頃のように見えるんです」

「本当に？」ワトキンスは粒子の粗いスナップショットを見つめた。風に乱れた癖毛をした、まぶしい陽射しに目を細めている男の写真だ。船乗りのように見えた。

「あまりいい写真ではないし、絶対だとは言えませんが、彼のように思えます」

「ふむ、だとすると……」ワトキンスは女性に目を向けた。「これを印刷できますか？」

「〝印刷〟をクリックするだけです」彼女は説明しようとしたが考え直し、自分で操作した。エヴァンは、隅に置かれたプリンターから出てきた紙を手に取った。

「素晴らしい。ありがとうございます。本当に助かりました」

彼女は、母親っぽくはない笑顔を浮かべた。

「ようやく、なにかがつかめたようだな」新聞社を出たところで、ワトキンスが言った。

「それはそうですが、どういうことなんでしょう？　はっきり言ってぼくは、ますますわからなくなりましたよ」

「こういうのはどうだ？　夫はヨットの事故で実は死んでいなかったとか？」

「死を偽装したということですか？」

「そういうこともあるだろう？　妻から逃げて、新しい人生を始めたかったのかもしれない」

「あるいはだれかに追われていて、うまく姿を消したかったとか」エヴァンは言った。

「だが彼はレストランにやってきたんだろう？　彼女は夫を見て愕然とし、彼を刺したんだ」

「その仮説には大きな穴があります。彼が店にやってきたとき、ぼくはあそこにいたんです。彼女にとって見知らぬ男だったことは間違いありません」

「演技がうまかったのかもしれない」

「ありえません」エヴァンは首を振った。「だとしたら、オスカー級の演技ですよ。彼女はちょうどそのとき、ぼくたちのテーブルの脇にいたんです。緊張した様子もなかったし、なんの反応も見せなかった。あなたがイヴェットだとして、五年も行方のわからなかった夫が現われたら、なにか反応しませんか？」

「ふたりがあらかじめ計画していたことだとしたら、話は別だ。彼女はすでに夫と会っていて、あの夜、彼が来ることを知っていた」ワトキンスは車のドアにキーを挿しこんだ。「五年。意味があるとは思わないか?」

「法的に死亡したと認められるからですか?」

「そうだ。もしも多額の保険をかけていたとしたら、姿を現わすのにはいい時期だ」

「でもそれなら、どうして彼女は夫を刺したんです?」

「保険金をひとり占めしたくなったんだ」ワトキンスは開ける前に、車のドアをぴしゃりと叩いた。「これですべてつじつまが合うぞ。あとは、発見された遺体が死亡したことになっている彼女の夫であることを証明するだけだ。幸い歯型がある。これではっきりした」ふたりは車に乗りこみ、ワトキンスはエンジンをかけた。「乾杯してもいいとは思わないか?　ゆうべのパブは悪くなかった。あそこでランチにしよう」

三〇分後、ふたりの前には皮の硬いロールパン、四種類のチーズ、オニオンのピクルスといったプラウマンズ・ランチとホワイトブレッド・ペール・エールが並んでいた。

「ああ、いいね」ワトキンスはグラスを置いた。「やっと人間らしい気持ちになれたよ。いまなら警部補とも話ができそうだ。なにを訊けばいいだろう?」

ワトキンスはメモ帳を取り出した。

「まずは生命保険ですね」

ワトキンスはうなずいて、メモを取った。「それから指紋」

「フィリップ・ドゥ・ボワ本人のことと、だれが彼の名前でパスポートを申請したのかについてフランスから連絡は来たかどうか」

「わかった」ワトキンスは立ちあがった。「午前中だけでこれだけのことを探りだしたんだから、警部補も感心すると思うね。すぐにもう一度マダムに会いに行くんじゃないだろうか。彼女も話す気になるかもしれない」

「いつもの高圧的な態度で彼女を怖がらせなければいいんですがね」

ワトキンスはパブの壁際の電話に近づいた。エヴァンはロールパンとダブルグロスター・チーズを食べ、エールを飲み干した。

ワトキンスは長々と電話をしている。彼が笑顔でこちらを見ていることにエヴァンは気づいた。テーブルに戻ってきたときにも、ワトキンスの顔にはまだ笑みが浮かんでいた。

「グリニスだった。きみによろしくと言っていたよ。二通の脅迫状の指紋をフランスの警察に送って照合してもらうように頼んでおいた。精神科病院からは、まだ連絡はないそうだ。警部補はオペレーション・アーマーダの件で出かけている――まったくばかげた名前だよ。いまだに、ネルソン卿のつもりでいるんだから……」

「スペインの無敵艦隊(アーマーダ)を破ったのはドレークですよ」エヴァンは指摘した。

ワトキンスはまたもにやりとした。「わかっているさ。それでだ、パーキンス巡査部長と話をしたよ。火災現場から様々な台所道具を回収し、凶器を判別して指紋を採しているところだそうだ。保険についてと、だれが利益を得るのかを調べてほしいと言っておいた」

「つまり、なにも進展はないということですね。死体の身元も判明していないし、凶器も発見できていない」

「死体が彼女の消えた夫だということに給料を賭けてもいいね」ワトキンスは言った。

「彼女が夫を殺したと考えているんですか？」

「疑う余地はないだろう？　彼女は五年前に夫を亡き者にしたと思っていた。それなのに、いまになってぴんぴんして現われたんだぞ」

エヴァンはふと思い出したことがあった。あのときは、彼女の家のソファからどうすればうまく逃げだせるだろうということで頭がいっぱいで、たったいままで忘れていたのだ。「彼女は、夫はろくでなしの怪物だったと言っていました。彼から自由になった日が、人生最高の日だったと」

「やはり、そういうことだ。完璧な動機だよ。じきに事件は解決だ。あとは死体の身元を確認するだけだ」

「どうやって確認するつもりですか？」

「ふたりが結婚したときの写真はどうだ？　それを見せれば、彼女も動揺するはずだ」

「ふたりが結婚していたという証拠にはなりますが、彼女が夫を殺したことは証明できません。それに、もしもふたりがだれかに追われていて身を隠していたのだとすれば、見つかって殺されたということになりますよね」

ワトキンスはうなずいた。「なるほど。それじゃあきみは、どうすればいいと思う？」

エヴァンはパブの出窓ごしに海を眺めた。風が強くなっているのか、旗がぴんと張っていて、オーニングが大きくはためいている。「フランスでのふたりの暮らしについて、もっと知る必要があると思います。ふたりの身になにが起きたのか、彼女はどうしてイングランドに来たのか」

「どうやってそれを調べるんだ？」

エヴァンは死亡記事のコピーを指さした。「ここには、夫の生まれた町が書いてありますし、彼女はパリでコルドンブルーの学校に通ったことがわかっています。ふたつ判明していることがありますから、そこから始めてはどうでしょう？」

「フランスに行くということか？」ワトキンスは笑った。

「どうしてだめなんです？　海峡トンネルを使えば、ほんの三〇分です。一日あれば行ってこられます」

ワトキンスは落ち着かない様子で笑った。「わたしは道路の右側を運転したくはないね。それにフランス語は話せない」

「なんとかなりますよ」エヴァンが言った。「運転はぼくがします。この事件を解決するためには、フランスに行く必要があると思うんです。フランス警察は、すぐには返事をくれそうもない――違いますか？　まずはフランスの地図を手に入れて、男の生まれた場所を確認してみましょう」

角のW・H・スミスで、ふたりはフランスの地図を手に取った。「ポート・サン・ヴァレリー――どういう綴りだ？」ワトキンスは索引を見ながら訊いた。

「海岸沿いのここです。カレーの近くだ」エヴァンは一点を示した。「船が好きになりそうな場所ですよね」

エヴァンはサン・ヴァレリーから海峡の航路へと指を滑らせていき、やがて興奮した面持ちである個所を叩いた。「これを見てください。フィリップ・ドゥ・ボワが入院している精神科病院があるアブヴィルからほんの数キロのところですよ。これもまた偶然だと思いますか？」

ワトキンスは地図をつかんだ。「わかった。この地図を買おう。だが許可なしにフランスまで行くわけにはいかないぞ。イーストボーンに来ることすら、いい顔をされなかったんだから。それにヒューズ警部補は麻薬戦争で出かけているし」

「それなら、その上の人に電話をかければいい」

「警部に？」ワトキンスは眉をぴくぴくさせた。「いや、それはどうだろう。わたしの仕事の範囲を超えているし、生意気だと思われてしまう」

「ほんの一日行くだけじゃないですか。なにも警察の経費で休暇に行こうというわけじゃないんですよ」エヴァンが言ったが、ワトキンスはミシュラン・ガイドを手にしたまま、心を決めかねていた。

「ぼくたちは殺人事件の捜査をしていて、フランス当局からの返答を待っていては手遅れになってしまうと言えばいい。それにマダム・イヴェットの身に危険が迫っている可能性だってあるんですよ」

「確かにそうだ」ワトキンスはうなずいた。「彼女を見張ってもらうように警部に頼もう。話のきっかけとしては、それがよさそうだ。重大なことだとわかってもらうんだ」エヴァンがうなずくと、ワトキンスはごくりと唾を飲んだ。「わかった、電話をしよう」

ふたりは地図を買い、近くにあった電話ボックスに向かった。エヴァンは外で待っていた。話し始めたワトキンスの顔が引きつっている。彼の声が聞こえた。「一日行ってくるだけなんです、サー。夏休みを取ろうというわけじゃありません」ややあってから、「違います。冗談なんかじゃありません。海峡トンネルを通れば、ほんの三〇分で行けるんです」

ワトキンスはようやく電話を終えると、電話ボックスから出てきた。

「どうでした？　こっぴどく叱られましたか？」

ワトキンスの顔に笑みが広がった。「行っていいことになった。ただし、フランスのホテルとフォアグラの費用を請求されても、払わないとは言われたがね」

「いまから行っても意味はない」ワトキンスが言った。「向こうに着く頃にはどこも閉まっているだろうし、もう今夜のホテル代は払ってある。あの老いた女ドラゴンは、宿泊料金を返してはくれないだろう」

「それじゃあ、このあとはどうしますか？　あの村に戻って、近所の人に話を訊いてみるのはどうです？　彼女と親しかった人がいるかもしれないし、なにかを目撃しているかもしれない」

「いいかもしれないな。デッキチェアで一時間ばかり昼寝をするという手もあるが――それには少しばかり風が冷たい」

ふたりは風が吹き抜ける丘陵地帯の道路をアルフリストンに向かった。〈パックホース〉パブの外には観光バスが止まっていて、観光客が大通りで写真を撮ったり、骨董品店のショーウィンドーをのぞいたりしていた。

ふたりはまずパブに行き、店主に話を聞いた。〝ああ、あのレストランなら覚えてるよ。料理はすごくおいしいっていう評判だったが、あまり繁盛はしてなかったね。高級なフランス料理なんて、地元の人間はそうそう食べるもんじゃない。そうだろう？　それに日帰り客は、午後からやってきてお茶を飲んで帰っていくからね〟

「店のオーナー夫妻――ブシャール夫妻のことを話してくれますか？」ワトキンスが訊いた。「ふたりとはお知り合いでしたか？」

「通りですれ違ったときには、挨拶くらいはしたよ」店主は答えた。「だが、親しかったとは言えないな。ふたりはあまり人づきあいをしようとしなかったんだ。いつもふたりいっしょだった。旦那が死んだあとは、めったに彼女を見ることもなくなったよ。ひとりで店をやっていこうと必死だったんだろうな。よくできたもんだと思うよ。おれはここで店をやっているが、女の子をふたり使っているからね」

「夫妻のことはどう思っていましたか？」エヴァンが訊いた。

店主は肩をすくめた。「どう言えばいいかね。なにも問題は起こさなかった。あんたが訊きたいのがそういうことなら。物静かで、見た目のいい夫婦だったよ。外国人という感じではあったけれどね。彼女のほうが、旦那よりは親しみやすかった。旦那はちょっとばかり不愛想だった。だが、彼女ほど英語がうまくなかったからかもしれないな。旦那が力仕事をして、料理は全部自分がしているって彼女が言っていた。腕のいい料理人だってことが、とても自慢だったみたいだ」

「彼女には村に親しい友人はいましたか？」エヴァンが訊いた。

「青果物店のブレンダと親しかったと思う。あの店で新鮮な野菜をたくさん買っていたから」

「青果物店？」

「通りの先にある。すぐにわかるさ。店が五軒あって、そのうちのひとつだ。さてと、失礼するよ。お客さんが待っているんだ」

店主はふたりに背を向け、エプロンで手を拭きながらその場を離れた。「お嬢さん方、なににします？」

ワトキンスとエヴァンは日帰り客を避けながら大通りを進み、青果物店を目指した。しっかりした体格の女性がキャベツの箱を運んでいるところだった。彼女はふたりを見ると、箱をおろして笑いかけた。

「なにがご入り用ですか？」耳に心地よい穏やかな田舎風の口調だった。赤い頰を見れば、戸外で多くの時間を過ごしてきたことがわかる。年齢を推し量るのは難しかったが、見た目よりも若そうだとエヴァンは思った。店の奥から現われた三輪車に乗った幼い少年が、その推測を裏付けてくれた。

「それは戻してきなさい、ジミー。道路の近くはだめ。何度も言ったじゃないの」彼女は少年をそっと押し戻した。「ごめんなさいね。そういう年頃なんですよ。上の子もそうだったんですけれど、本当に大変」

「あなたがブレンダですか？　わたしたちは北ウェールズ警察のものです」ワトキンスが言った。「火事で焼けたレストランのオーナーのフランス人夫妻とお知り合いだったとうかがいまして」

「警察？」彼女は警戒しているような顔になった。

「別のレストランの火事を調べているんですが、それと関係があるかもしれないんです」エヴァンが説明した。

彼女はうなずいた。「本当に恐ろしいですよね。家の窓から外を見たら、火の手があがっているのが見えたんです。どうすることもできませんでした。まるでたいまつみたいに燃えて――わらぶき屋根だとそうなりますよね？　ああいう古い建物は、火事になったらどうしようもないんだわ。彼女が助かっただけでほっとしました。ひどい火傷を負ったとは聞きましたけれど。どうしているだろうって、よく考えていたんです」

「お元気ですよ」エヴァンが答えた。「北ウェールズで新しいレストランを開いたんです」

「本当に？　意外だわ。北ウェールズ？」

「彼女とは親しかったんですか？」ワトキンスが訊いた。

「そうとは言えません。いっしょに出かけたりはしませんでしたから——わたしたちのどちらにもそんな時間はありませんでしたし、彼女のご主人が亡くなってからはなおさらでした。あの店を続けようと、彼女は必死だったんです。だれか手伝ってくれる人を雇えばと言ったんですけれど、そんな余裕はなかったみたいで」

「夫の死についてなにか言っていましたか？　彼女は落胆していましたか？」

「ええ、それはもう。とても落ちこんでいました――当然でしょう？　ご主人のことが大好きだったんですよ。彼なしでどうやって生きていけばいいのかわからないって、言っていました。それに、ご主人の安否がはっきりしないというのは落ち着かなかったでしょうしね。遺体は発見されないままでしたから」

「彼女に怯えている様子はありませんでしたか？　ご主人の死が事故ではなかったようなことをほのめかしたりはしていませんでしたか？」エヴァンが訊いた。

ブレンダは驚いたようだ。「まさか。そんなことは一切ありませんでした。知らせを聞いて驚いたとは思います。彼は腕のいい船乗りでしたから。危険を冒すのはジャンらしくないと言っていました。海のことはよくわかっていたんですよ。代々、漁師だったって聞いています。よくヘイスティングスまで行って、店で出す新鮮な魚を船から買っていたんです。わたしはあの店で食べたことはないんですよ。行きたかったんですけれど、旦那にいやだと言われて。あの人、食べるものにはうるさいんです」

「彼女が脅迫状を受け取っていたかどうかはわかりませんか？　知らない人間が訪ねてきたとか？」

ブレンダは首を振った。「まったくわかりません。さっきも言いましたけれど、あたしたちそれほど親しかったわけじゃないんです——個人的なことを話すような関係じゃなかった。ひょっとして、だれかがわざとあのレストランに火をつけたんですか？」

「その可能性はあります」エヴァンは答えた。「彼女に恨みを抱いている人間がいないかどうかを調べているところなんです。ここに来る前、フランスでなにをしていたのか彼女から聞いたことはありますか？」

「料理学校の話は聞きました。ご主人とパリで知り合ったことも」

「彼女はパリの出身だったんですか？」ワトキンスが訊いた。

ブレンダはけげんそうな顔をした。「彼女はフランス人じゃないですよね？　イングランド人だとずっと思っていましたけれど」

18

「意外な展開じゃないか」イーストボーンへと戻りながら、ワトキンス巡査部長が言った。「フランス人じゃないとはね」

エヴァンはフロントガラスの向こうに広がるなだらかな丘陵を眺めた。「ぼくには信じられません。彼女とは何度も話しましたけれど、フランス人じゃないとはとても思えませんでした」

「言ったじゃないか。彼女は恐ろしく演技がうまいんだ」

エヴァンは首を振った。「どれほどの女優であっても、完璧じゃありません。俳優がテレビで方言を話していることがあるじゃないですか。ふとした拍子に、ああ、彼女は本当のスコットランド人じゃないとか、ヨークシャー出身じゃないとかわかりますよね？　マダム・イヴェットは一度もそんなことはなかった。英語の単語がわからないときには、フランス語を使っていたくらいです。彼女は間違いなくフランス人だと断言できます」

「それなら、ブレンダはどうして彼女をイングランド人だと思ったんだ？　フランス語なまりが残っていれば、そうは思わなかったはずだ」

エヴァンは首を振った。「わかりません。ですが、この事件は複雑になっていく一方だ。ブレンダによれば、イヴェットは夫が大好きだったはずなのに、イヴェット本人は夫はろくでなしだと言っていた。どちらにしても筋が通りません。本部に連絡して、彼女の誕生日と出生地を確認できるかどうか、調べてもらってください。そうすれば、明日フランスでそれも確認できます」

「忙しい一日になりそうだな」ワトキンスが言った。「海峡を渡るだけの価値がある情報を手に入れられることを祈るばかりだ。でないと、警部がかんかんになるぞ」

木曜日の早朝、ふたりが海峡トンネルに着いたときには、サウス・コーストは濃い霧に包まれていた。ターミナルビルは渦巻く白い霧のなかに不気味にそびえ立ち、列車に車を乗せると、ふたりの非現実感は一層募った。

三〇分後、ふたりはフランス側で同じような霧のなかにいた。

「ふう、閉所恐怖症じゃなくてよかったよ」エヴァンの運転する車がターミナルを出て、フランスの高速道路に入ったところでワトキンスが言った。「頭の上に海があるなんて考えたら、とても耐えられなかっただろうからな。あのトンネルのなかでパニックを起こすのはごめんだ」彼はちらりとエヴァンに目を向け、疑念の表情を浮かべた。「汗びっしょりじゃないか。きみはまさか――」

「ぼくは山の男ですからね」エヴァンはハンカチを取り出し、額の汗を拭いた。「ロンザ・ヴァレーの炭鉱夫みたいに、地下に潜るようにはできていないんです」彼はきまり悪そうな笑みを浮かべた。「閉じこめられるのは耐えられないんです。子供の頃、喧嘩をした罰として学校で戸棚に閉じこめられたことがあったんですが、ひどく取り乱したもので、母親を呼ばなきゃならなかったくらいです。大人になって直ったと思っていたんですが、そうじゃなかったみたいですね」

「帰りは、乗る前にきみにブランデーを飲ませなくてはいけないようだな。それともシャンパンにするか。勝利の乾杯ができることを祈ろう」

エヴァンはうなずいた。開いた窓からの新鮮な空気を顔に受けているうちに、吐き気は収まっていた。弱みを見せてしまった自分が恥ずかしかった。相手がブロンウェンではなく――デイヴィス巡査でもなく――ワトキンスでよかったと思った。

「こういうことになるのなら、グリニスを連れてくればよかった」ワトキンスが言ったので、エヴァンは心の内を読まれたのだろうかとぎくりとした。「あの標識を見たまえ——全部フランス語だ！」

「心配いりませんよ、巡査部長」エヴァンはすっかり立ち直って、なんでも来いといった気分だった。「ここにプロがいますからね。以前、ラグビーチームとここに来たときは、ぼくが道案内をしたんですよ」

「そうなのか」ワトキンスは感心したらしかった。

「実を言うと、ぐでんぐでんに酔っぱらっていなくて、道路標識を読めるのがぼくだけだったんです」エヴァンは白状した。「あのツアーのときは、祝勝会がいやというほどあったものですから。ああ、あれだ」霧のなかから、道路標識が現われた。「ディエップ行きの道路でいいんですよね」

道路沿いには、うずくまっている大きな獣のような黒い干し草ロールがいくつも置かれた刈田が広がっている。遠くに見えるポプラ並木は、薄気味悪い歩哨（ほしょう）のようだ。かつて金色に輝いていたであろうひまわり畑はすっかり枯れて、端のほうに数本がわびしく残るだけになっていた。幹線道路をおりて、サン・ヴァレリーの道路標識に従って走りだすまで、家らしきものは一軒もなかった。ぽつぽつと農家が見えてきたかと思うと、窓によろい戸のついたコテージが現われた——フランスに来たことが感じられる最初の風景だった。

サン・ヴァレリーの細い石畳の道路を抜けて海岸に出る頃には霧は晴れ、青い空が見え始めていた。

「外国という感じはあまりしないな」ワトキンスが感想を言った。実際のところそこは、窓のよろい戸と街角のカフェの縞模様のパラソル、そしてビルの壁に描かれたデュボネという酒のはげかけた広告を除けば、海峡のイングランド側にある町とそっくりだった。

「オテル・ドゥ・ヴィル」ワトキンスが、道路からやや奥まったところにある赤いレンガの建物を示しながらつぶやいた。「今夜、ここで泊まらなくてはならないとしたら、あそこはずいぶんと高級そうだ」

エヴァンは微笑んだ。「あれは市役所ですよ、巡査部長」

「なんてばかげた名前なんだ。どうしてホテルと名付ける？ そういうことなら、あそこに車を車を止めて、オテル・ドゥ・ヴィルから始めようじゃないか。記録があるとしたら、あそこだろう？」

エヴァンの錆びついたフランス語と若い男性係員の片言の英語の会話で判明したところによれば、現在この町にはブシャールという名の人間は住んでいないということだった。過去に遡ると、八年前にムッシュー・ブシャールという老人が亡くなっていたことがわかった。その翌年、彼の妻があとを追っていた。

「仕事は船乗りとなっていますね」係員が言った。「港で訊いてみるといいです。ふたりの子供がどうなったか、だれかが知っているかもしれません」

「息子がいたはずです」エヴァンは言った。「ジャンという名前で、五年前に海で行方がわからなくなったんです。なにか記録はありませんか？」

「いえ、ありませんね、ムッシュー。彼がここに住んでいないなら、わたしたちにはわかりません」彼は悲しそうに肩をすくめた。「ジャン・ブシャールの記録はここにはありませんから、ここには住んでいないとしか言えません。すみません」

「港に行くほかはないな」ワトキンスが言った。「きみのフランス語が、船乗りたちに通じると思うかい？」

「やってみるしかないですね」

ふたりはレピュブリック広場に車を置いて、細い石畳の路地を通って海岸に戻った。町そのものは海峡の向こう側とよく似ていたが、車を降りてみると、イングランドとは明らかに違うにおいが鼻をついた。焼き立てのパンのにおいとコーヒーを煎る香り。キッチンの開いた窓からはガーリックの強いにおいが漂ってくる。路地を抜けると、潮の香りと海藻とわずかに魚臭さが入り交じったにおいがふたりを包んだ。どこかのラジオからフランス語が流れていた。海岸沿いの屋台では、綿菓子ではなくクレープを売っている。

遊歩道の一方の突き当たりはコンクリートの岸壁で、その向こう側に鮮やかな色に塗られた漁船が数隻、つながれていた。色褪せた帽子をかぶった数人の老人が岸壁に座っている。ひとりは網を補修していた。

「話すのはきみに任せるよ」ワトキンスは彼らのほうへと歩いていきながら、エヴァンに言った。

「そうするほかはないんですよね？」エヴァンはにやりとした。「それともあなたは、ハンドシグナルが得意でしたっけ？」

「まったく生意気な男だ」ワトキンスはつぶやいた。「それじゃあ、頼むよ。きみのフランス語でわたしを感心させてくれ」

エヴァンは深呼吸をした。「ボンジュール」そう声をかけ、ブシャール家について知りたいのだと説明したつもりだった。だが、老人たちはけげんそうにエヴァンを見ているだけだ。互いに顔を見合わせ、口にする価値もないことを言ったのかもしれないと相手に思わせるような素振りで肩をすくめた。

老人たちはなにか言葉を交わしたかと思うと、ひとりが立ちあがってどこかへ行ってしまった。

「ふむ、うまく意思の疎通ができたようじゃないか」ワトキンスが皮肉っぽく言った。「みんな逃げだそうとしているぞ。わたしたちは頭がおかしいと思われているに違いない」

エヴァンは肩をすくめ、その場を離れようとしたが、老人のひとりに腕をつかまれた。

「アテンデ、ムッシュー」彼はそう言いながら、遊歩道のほうを示した。

「待てと言っています」エヴァンは言った。

「なにを？」

「わかりません」

数分が過ぎた。カモメが上空で鳴いている。一隻の船が港を出ていった。ようやくのことで、少女を連れた老人が戻ってくるのが見えた。

「孫娘(マ・プティ・フィーユ)だ」彼が言った。

少女は恥ずかしそうにエヴァンたちを見た。「祖父なんです」老人を示しながら言う。「わたしは、学校で英語を習っています。なにが知りたいのか、教えてください」

エヴァンは説明した。少女は真面目な顔で聞いていたが、うなずいてから早口のフランス語で老人たちに説明し始めた。

「ああ！」老人たちは顔を見合わせ、笑顔でうなずいた。

ブシャールという言葉が何度も聞こえた。やがて老人たちは、少女に向かって早口のフランス語を浴びせかけた。

「ムッシュー・ブシャールは死にました――何年も前に」少女が言った。「彼の奥さんも五年か六年前に死にました。息子がひとりいましたが、どこかに行ってしまいました」

「その息子のことはわかりますか？」エヴァンが訊いた。

再び言葉が交わされた。

「どこかに行きました。カレーから来るフェリーで働いていたんですが、もう何年も見かけていません」

「彼の妻のことは覚えていますか？」

この質問については意見が分かれたようだ。肩をすくめたり、手をひらひらと動かしたりしている。

「地元の人と結婚したはずだけれど、名前は知らないって言っています。このおじいさんは相手の女の人に一回会ったそうです。すごくきれいだったたって言ってますけど、この年になれば若い女の人はみんなきれいに見えるもんだって、ほかの人たちは言ってます」少女は恥ずかしそうな笑顔をエヴァンに向けた。

網を補修していた老人がなにかを言った。

「相手の女の人はアブヴィルのオルフィリーヌ……児童養護施設にいたんじゃないかって言っています。でも違うかもしれません」

「ジャン・ブシャールが死んだという話は聞いていませんか？」ワトキンスが訊いた。

老人たちは肩をすくめるだけだった。

「もう何年も彼を見かけていないそうです。母親が死んでからは、ここには来ていないんです」

「彼のことを知っているような友人は町にはいませんか？」

「知らないそうです。友だちはいたかもしれません。言えるのは、ここではずっと彼を見かけていないということだけです」

「このあたりに彼らの親戚はいませんか？」エヴァンが訊いた。

老人たちは身振りを交えて話しあっていたが、エヴァンの耳は〝痴呆〟という言葉をとらえた。

「痴呆がどうかしたんですか？」

少女は老人たちとまったく同じ仕草で肩をすくめた。「親戚はだれもいませんが、痴呆の人がまだ生きているかもしれません。マダム・ブシャールの弟です。彼は――なんて言うんでしたっけ？――頭がおかしくなったんです」

「ドゥ・ボワという名前ですか？」

老人たちはなんの反応も見せなかった。一度も彼に会ったことはないという。噂で聞いただけだが、もしも彼の頭がおかしくなったのなら、アブヴィルの病院にいるはずだと彼らは言った。頭のおかしい人間はみんなそこに行くのだから。

「少なくとも、ひとつわかったことがある」サン・ヴァレリーをあとにするワトキンスの顔は晴れやかだった。「フィリップ・ドゥ・ボワは、被害者の叔父だった。被害者の母親が彼の面倒を見ていたのかもしれない」

「だとしたら彼女は、弟の手紙を開封することも、彼の代わりに小切手を切ることもできた……」エヴァンがあとを引き取って言った。

「彼の名前でパスポートを申請したとか？」

ふたりは顔を見合わせて笑った。ようやくなにかがつかめたと思うと、ほっとした。

ささやかではあるが、これまではすべてが憶測でしかなかったところにようやく確かな証拠が見つかったのだ。

「ジャンの妻が同じ町の児童養護施設の出身だったとしたら、一石二鳥だ。彼女の過去についてもなにかつかめるかもしれない」ワトキンスの口調は活気に満ちていた。

「彼は何度か結婚しているかもしれませんよ」エヴァンが指摘した。「イヴェットは彼の二度目の妻だったかもしれない」

「彼女の旧姓を知っているか？」ワトキンスが訊いた。

「確か書類には、エトローと書いていたと思います」

「イヴェット・エトローか」ワトキンスが繰り返した。「児童養護施設でその名前に聞き覚えのある人間を探そう。だがまずは病院だ。住所がわかっているからな」

聖ベルナール病院は、町外れに建つ四角ばったレンガ造りの建物だった。すっかり葉を落としたプラタナス並木と、きれいに掃かれた広い砂地道にまわりを囲まれている。建物に入ったふたりを、修道衣に身を包んだ修道女が迎えた。彼女は少し英語を話せただけでなく、礼儀正しくふたりの言葉に耳を傾けた。

「フィリップ・ドゥ・ボワ？　ほかにも彼について問い合わせがありました」

「はい、問い合わせたのはわたしたち北ウェールズ警察です。何者かがフィリップ・

ドゥ・ボワの名前を使って車を借りたので、それがだれなのかを調べているところです」

「修道院長と話をされたほうがいいと思います」彼女はそう言うと、広々とした廊下の突き当たりにある部屋までふたりを案内した。年配の修道院長は、快くふたりの質問に答えた。確かに問い合わせは受け取ったが、残念ながらなにも話せることはないと言う。「お気の毒なムッシュー・ドゥ・ボワ。ご自分の世界に閉じこもっていらっしゃいます。残念なことです。かつてはとても聡明な方だったのですよ――数学の教師でした。ですが病気になって、いまではここがどこなのか、自分がだれなのかもわからなくなっています」彼女は肩をすくめた。「お会いになればわかりますが――見たかぎりではお元気なのですよ。ハンサムで、大柄で、癖のある黒髪はふさふさしていて……」

「彼宛てに手紙が来たり、だれかが訪ねてきたりしたことはありますか？」ワトキンスが尋ねた。

「ありません。意味のないことですからね」修道院長は悲しそうに微笑んだ。「彼の家族はみんな亡くなったんだと思います。以前はお姉さんがいらしていましたが、彼女も何年か前に亡くなりましたから」

「では、後見人はだれが？」

「国が彼の後見人です」

「彼が外出したことはないんですか？」エヴァンが訊いた。「その気になれば、外出することはできますか？」

修道院長は驚いたようだ。「彼は外には出たがりません……ですが、そうしたいと望むのなら、外に出ることは可能です。もちろん、いなくなればすぐに気づきますから連れ戻しますけれど、彼が外に出たがったことは一度もありません。患者さんのなかには――目を離せない人もいますが、フィリップは違います。自分の部屋にいることが幸せなんです」

「彼と会えますか？」エヴァンが唐突に尋ねた。

ワトキンスはぎょっとしたようだ。修道院長も同じくらい驚いていた。

「会うことはできますが、彼はなにも話さないと思いますよ、ムッシュー」

「かまいません。会わせてもらえませんか？」エヴァンは譲らなかった。

「いいでしょう」修道院長は両手を合わせて立ちあがった。「こちらへどうぞ。ついていらしてください。あらかじめご注意しておきますが、あまりよくない言葉を耳にするかもしれません。すべての患者さんがおとなしいわけではないので」

彼女は先に立って廊下を進んで行き、突き当たりにあるドアの鍵を開けた。とたんに襲いかかってきたのが独特のにおいだった——強烈な消毒剤のにおいも、それ以上に不快なにおいをごまかしきれていない。だれかが叫んでいる。遠くでうめき声がする。修道院長は廊下の突き当たりのドアまでさらに歩き続けた。大きな鍵を取り出して、鍵穴に挿しこんだ。

「入りましょう。危険はありませんから」

彼女はドアを開け、先頭に立ってなかに入った。「こんにちは、ムッシュー・フィリップ。ご機嫌はいかが？　お客さまですよ」

男が椅子に座って、窓の外を眺めていた。彼女の声を聞いて振り返ったが、その目は無表情のままで、またすぐに窓に向き直った。

「いつもこうしているんですよ」修道院長が説明した。「鳥を眺めるのが好きなんです。いまはそれが唯一の楽しみのようです」

エヴァンはじっと彼を観察した。修道院長の言葉どおりだ。癖のある黒い髪と浅黒い肌の色をした彼は、いまも健康そうに見える。

「甥のジャン・ブシャールのことを覚えているかどうか、訊いてみてください」エヴァンが頼んだ。

修道院長は言われたとおりにしたが、今回彼は振り返ろうともしなかった。数分後、一行はその部屋をあとにした。

「なにが狙いだったんだ?」修道院長と別れ、玄関へと戻りながらワトキンスが訊いた。「どうして彼に会うことにあれほどこだわった?」

「ふと考えたんです。スランフェアにテリーという少年がいるんですよ。夜遅くまで自転車で走り回って、厄介ごとに首を突っこむようなやんちゃ坊主なんですが、火事の直前、レストランへの道順を外国人に訊かれたと言っているんです。癖のある黒髪で、悪党のようだったそうです。ぼくが見た、被害者であろう男のことだとは思うんですが、何者かが彼を追っていたとしたらどうでしょう? あるいはマダム・イヴェットを探していたとか?」

「フィリップ・ドゥ・ボワが?」ワトキンスはありえないというように首を振った。「彼は自分の世界に閉じこもっている。彼女がそう言っていただろう?」

「正気をなくした人間は、その気になればとても狡猾になれます」

「実際に彼を見たじゃないか。彼がこっそりここを抜け出してイングランドに渡り、ウェールズまで行ってだれかを殺し、また戻ってきたと言いたいのか?」

エヴァンはため息をついた。「とてもありそうもないですね。彼女たちが言っていたとおり、しばしば彼の様子を見ているのだとしたら、いなくなれば気づくでしょう。それにお金とパスポートも必要だ——それは持っているのかもしれませんが。被害者ではなく、彼が車を借りた可能性があるかどうかを確認したかったんです。ですが、あなたの言うとおりだ。実際の彼を見れば、とてもそんなことはできそうにないのがよくわかりました。テリーの言う悪党っぽい男は、テレビの見過ぎで思いついたことなんでしょう」

「それに彼は、ジャン・ブシャールの名前を聞いてもなんの反応も示さなかった」ワトキンスが言った。「さてと、このあとはどこに行く？　イヴェットのことを調べに、児童養護施設に向かうのか？」

「その前になにか食べたいですね。朝食をとってから、もうずいぶんになります」

「いい考えだ。とりあえず、児童養護施設の場所だけ調べておかないか？」

ふたりは受付にいた若い修道女に尋ねた。彼女はけげんそうな顔になった。「このあたりに児童養護施設はありませんけれど」

「だがアブヴィルにあると聞いたんだ」エヴァンはなんとかフランス語で尋ねた。

「身よりのない子たちが、ここで暮らしていたことがあったと思います」彼女が答えた。「ちょっと待っていてください。その頃のことを覚えている修道女を呼んできます」

彼女は足早にその場を離れていき、数分後、丸顔の修道女を連れて戻ってきた。

「シスター・アンジェリークです」若い修道女が紹介した。「彼女が以前、子供たちの面倒を見ていたんです」

シスター・アンジェリークはうなずいた。「小さな女の子たち」彼女は手を突き出して、子供の背丈を示した。

「イヴェット・エトローを覚えているかと訊いてください」

年上の修道女の顔が輝いた。うなずいたり、笑ったりしながら、若い修道女になにごとかを早口で語っている。

「覚えているそうです」ようやくのことで、若い修道女が答えた。「とても聡明だったそうです。一六歳くらいのときにここを出て、オペア（外国にホームステイし、家事や保育をする代わりに報酬をもらう留学制度）としてイングランドに行ったんです。その後、有名な料理人になったみたいで、シスター・アンジェリークはすごく彼女が誇らしかったと言っています」

「彼女がだれと結婚したかとか、最近はどこに住んでいたかとかはわかりませんか？」

シスター・アンジェリークは、その質問に首を横に振った。

「パリのコルドンブルー学校で勉強するという手紙をもらったきり、連絡はないそうです。イヴェットが手紙をくれるか、訪ねてきてくれればいいのにと言っています」

「手紙を書くように伝えておきますよ」エヴァンが言うと、シスター・アンジェリークは再び顔を輝かせた。


「よろしい、これまでわかったことを整理してみようじゃないか」ワトキンスが言った。ふたりは古い広場にあるオープンカフェに座り、クロワッサンとブリオッシュを頬張っていた。

「ジャン・ブシャールがフィリップ・ドゥ・ボワの名前を騙ったらしいことは、はっきりしました。イヴェットは若い頃にイングランドに行き、それから料理学校に通ったようですが、その後なにをしていたのか、だれと結婚したのかについては不明です。イングランドに来る前、ブシャール夫妻がなにをしていたのかを知りたいですね。火事になったレストランの前に、別のレストランを経営していたのか。それとも好ましくない人々と関わりがあったのか」

「それをどうやって調べ出すつもりだ？」ワトキンスは新しいクロワッサンを手に取り、アプリコットジャムをその上にのせた。

「結婚証明書を手に入れるのは難しくないと思います」エヴァンは言った。「ですが、パリまで行って、料理学校時代の彼女のことを調べるべきじゃないでしょうか」

ワトキンスはにやりと笑った。「〝麗しきパリ〟に行く言い訳にもなるというわけか」

「それはあなたでしょう、巡査部長。ぼくは大都市は好きじゃありません。たとえそれがパリでも。それに、あそこを運転するのはごめんです。まだ死にたくはありませんからね。パリ郊外まで行ったらどこか車を止められるところを見つけて、そこから先は地下鉄で行きましょう」

コルドンブルー学校の廊下にはおいしそうなにおいが漂っていて、アブヴィルで遅めの朝食をとっていたにもかかわらず、そろそろランチの時間であることをエヴァンは思い出した。エヴァンは、パリまでの運転ですっかり神経をすり減らしていた。車は郊外の地下鉄の駅近くに止めたのだが、そこにたどり着くまでに、いつもとは逆の車線を走りながらラウンドアバウトをいくつか抜けなければならなかったし、狭い道路で巨大なトラックとすれ違ったこともあった。その後も、何度か列車を乗り換え、ようやくレオン・ドロム通りにたどり着き、目的の料理学校までやって来たのだ。

「味見のためのサンプルはないんだろうか？」エヴァンの心の声が聞こえたかのよう

に、ワトキンスがつぶやいた。「ステーキとフレンチフライで充分なんだが」

「ステーキとフレンチフライの作り方を習うのに、こんな学校には通わないと思いますよ」エヴァンが切り返した。

受付にいた若い娘はオランダ人らしかったが、当然ながら数か国語に堪能だった。彼女の英語にはほとんどなまりがなかった。

「はい、昔の生徒さんをお調べすることはできます」ふたりが警察官であることを確認したあとで、彼女は言った。「その方がいたのは何年ですか？」

「はっきりわからないんですよ」ワトキンスが答えた。「少なくとも、七、八年以上は前のはずなんですが」確かめるようにエヴァンを見た。

「彼女はグラン・ディプロムのコースを取ったんですか？　それとも、集中コースのいずれかでしょうか？」

ワトキンスはエヴァンに目を向けた。「全体にわたるコースだと思います。資格のある料理人だと言っていましたから」エヴァンが答えた。

「それなら、グラン・ディプロムですね。そのほうが探すのは簡単だわ。お名前はなんておっしゃるのかしら？」

「イヴェット・ブシャールです。ただ、ここに通っていたときに、すでに結婚していたのかどうかがわからないんですよ。旧姓はエトローといいます」

彼女は眉間にしわを寄せた。「何年度かがわかれば、探すのは簡単なんですけれど」そう言ったところで、ぱっと顔が明るくなった。「そうだわ――ディプロム・コースを卒業した生徒さんたちの集合写真が壁に飾ってあります。それを見て、その人を探してもらえませんか？　わたしも忙しいですし、そうすればお互いに助かります」

ワトキンスはうなずいた。「いい考えだ。少なくとも、彼女の顔はわかっている。わたしたちが知っていることのひとつですよ」

ふたりは彼女に連れられて、玄関ホールへと向かった。黒い額縁のなかから、コック帽をかぶった若者たちが真面目くさった顔でこちらを見つめ返している。一番古い写真は世紀の初めころのもので、写っているのはほとんどが両脇に口ひげを垂らした男たちだった。

「彼女はいまいくつくらいだ？」ワトキンスが訊いた。「三〇代後半？　とすると、もっとも昔にこのコースを取ったとしたら、一六年から一七年前というところか。よし、これから始めよう」

ふたりは八〇年代初期の写真から始め、ゆっくりとホールを移動していった。やがてエヴァンがひとりの娘を指し示した。「彼女だ」

「やったぞ！」ワトキンスがうなずいた。「これでクラスの番号がわかった。さて、なにが出てくるのか楽しみだ」

ふたりが戻ってきたのを見て、受付係の娘は顔をあげ、かろうじて笑顔を作った。

「見つかりましたか？　よかったわ。それじゃあ、昔の記録を調べてみましょう」

彼女はふたりを連れて、薄暗い地下室へと石の階段をおりていった。「一〇年前は、ごく旧式のファイリング・システムだったんです。もちろんいまはすべてコンピューターで管理しています」彼女は大きなキャビネットの引き出しを開けて、一冊のフォルダーを取り出した。

「イヴェット・エトローでしたね？　あったわ、これです」彼女はパスポートサイズの写真をクリップで上部に留めた一枚の用紙を取り出し、ふたりに差し出した。

エヴァンはワトキンスの肩越しにその写真を眺めた。

「ちょっと待ってください。これは違います」

「間違っていましたか？　イヴェット・エトローですよね？」

「写真を取り違えたんだと思います」エヴァンは言った。「これはマダム・イヴェットじゃない」

「間違いないのか？」ワトキンスはしげしげと写真を眺めた。「ずいぶん前に撮った写真なんだぞ」

「彼女に似てはいます」エヴァンはマダム・イヴェットの顔を思い浮かべながら応じた。「髪型や鼻梁の高い鼻……。ですが……」

「人の顔は変わるし、体重だって増える」ワトキンスが指摘した。「それに彼女は火事で火傷をしているんだ」

エヴァンは首を振った。「顔の輪郭が違います——この写真の顔はハート形だ。マダム・イヴェットの顔はもう少し長い。それに彼女の笑い方を見てください。笑い方は変えられませんよ、巡査部長」

「彼女は、あなた方が探している人ではないんですか？」オランダ人の娘は当惑していた。

「これは、玄関ホールで見た写真の人物ではありません。あそこでは、簡単に見分けがついたんです」

「写真が入れ違っているということはありますか？」ワトキンスが訊いた。

「ないとは言えませんけれど、そんなことになる理由がわかりません。生徒さんは申込書に写真を添えて提出するんですけれど、それはずっとそのままなんです。はずす理由がありませんから」彼女はキャビネットの上にフォルダーを置いた。「ホールの写真で見た人がこのなかにいるかどうか、申込書を調べてみてください」

ふたりは申込書を一枚ずつ、調べていった。すぐに見つかった——若くてかわいらしいマダム・イヴェットが微笑みかけている。「彼女だ」ワトキンスとエヴァンは同時に声をあげた。

申込書に記されていた名前は、ジャニーヌ・ラロックだった。

「確かに似ていますね」オランダ人の娘が言った。「ふたりとも同じような髪型をしているし。これが本当のイヴェット・ブシャールなんですか？　だったら、写真を正しい申込書に戻しておかないと」彼女は写真を書類からはずしたが、手のひらにその写真をのせたところで動きを止めた。

「なにか勘違いされていませんか？　これを見てください」

写真の裏には、繊細な文字の書きこみがあった。〝ジャニーヌ・ラロック、パリにて、一九八八年二月一七日〟

「わけがわからない」ワトキンスが言った。

「考えられるとしたら……」

「なんだ？」

「筋の通る説明はひとつしかありません」エヴァンが言った。「いまウェールズにいるあの女性はイヴェット・ブシャールではないということです」

19

「彼女はいったいだれなんだ？」ごみごみしたパリの道路に戻ったところで、ワトキンス巡査部長が言った。「本物のマダム・イヴェットはどうなったんだろう？」

エヴァンは様々な可能性を考えていたが、そのどれもが気に入らなかった。実を言えば、マダム・イヴェットとして知っている女性が罪のない被害者であることを願っていたのだ。ワトキンスに同行して事件の謎を解きたいと思ったのは、彼女の疑いを晴らしたかったからでもあった。悲嘆にくれる乙女を助け出そうとする、つややかな鎧（よろい）に身を包んだ騎士に自分をなぞらえていたのだとエヴァンは気づいた。それともブロンウエンなら、ボーイ・スカウト症候群と呼ぶだろうか。

だがいま、だまされていたことがわかった——頼りなさそうな、美しい女性に。助けを求めていた、優しくて穏やかでひとりぼっちのイヴェットは、彼を利用していたのだ。警察に暗い過去をほじくり返されないように。彼女は、エヴァンが情にもろい村の巡査であることを正しく見抜いていた。そこに〝あまり頭がよくない〟という言葉も付け加えられていただろうか？　彼女は最初からすべてを計画していたに違いないとエヴァンは思った——脅迫状も、偽りの誘惑も。

「レストランに来た男が夫だとわからなかったのも当然だ」ワトキンスが笑いながら言った。彼はご機嫌だった。謎が解け、犯人が明らかになったいま、ウェールズに帰るのが楽しみで仕方がないのだろう。「さぞショックだっただろうな」

「彼は、自分がだれなのかを話したんでしょうね。だからぼくたちのテーブルに来たときの彼女はあれほど動揺していて、クレープ・シュゼットを作るときにぼくたちにまで火をつけそうになったんだ」

「それはいったいなんだ？　無知で申し訳ないが、わたしはきみみたいに高級な店で食事をしたことがないんでね」

「クレープ・シュゼットのことですか？　パンケーキのようなものですよ。リキュールでフランベするんです——火をつけるんですよ」

「フランベなら知っているさ。わたしはそこまで無知じゃない。自分でもフランベをしたことはあるしね」

エヴァンは笑った。「覚えていますよ。去年、あの新しいバーベキューグリルで、ハンバーガーを焼いたときですね」

ワトキンスはぎろりとエヴァンをにらんだ。「とにかくだ、レストランにやってきた夫は、彼女が自分の妻ではないことを知った……。ばれたことを知った彼女はパニックを起こした。自分の部屋に彼を誘いこんで刺し殺し、証拠を消すために店に火をつけたんだ」

「そういうふうに見えますね」

「ほかにどう説明できるというんだ?」

エヴァンは少し考えてから、首を振った。「わかりません。すべてつじつまが合うように見えますよね」

「まだわかっていないことはたくさんあるし、それを探りださなくてはならない。これだけの時間がたってから、どうして彼は突然姿を現わすことにしたんだろう?」

「前から決めていたんだと思います。法的に死亡と判断されるだけの年月、彼は姿を隠していた。ふたりが生命保険をかけていたなら、妻はそれを受け取ることができます。ふたりで計画したことだったんでしょう。保険金目的かもしれないし、彼が姿を消すことが必要だったのかもしれない」

「だが妻がいなくなっていたとしたら——たとえば火事のあとで彼女が死んだとして、

ジャニーヌ・なんとかが彼女の友人だったなら……」ワトキンスは、その先は任せると言いたげにエヴァンの顔を見た。

「ジャニーヌは生命保険のことを知っていて、イヴェットになりすまして金を手に入れようとした。だれも本物のイヴェット——彼女はイングランド人だと思われるくらい英語が堪能だった——を知らないところでレストランを開いて、信用を勝ち得ようとした」

「本物のイヴェットは死んだんだろうか？」

「彼女はあの火事でひどい火傷を負ったんでしたよね？　人前に出られないくらい、火傷の痕がひどかったのかもしれません」

「どちらにしろ、ジャニーヌは困ったことになったようだな」ワトキンスが言った。「殺人は衝動的なものだったとしても、これは計画的な犯行だ」

エヴァンはうなずいた。「彼女は、イヴェットの夫が生きていることを知る由もなかった。彼が店に来たときも気づかなかったし、当然ながら、彼が現われるとは予想もしていなかった……」

ふたりは地下鉄の駅までやってきた。エヴァンは顔をあげ、遠くにそびえるエッフェル塔に目を向けた。「エッフェル塔ですよ、巡査部長」

「そうだな。パリのツアーもこれまでか。〈マキシム〉であわただしくランチをする暇もなさそうだ。今夜中に帰りたければ、車のなかでサンドイッチをつまむしかないようだな」

ワトキンスは、強い風が吹く暗い地下へと階段をおりていった。エヴァンは最後にもう一度エッフェル塔を見あげてから、彼のあとを追った。「まずは、本物のイヴェットがまだどこかの病院にいるかどうかを調べなくてはいけませんね。それほど難しいことでは……」

「いや、違う」ワトキンスの声がタイルを貼った壁に反響した。「まずするべきは、偽のイヴェットが逃げ出す前に身柄を確保することだ」

「帰る前に、パリの警察に行ったほうがいいんじゃないですか？」エヴァンが尋ねた。「ジャニーヌ・ラロックに前科があるかどうか、調べるべきだと思います」

ワトキンスは気まずそうな顔になった。「そこまではしたくないな。フランス警察に連絡するのは、警部補の仕事だとは思わないか？　わたしたちは正式に派遣されているわけでもないしね。イングランドに戻ったらすぐに本部に電話をかけるよ。フランスの電話に手を出す気はないんだ。前に一度かけたことがあるが、二度とごめんだよ。ジャニーヌ・なんとかを勾留して、グリニスに彼女の前科を調べてもらうように頼もう。運がよければ、向こうに帰り着く頃にはすべてが明らかになっているかもしれない。そうすれば、わたしたちは素晴らしい仕事をしたと褒められるわけだ」

ふたりはその日の夕方五時にイングランド行きのカートレインに乗った。どういうものかがわかっているから二度目は楽だろうと期待していたのに、気がつけば冷や汗にまみれていて、ワトキンスの助言に従うのだったとエヴァンは後悔した。

「だから乗る前に、ブランデーを飲んでおけと言ったのに」列車が黄昏（たそがれ）どきのフォークストーンに出たところで、ワトキンスが言った。「顔色が悪いぞ」

「じきによくなります」エヴァンが答えた。「どこかでパトカーに止められて、飲酒検知器にかけられたら困るでしょう？　北ウェールズ警察の評判を落としますよ」

「わたしが運転すればいいことだ」

「そうですね。そしてぼくたちはロンドンを出ようとして、ひと晩じゅう環状道路をぐるぐると走り続けることになるわけだ」エヴァンはかろうじて笑顔を作った。一般道路を走り始めると、すぐに気分がよくなった。

「家に着くのは何時頃になるだろうね？」

「どこにも寄らずに走り続ければ、真夜中には着くでしょう」エヴァンは答えた。

「ですが、最初に目についたところで車を止めて、本部の人たちが帰宅する前に電話をしないといけませんね」

「確かに」ワトキンスが言った。「それに、ビールとおいしいイングランド料理を楽しむ口実にもなる」ワトキンスはくすくす笑った。「自分がおいしいイングランド料理なんていう言葉を口にすることがあるとは思わなかった――ソーセージとマッシュポテトが食べられるならなんでもするぞ。温め直したミートパイでもいいな」

ふたりは目についた最初のパブに立ち寄った。ワトキンスは本部に連絡を入れ、フィッシュ・アンド・チップスを堪能したあと、ウェールズ目指して車を走らせた。エヴァンがスランフェア村の大通りにたどり着いたのは、夜中の二時一五分だった。パブと〈エヴェレスト・イン〉の外の街灯は消えていて、通りはほぼ真っ暗だ。まるで村全体が見捨てられたかのようで、エヴァンは身震いした。音を立てないように家に入り、靴を脱いでから足音を忍ばせて階段をあがった。疲労のあまり、目がちくちく痛んだ。

目の前に白いなにかがぬっと現われ、エヴァンは思わず息を呑んだ。同時にその白いものは悲鳴をあげた。その声には聞き覚えがあった。

「ぼくですよ、ミセス・ウィリアムス」エヴァンは言った。

「あなただったの、ミスター・エヴァンズ!」ミセス・ウィリアムスはあえぎながら手すりにもたれ、豊かな自分の胸を抱きしめた。「心臓が飛び出るかと思いましたよ」

「脅かしてすみません、ミセス・ウィリアムス。たったいまフランスから帰ってきたところなんですよ」エヴァンは謝ったが、彼の心臓も激しく打っていた。

「フランスから？　あらまあ。フランスに行っていたなら、ちゃんとした食事もしていないんでしょうね。キッチンに子牛とハムのパイがあるから……」

エヴァンは階段をおりようとするミセス・ウィリアムスを押しとどめた。

「いえ、けっこうです。いまはゆっくり眠りたいだけなんです、ミセス・ウィリアムス。ベッドに戻ってください。ぼくも寝ますから」

「ココアをいれましょうか？」

「いいえ、なにもいりません。一二時間、ぶっ続けで運転していたんですよ。いまは眠りたいだけです」

「結果が出たのならいいんですけれどね」ミセス・ウィリアムスは言った。「気の毒なマダム・イヴェットのレストランに火をつけて、あの男の人を殺した犯人を見つけたのかしら」

「見つけたと思いますよ、ミセス・ウィリアムス。正しかったかどうかは、朝を待たなければいけませんが」

エヴァンは自分の部屋に入り、ベッドに倒れこむと、着替えをする間もなく眠りに落ちた。


エヴァンは夢のなかで暗い場所にいた——それが棺桶なのかトンネルなのかはわからないが、天井が迫ってきて、背中に汗が伝っているのが感じられた。そこがどこであれ、出口はない。すると鐘が鳴り始めた。「ぼくの葬式の鐘だ」エヴァンはつぶやいた。だが葬式の鐘はもっとゆっくりだし、もっと陰気だ。

エヴァンはぱっと目を開き、その音が電話であることに気づいた。朝の日差しが部屋の壁に光の筋を描いている。心臓の激しい鼓動が収まらないまま、エヴァンは階段を駆けおりて、ミセス・ウィリアムスがキッチンから姿を見せる前に受話器を取った。

「起こしてしまったかな？」ワトキンスが訊いた。

「当然じゃないですか」エヴァンは腕時計を見た。「まだ七時ですよ。ぼくがベッドに入ったのは二時過ぎだったんですから」

「わたしも警部補に起こされたんでね。きみにこの知らせを伝えない理由はないだろうと思ったわけだ」

「なんですか？」

「マダム・イヴェットがいなくなった。二日前、だれにも行き先を告げずにパブを出ていったきりだそうだ」

「くそっ」エヴァンは思わず口走った。「ぼくたちは正しかったということですね。彼女はおじけづいたんだ」

「警部補は彼女を広域指名手配したが、海峡を越えて逃げたのかもしれないし、フェリーでアイルランドに行ったのかもしれない。今頃は、どこにいても不思議じゃない。わたしは責任を感じているよ。フランスに行く前に、彼女を勾留しておくべきだった」

「なんの容疑でですか？　フランスに行くまで、彼女を捕まえるだけの理由がなかったことは、あなただってよくわかっているじゃないですか。彼女が被害者だとしてもおかしくなかったんですから」

「まあ、どちらにしろ、もうわたしたちの手を離れたんだと思うね。彼女を捕まえるまでわたしたちにできることはなにもないし、言わせてもらえば、まず捕まらないだろう。きみは連続放火の捜査に戻り、わたしはまたオペレーション・アーマーダに加えてもらえることを祈るだけだ。協力してくれて感謝するよ。成功するときもあれば、失敗するときもあるということだな」

エヴァンは受話器を置くと、暗く狭い玄関ホールに立ったまま、花模様の壁紙を見つめていた。

「くそっ」エヴァンは再びつぶやいた。

「ミスター・エヴァンズ！　言葉に気をつけてください！　あなたらしくありませんよ」ミセス・ウィリアムスがキッチンからとがめるような顔をのぞかせた。

エヴァンはきまり悪そうに微笑んだ。「すみません、ミセス・ウィリアムス」

「あなたは疲れているんですよ。お茶を飲めば、気分もよくなりますよ」

エヴァンは彼女のあとを追ってキッチンに入った。コンロからおいしそうなにおいが漂っている。食卓につき、両手でカップを包むようにして持ちながら、じっくりと考えてみた。ワトキンスの言うとおりだろう。マダム・イヴェットが捕まる可能性は低い。おそらくフランスに戻ったのだろう――だとすると、もう自分たちの手は届かない。最後まで見届けられないと思うと、悔しかった。彼女が本当にジャン・ブシャールを殺したのか、さらには、本物のイヴェットを燃やした火事が彼女の仕業だったのかどうかを知ることは、永遠にないのかもしれない。だが妙なことに――エヴァンには、いまだに彼女が殺人犯だとは思えなかった。

まあいい、こうやって起きたのだから、一日を始めてしまおうとエヴァンは思った。いつもどおりの日常に戻るのだ。きっと、ミセス・パウエル＝ジョーンズがまた、バンについて散々苦情を言ってくるに違いない。エヴァンはシャワーを浴びて、制服を着た。学校が始まる前に、ブロンウェンに会えるかもしれないとふと考えた。

大通りを歩いていくうちに、スランフェア村が目を覚まし始めた。牛乳屋のエヴァンズが両手で牛乳瓶をガチャガチャ言わせながら、家の戸口へと歩いていく。「おはよう、エヴァン・バック」彼が声をかけてきた。「南への旅から帰ってきたんだな」

郵便屋のエヴァンズは郵便局から出てくると、郵便袋から絵葉書を一枚取り出し、道の真ん中で足を止めて読み始めた。エヴァンに気づくと、うしろめたそうにぎくりとした。

「ミセス・ジョーンズからなんだ。二四番地の住人の妹だよ」エヴァンの顔の前で、ひらひらと絵葉書を振って見せる。「休暇でボーンマスに行っているんだ。ほら、この写真。これが桟橋だ。あんたも南に行っていたって聞いたよ。この桟橋にも行ったのかい？」

「そののぞき見癖のせいで、きみはいつか困ったことになるぞ」エヴァンは言った。「きみが読んでいるのは、個人的な手紙なんだぞ」

「なんの害もないさ」郵便屋のエヴァンズは反論した。「なにも税金だとか年金だとかについての手紙を読んでいるわけじゃないんだから」

「その手の手紙は、封を開けて読むわけにはいかないからだろう?」エヴァンが笑いながら言うと、郵便屋のエヴァンズも笑顔で応じ、ゆっくりと通りを遠ざかっていった。

エヴァンは通りを進んだ。頭がいいとは言えない郵便屋のエヴァンズでさえ、ぼくの秘密の任務を知っていた。マダム・イヴェットが噂を聞いて、逃げ出したのも無理はない。

エヴァンは物思いにふけりながら、歩き続けた。マダム・イヴェットは、彼がフランスに行ったことまで聞きつけたのかもしれない。スランフェア村のスパイには、なにひとつ隠しごとはできないようだ。ふと顔をあげると、目の前に大きな緑色のバスがあった。ベウラ礼拝堂の前に止まっていて、側面にこんな文字が書かれている。

天空の乗り合いバス　　ベウラ礼拝堂　　スランフェア

その下にはいくらか小さな文字で〝ウェールズ語で祈り、ウェールズ語で歌い、ウエールズ語で説教をします！〟とあった。

　通りの反対側のベテル礼拝堂の前に止まっている、シンプルな灰色のバンがひどく小さく見えた。

　エヴァンは笑わずにはいられなかった。次はなんだ？　パリー・デイヴィス牧師は、ヘリコプターを手に入れようとするだろうか？　それとも、何台ものリムジン？　ブロンウェンに話したら、さぞ面白がるだろうと思った。唐突に、彼女に会いたくてたまらなくなった。ほんの三日間留守にしていただけなのに、もう彼女が恋しい。これは、彼女に対して真剣な思いを抱いている証(あかし)に違いない。そうだろう？

　だが運動場のゲートに手を置き、煙突から煙がたちのぼっている校舎が目に入ると、エヴァンは急におじけづいた。ブロンウェンは授業の準備に忙しくしている頃だろう。自分と話をしている時間はないかもしれない。それに、ほんの数日会っていなかっただけなのに、彼女を恋しく思うなんてばかげている。午後、学校が終わった頃に来ることにしよう。

　エヴァンはきびすを返した。彼の名を呼ぶ声がして、振り向いたらそこにブロンウエンが立っていることを半分期待しながら、来た道を戻り始めた。だがだれにも呼び止められることのないまま、分署にたどり着いた。

建物に入ると、留守番電話の緑のランプが点滅していて、玄関マットに手紙の束があった。エヴァンはその束を拾いあげ、一番上の手紙を眺めた。上等の封筒で、差出人はダービーシャー州パクストンのグラントリー・ストローハン・アンド・グラントリー弁護士事務所になっていた。エヴァンは怪訝そうな顔で、封を切った。火事で焼けたコテージの持ち主であるパクストン＝スミス夫妻の代理人であることがわかって納得した。それが、あのイングランド人夫婦の名前らしい。実際はそんな仰々しい名前ではなく、単なるスミスに違いないとエヴァンは思った。パクストン＝スミス夫妻は、警察の報告書に満足しておらず……怠慢だと思われ……担当警察官は彼であり……火事の対応に関する彼本人の説明を求め……。

エヴァンはうんざりしてその手紙を置いた。夫妻は保険金を受け取るはずだが、それだけでは飽き足らず、だれかを訴えるつもりらしい。これは本部に渡して、そちらで処理してもらおうと思った。紅茶をいれようと電気ケトルのスイッチを入れ、机の前に腰をおろして留守番電話を再生した。

「エヴァンズ巡査ですか？」優しいウェールズ語の声だった。「ベテル礼拝堂のミセス・パリー・デイヴィスです。大きなバスが道路をふさいでいるんです。通行の邪魔になっています。すぐに移動させてください」

エヴァンの頬が緩んだ。

次のメッセージを聞いて、鼓動が速くなった。「エヴァンズ巡査、本部のグリニス・デイヴィスです。鑑識が凶器を発見して、いま指紋の検出中であることをお知らせしておこうと思ったんです。それから、こちらの問い合わせに対して、フランスからの返答はまだないので、これといって進展はありません――それじゃあ」

グリニスの妖精のような美しい顔が脳裏に浮かび、エヴァンは知らず知らずのうちに笑みを浮かべていた。凶器の指紋は、彼女に会うために本部を訪れるいい口実になるだろうか？　ちょっと待て、エヴァンは自分を叱りつけた。ほんの数分前、おまえはブロンウェンに会いたがっていたじゃないか。いったいどうしたっていうんだ？

「エヴァンズ！」スピーカーから響きわたったポッター巡査部長の声に、ブロンウェンとグリニスはあっという間に彼の頭から消えた。「わたしのオフィスにいますぐ着てくれたまえ。連続放火について答えがわかったような気がする。きみに見てもらいたいものがある」

簡潔で、要領を得たメッセージだ。これで本部まで赴く理由ができたことになる。マダム・イヴェットと殺人事件に意識を集中させたときから、放火のことはすっかり忘れていた。レストランに火を放ったのは別の人間かもしれないとはいえ、まだ連続放火犯は捕まっていないのだ。結局のところ、火事はメイビオン・グウィネズの過激派たちの仕業だったのかもしれないとエヴァンは思った。それがたとえ事件の一面にすぎなくても、はっきりするのはいいことだ。

20

幸運にもと言うべきか、本部の両開きドアを開けたところで、エヴァンはデイヴィス巡査とぶつかりそうになった。

「おっと、失礼」よろめきながらあとずさった彼女に謝ったあとで、手を差し伸べて体を支えた相手がだれであるかに気づいて、エヴァンは自分が間抜けになった気がした。

「あら、エヴァンズ巡査、あなたでしたか」彼女は少しも動揺している様子はなかった。「おかえりなさい。パリはどうでした？」

「道路を一本と地下鉄の駅をひとつ見て、それからエッフェル塔を遠くからちらりと見ただけだった」

「残念でしたね。それに、せっかくあれだけ調べたのにあのフランス人女性を逃がしてしまったことも。彼女が本物のマダム・イヴェットじゃないってわかったときには、さぞ驚いたでしょうね？　警部補は信じられないって茫然としていたんですよ」

「まだすべてがはっきりしたわけじゃないんだ。調べるほどに、複雑になっていく一方だったからね。ジャニーヌが姿を消したいまとなっては、真相が明らかになるかどうかは疑問だよ。そうそう、凶器のことを連絡してくれてありがとう」

「きっとあなたが知りたいだろうと思ったんです。ここの人はだれもあなたに連絡してくれないでしょうから」彼女はうしろめたそうにあたりを見まわした。「またコーヒーを飲みに行くところなんです。いっしょに行く時間はありませんよね？」

「ポッター巡査部長に呼ばれてきたんだよ」エヴァンは答えた。

「あのとんでもないイングランド人の？　鑑識の世界に与えられた天の恵みですよね！」彼女は皮肉を言った。「幸運を祈ります」

「ありがとう」

「よかったら、エスプレッソを買ってきましょうか。彼と話をしたあとは、きっと濃いコーヒーが必要だわ」

「ありがとう、グリニス」彼女はきれいで聡明だというだけじゃなく、とても感じがいいとエヴァンは思った。ほとんど完璧だ。彼女が本当に自分に好意を抱いているのか、それともだれに対してもこういう態度なのか、エヴァンには判断がつかなかった。

仕事上の付き合いにとどめておこう、念のためだと、エヴァンは自分に言い聞かせた。二度と彼女をファーストネームでは呼ばないようにして……

「でも、コーヒーのことはポッター巡査部長には言わないでくださいね」彼女は、香水のスパイシーな香りがほんのりと感じられるくらい近くに顔を寄せて言った。「このあいだ、紅茶を持ってきてくれって言われたことがあって、わたしが女だからといってメイドのようなことをするとは思わないでくださいって言い返したんですよ」

エヴァンは笑った。「覚えておくよ。それで凶器の話だが、指紋は見つかったのかい？」

「はい、二種類。ひとつはマダム・イヴェット——本当の名前は知りませんけれど——のものでした。凶器は一番大きい包丁でしたからうなずけるんですが、親指の指紋が彼女のものじゃなかったんです。これまでに照会したどの指紋とも一致しませんでした」

「男か女かはわかった？」

「彼女の指紋よりは大きかったんですが、男性だとは言い切れません。またなにかわかったら、連絡しますね」

エヴァンはうなずいた。「頼むよ」

「でも、彼女が突然姿を消したのは、犯人だからじゃないんですか？　なにも隠すことがなければ、逃げたりしませんよね？」彼女はエヴァンを見あげた。「彼女は捕まると思いますか？」

「捕まることを願ってはいるが、可能性は低いだろうね」

「あなたがフランスに行って彼女の経歴を調べていることを、いったいだれから聞いたんでしょう？」

エヴァンは笑いながら答えた。「きみは、スランフェアのような村の噂話のすごさを知らないんだ。あっという間に村全体に広まるんだから」

「あんな小さな村で働いていて、気が狂いそうになりませんか？　どうして本部への異動願いを出さないんですか？」

「もう慣れたからね」エヴァンは答えた。「あそこがぼくの居場所なんだよ」

「現状に満足するには若すぎるんじゃないですか、エヴァンズ巡査。前に進むことを考えてもいいと思います」自分がなにを言ったのかに気づいて、彼女は顔を赤らめた。

「コーヒーを買ってきますね」

エヴァンはワトキンス巡査部長を探したが、見当たらなかった。警部補も留守だ。どこへ行ったのかと尋ねると、だれもがぽかんとした顔で見つめ返してきたので、オペレーション・アーマーダが佳境に入っていて、みんなどこかの海岸に行っているのだろうとエヴァンは見当をつけた。建物全体ががらんとしていて、彼はいつにも増して自分をよそ者のように感じた。

まあいい、ポッターとの話はできるだけ早く終わらせようとエヴァンは決めた。彼のオフィスのドアをノックして、なかに入った。

「おや、エヴァンズか。ようやく来たな。ずいぶん遅かったじゃないか」ポッター巡査部長が机の向こうで顔をあげた。

「すみません。ワトキンス巡査部長といっしょにフランスに行っていたものですから――聞いていませんか？」

「いや、だれも教えてくれなかった」ポッターはうなるように言った。「まったくこの署ときたら。左手がなにをしているのか、右手は知らないときている。なにひとつ解決できないのも当然だ。だがピーター・ポッターが来たからには、今後はそうはいかない。わたしが自分の事件をどうやって解決しているのか、見せてやろうじゃないか」

「それじゃあ、連続放火犯を見つけたんですね？」エヴァンは訊いた。

「そのとおりだとも」ポッターは得意げにうなずいた。「プロファイリングだけで充分だった。きみが作った野次馬たちのリストを見て、消防隊と話をした。条件に合う人物はひとりしかいなかった。彼は三度とも現場にいた。典型的な連続放火犯だ——火事が好きで、消火の手助けをするのも好きだから、現場に行くんだ。レストランの火事のときは写真を撮った。ほら、これを見たまえ」ポッターは引き伸ばした写真をエヴァンに見せた。「この少年がわかるかね?」

「テリー・ジェンキンスです」エヴァンは言った。「ほんの子供ですよ」

「その気になったときの一一歳の少年にどんなことができるのかを聞いたら、きみは驚くだろうね」ポッターは相変わらずしたり顔だった。「わたしのプロファイルに完璧に合致している——腕白小僧、しつけができておらず、友人がいない。そのうえ、いつも現場にいて消火を手伝おうとしたと消防隊の隊長が言っていた。三度ともだ。きみは彼を知っているのだろう?」

「はい。同じ村に住んでいますから」

「ほらね、地元の人間だとわかっていたのだ。よろしい、彼を連れてきたまえ、エヴァンズ。その少年と話がしたいね。わたしがその小さな悪党に自白させる」

「ちょっと待ってください」テリーをポッター巡査部長に会わせるのかと思っただけで、胸に重石(おもし)を入れられたような気がした。「あの手紙はどうなんです? ぼくたちが見つけたような手紙を、小さな子供が書くと思いますか?」

「子供もテレビでニュースを見ているだろう?」ポッターは嘲るように言った。「おそらくウェールズの過激派がコテージに火をつけたというニュースを見て、それで思いついたんだろう。さっきも言ったが、子供はあなどれないよ。抜け目がない」

「彼の書いたものを持っています」エヴァンは言った。「彼を連れてくる前に、それを調べるべきじゃありませんか?」

「手紙の筆跡と比べるということか? ふむ、いいだろう。それに彼の診療記録も調べたいね——まず間違いなく、精神科医と面談している。放火にまつわる幻想を話したかもしれない。だがばかな医師たちは、絶対に我々に通報しようとは思わないのだ。だがどちらにしろ、その小さな悪党に会いたいね。わたしをごまかすことはできないと教えてやろう」

「それじゃあ、学校が終わったら連れてきます。それでいいですか?」エヴァンは言った。銃や逮捕状をこれみよがしにひらひらさせながら、彼がブロンウェンの教室に乗りこんでいくのは、どうにかして阻止したかった。「ほかの子供たちを動揺させたくありませんから」

「言わせてもらえば、最近は子供に迎合しすぎると思うがね。だが、学校が終わるまで待つのはかまわない。彼を連れてきたまえ。ここで待っている」

峠の道をのぼっているときも、エヴァンはまだ少し気分が悪かった。睡眠不足の体に濃いコーヒーはよくなかったのか、胃がきりきり痛んだ。実はエスプレッソをブラックで飲むことには慣れていなかったのだが、グリニスにそんな軟弱なところを見せるつもりはなかった。胃の具合が悪いのは、テリーを連れてこなければならないせいもあるのかもしれない。自分も彼を疑っていたことはポッターには言わなかった。テリーが、彼のプロファイルに一致したのが不運だった……

エヴァンはふと思い立って、ガソリン屋のロバーツのガソリンスタンドで車を止めた。

「また旅に出るのかい？」彼が訊いた。「今度はどこだ——モンテカルロとか？」

「ガソリンが欲しいんじゃないんだ。ちょっと訊きたいことがあって」エヴァンはロバーツを手招きした。「ここ最近、テリー・ジェンキンスにガソリンを売ったことはあるかい？」

ロバーツは眉間にしわを寄せて考えていたが、やがてうなずいた。「ああ、そういえば売ったよ。一週間くらい前、缶を持って買いにきたんだ。芝刈り機に使うガソリンを母親が欲しがっていると言って」エヴァンがなにを考えているかに気づいて、彼の顔が曇った。「ちょっと待てよ——あの家の庭はハンカチくらいしかない。違うか？　どうしてエンジンつきの芝刈り機が必要なんだ？」

「そのとおりだ」エヴァンはうなずいた。「ああ、困った。テリーはまずいことになったぞ」

「時間の問題だったんじゃないか？　うちのチョコレートの自動販売機を壊そうとしているのを見つけたときから、こんなことになるんじゃないかと思ってたんだ。生まれつき、犯罪傾向のある人間がいるんだよ」

だがテリーは違うとエヴァンは言いたかった。テリーは父親を必要としている、聡明で怒りを抱えた少年にすぎない。エヴァンは暗い気持で分署に戻り、時間になるのを待って学校へと向かった。少年たちのグループがゲートから出てきたが、そのなかにテリーはいなかった。ふと見ると、彼がするするとフェンスをよじのぼり、飛び降りるところだった——いかにもテリーがやりそうなことだ。エヴァンは着地した彼の前に立ちはだかった。少年がぱっと顔を輝かせた。

「エヴァンズ巡査！　戻ってきたんだね？　犯人を捕まえた？　ぼくが見た、銃を持っていた気味の悪い男だった？　マフィアの一味だったでしょう？　国際犯罪かなにかなんでしょう？」

エヴァンは少年の細い肩に手を乗せた。「テリー、きみに話がある」

「なんの話？」少年の顔は期待に満ちていた。「あなたが留守のあいだになにがあったのか、ぼくの報告が聞きたいとか？」

「それよりもっと深刻なことなんだよ、テリー。カナーボンのポッター巡査部長が火事についてきみと話がしたいそうだ」

「あの人が？」テリーはわくわくした表情を崩さない。「ぼくをカナーボンまで連れていってくれるの？」

「まずお母さんに連絡しないとね」

テリーは首を振った。「母さんは仕事だよ。母さんより先に帰ってくればいいよ」

「電話をしないとだめだ、テリー。言っておかないと」

テリーは反論しようとした。

「心配かけたくないだろう？」

テリーは肩をすくめ、電話をかけるためエヴァンについて分署へと向かった。

「ポッター巡査部長はぼくの証言が欲しいのかな？」テリーはエヴァンの車に乗りこみながら訊いた。「火をつけた人間は見ていないんだよ」

「本当かい？」エヴァンはエンジンをかけると、車を発進させた。

「どういうこと？」少年の顔に初めて不安そうな表情が浮かんだ。

「きみはどうしてガソリンを買ったんだい、テリー？」エヴァンが尋ねた。「きみの家の小さな庭には、エンジン式の芝刈り機は必要ないだろう？」

テリーの顔が赤く染まった。「それはそうなんだけど。仕事にできないかなって思ったんだ——芝刈りの。物置にエンジン式の芝刈り機があったから。でもこのあたりには、そんなに大きな庭のある家はないんだよね」

エヴァンは頭のなかをのぞければいいのにと思いながら、テリーを見つめた。「二件の火事では、火をつけるのにガソリンが使われたんだよ、テリー。それに、〈エヴェレスト・イン〉の火事を最初に見つけたのはきみだったよね？」

「ぼくは自転車に乗っていたから」

「きみはお父さんが出ていったことに腹を立てていたね」

「だと思う。それがどうかしたの？」

「火をつけるくらい、腹を立てていた？」

テリーはショックを受けたようだ。「ぼくは火なんてつけてないよ——どうしてそんなことをするのさ？　言ったじゃないか——ぼくはブリンみたいな消防士になって、火を消したいんだ」テリーは顔を背けて、窓の外を眺めた。このあとなにを言うべきだろうとエヴァンは考えた。テリーがこちらに視線を戻したときにはその顔は表情のない仮面のようで、彼を裏切ったのだと思うと、エヴァンの心が痛んだ。

「ぼくが火をつけたんじゃないって証明できるよ。ぼくが窓から抜け出すところをダイ・マシアスが見ていたんだ。〝怒られるぞ、テリー・ジェンキンス〟って言われたから、だれかに話したらぶちのめすぞって言ってやったんだ」

その話には真実味があるとエヴァンは思った。子供がとっさに考えつくようなことではない。

「わかった。ダイと話をしよう」エヴァンはそう言うと、テリーの腕に触れた。「いいかい、テリー、ぼくは自分の仕事をしているだけだ。きみを連れてくるように言われたから、連れていく。でもきみが本当のことを話せば、なにも悪いことは起きないからね」

テリーは弱々しく微笑んだ。「わかったよ、ミスター・エヴァンズ」

車がレストランの焼け跡の脇を通りかかると、テリーの顔が再び活気づいた。「いいこと教えてあげようか、ミスター・エヴァンズ。ぼく、あの男をまた見たんだ」

「どの男だい？」

「前に話した男だよ——銃を持った、外国人みたいな男……赤いスポーツカーに乗っていたって」

「ちょっと待ってくれ、テリー……」エヴァンは困惑した。「また彼に会ったのか？　最近？」

「あなたがいなかったときだよ。また呼び止められて、火事のことを訊かれたんだ。すごく変な話し方をするんだよ。なにを言っているのか、よくわからないくらい。火事でだれか死んだのかって訊かれたから、死体が見つかったって教えたんだ」

「ぼくがいないあいだのことなんだね？」

テリーはうなずいた。「気味の悪い男なんだよ、ミスター・エヴァンズ。本当に恐ろしい顔をしていて、傷まであるんだ――ギャングみたいに」

エヴァンはちらりと少年を見た。自分から疑いの目を逸らそうとする陽動作戦だろうか？

「フランス人の女の人のことも訊かれたよ」テリーは言葉を継いだ。「一ポンドもらったけど、どこにいるのかは知らないって答えたんだ。彼が人殺しだったら困るからね」テリーは自分の如才なさににんまりした。「本当は知っていたんだけど、だれにも言わないってミス・プライスに約束してたから」

「ミス・プライス？」エヴァンは車を止めて、まじまじと彼を見つめた。

「そうだよ。フランス人の女の人が自分の家にいることは秘密にしたいって、ミス・プライスが言ったんだ」

エヴァンの口があんぐりと開いた。「フランス人女性はミス・プライスの家にいるということか？　いまも？」

「いまもいると思うよ。ねえ、カナーボンに行くんじゃないの？」

「あとだ」エヴァンはタイヤをきしらせながら、車をUターンさせた。「それよりもっと大事なことがある。ポッター巡査部長には待っていてもらおう」

ブロンウェンは校庭にいて、ネットボールのコートに溜まった落ち葉を大きな箒で掃いていた。赤いマントの上で、編んでいない髪が風になびいている。古いおとぎ話から抜け出てきたかのようだ。エヴァンが校庭のゲートを開けると、きしむ音がした。ブロンウェンが顔をあげ、エヴァンに気づいて笑みを浮かべた。

「いつ帰ってきたの？　サウス・コーストはどうだった？」

「サウス・コーストはほんの手始めだったんだ。ぼくは昨日、フランスに行ってきた」エヴァンが答えた。

「フランス？」

「新しい移動手段のおかげで、一日で行って帰ってきたよ」

「よかった」ブロンウェンは最後の落ち葉をかき集めながら言った。「麗しのパリとも フランス人女性とも仲良くなる時間がなくて」

「一番の贅沢は、向こうの高速道路を走りながら食べた薄っぺらいハムサンドイッチとまずいコーヒーだったよ。全部で五ポンドだった」エヴァンは言った。「いや、違うな。コーヒーとクロワッサンも食べた」

「贅沢をしてきたのね」ブロンウェンが笑顔で言った。「袋を持っていてもらえる？ 飛び散らないうちに、落ち葉を入れたいの」ブロンウェンは、落ち葉の横に置いてあった袋をエヴァンに差し出した。エヴァンは言われたとおりにしながらも、彼女の意外な態度に驚いていた。どうしてこれほど普通に振る舞えるのかが不思議だった。なにも話してくれなかった理由を、どうやって尋ねればいいだろう？「これは肥料として役に立つのよ。来年の菜園の野菜をおいしくしてくれるわ。家で育てたものが一番おいしいんですもの。マダム・イヴェットだってきっとそう言うわよ」

「マダム・イヴェットと言えば……」エヴァンは切りだした。

「どうなったの？ フランスで、なにか彼女のことがわかった？」

エヴァンはうなずいた。「ああ、いろいろなことがわかった――なかでも一番重要なのは、彼女が本物のマダム・イヴェットではなかったことだ」

「どういう意味？　それじゃあ、彼女はだれなの？」

「本当の名前はジャニーヌ・ラロック。コルドンブルー学校でイヴェットのクラスメートだった」

「どうして彼女はマダム・イヴェットと名乗っているの？　本当のマダム・イヴェットはどうしたの？」

「本物のイヴェットは南イングランドにあったレストランの火事で、ひどい火傷を負ったんだ」

「亡くなったの？」

エヴァンは肩をすくめた。「それはまだわからない。彼女の身になにが起きたのか、その火事が彼女の仕業なのか、なにひとつわかっていないんだ。だが、レストランの焼け跡で発見された死体は、イヴェットの夫じゃないかとぼくたちは考えている」

「エヴァン、なんて恐ろしい話」ブロンウェンは手で口を押さえた。「彼女が――イヴェットの夫を殺したと言っているの？」

エヴァンは肩をすくめた。「そんなふうに思えるだろう？　彼女を呼んで話を聞こうとしたんだが、行方をくらましてしまった――きみはなにか知らないだろうか？

実はテリーから妙なことを聞いたもので……」

「彼女は危険だと思う？」ブロンウェンは愕然としたような表情を浮かべている。

「ああ、どうしよう」唇をかんだ。「わたしはすごくばかなことをしたのかもしれない」

「なにをしたんだ、ブロンウェン？」エヴァンは彼女に近づいた。

ブロンウェンは振り返って、自分の家の玄関を見つめた。「マダム・イヴェットがあそこにいるの」低い声で言った。

「テリーの言ったことは本当だったのか。なにを考えていたんだ、ブロンウェン？きみは逃亡犯をかくまっているのかもしれないんだぞ」

ブロンウェンの顔が赤くなった。「知らなかったのよ！　わたしは一番いいと思うことをしただけ。親切にしただけなのに。そんなこと、わかるはずがないでしょう？」

「彼女はどうしてきみの家に来たんだ？」エヴァンは冷静さを失うまいとした。ブロンウェンが人殺しかもしれない人間をかくまっていて、彼女自身の身も危険だったのかもしれないと考えずにはいられなかった。

「わたしが招待したの」ブロンウェンがあっさりと答えた。「パブに泊まらなきゃいけなくて、これからどうなるかもわからないなんて気の毒だってわたしが言ったことを覚えている？　あのパブはひどいところよ。そのうえ着るものもなければ、洗面道具もない……わたしの家には使っていない部屋があるから、自由の身になるまでいてくれていいって言ったの。彼女はとても喜んでくれたわ、エヴァン」

「ブロンウェン・プライス――いつかきみは……」エヴァンは彼女の肩に手を乗せた。「ぼくには心配すべきことが山ほどあるんだ。きみまでばかなことをしてくれなくていいんだ！」

「確かにばかなことよね」ブロンウェンは豊かな髪をうしろに払った。「わたしに感謝してくれてもいいと思うわ。あなたの望みどおりのところに、彼女を引き留めておいたんだから。あなたはもう彼女を探す必要はなくなった、そうでしょう？　でもわたしは、あなたが言うほど彼女が悪い人だとは思えない。とても親切だし、礼儀正しいし、いい人よ」

「ごく普通のいい人間だとまわりに思われている連続殺人犯は大勢いる」エヴァンは言った。「だがきみの言うとおりだ――ぼくはきみに感謝すべきだろうな。ぼくたちがなにを探りだしたのかを聞けば、彼女もようやく本当のことを話してくれるかもしれない」

21

マダム・イヴェットとして知られている女性は、フリンジのついたブロンウェンのショールにくるまってキッチンのコンロの脇に座っていた。鷲鼻はいつにも増して際立ち、目はエヴァンの記憶よりも落ちくぼんでいて、いかにも魔女のように見えた。

彼女は顔をあげてエヴァンに気づくと、おずおずとした笑みを浮かべた。「あら──ムッシュー・エヴァンズ。サセックスに行ったんですって？　でもわたしのレストランは跡形もなかったでしょう？　あそこに新しいビルが建ったから、わたしがあそこにいた痕跡はもうなにひとつないって聞いたわ」

エヴァンは彼女を見つめた。自分を罪に問えるような証拠は見つかるはずがないと思っているのか、落ち着いた様子だ。

「サセックスだけじゃないんです」エヴァンは彼女の顔を見ながら告げた。「フランスにも行ってきました」

一瞬、警戒するような表情が彼女の顔をよぎったが、すぐに肩をすくめて言った。

「無駄足だったわね。もうフランスにわたしを覚えている人はいないわ」

「それどころか、おおいに参考になりましたよ」

警戒の表情が戻ってきた。

「たとえば、あなたのレストランで見つかった死体はジャン・ブシャールのものだとわかりました——五年前に亡くなったあなたのご主人ですよ、マダム・イヴェット。もう一度死ぬために、墓から戻ってきたようですね。ですが、それ以上に妙なことがあるんですよ。彼がレストランにやってきたとき、あなたは自分の夫だとわからなかった。人間は五年でそれほど変わらないと思いますけれどね」

マダム・イヴェットはショールを体に巻きつけた。「なにを言っているのかわからないわ。わたしはあの男性を一度も見たことがないの」

「どの男性です？」

「あなたたちが食事をしているときにレストランに入ってきた人よ」彼女はそう言ったところで、エヴァンに罠にかけられたことに気づいて顔を紅潮させた。「あなたも、彼が入ってくるのを見たでしょう？　知らない男だった。神にかけて誓うわ」

「そうでしょうとも」エヴァンは言った。「それが本当だとわかっていますよ——あなたはイヴェット・ブシャールじゃないんですから、イヴェット・ブシャールの夫を見てもわかりませんよね？」

彼女は鋭く息を吸いこみ、挑むようにエヴァンをにらみつけた。「それを証明できるの？」

「もちろんできますよ。ぼくたちは、あなたが通った料理学校に行ってきた。あなたの筆跡——あなたが書いた警察の調書と同じ筆跡だった——であなたの名前が裏に書いてあるあなたの写真を見つけました。イヴェットの写真もありましたよ。あなたたちはクラスメートだったんですよね？　彼女の夫が海で亡くなったとき、あなたは彼女を慰めに来たんですか？　その後、彼女のレストランが火事になって、気の毒なマダム・イヴェットはひどい火傷を負って助け出された。あれは本当に失火だったんですか？　なにがあなたをそんな気にさせたのか、ぼくにはわかりません。恨みと嫉妬ですか？　友だちに嫉妬していたんですか？　彼女がイングランドで幸せに暮らしているのが妬ましかったんですか？」

嘲りの表情が彼女の顔に浮かんだ。「幸せに暮らしている？　辛いばかりの日々だったのよ。彼女はあの店を維持していくのに四苦八苦していた。わたしがいなかったら、とっくに店はつぶれていたでしょうね。わたしのおかげで——」

「それなのに店を燃やしたんですか？　なぜ？」

「そのとおりよ、なぜ？　なぜわたしが彼女のレストランを燃やさなきゃならないの？　言わせてもらうけれど、あのレストランが焼けたとき、自由になるというわたしの希望も消えたのよ」

「つまり、あなたがあの店に火をつけたわけではないと言っているんですね？　だとしたら、ずいぶん素早くあの状況を利用したものですね。マダム・イヴェットは火事で大火傷を負った。彼女が当分病院から出られないことがわかって、彼女になりすまそうと思ったんですか？」

イヴェットが立ちあがった。「あなたは自分が賢いつもりでいるんでしょう？　なにもかもわかっていると思っている。でも全部間違っているから」彼女が言った。

「ひどい火傷を負ったのはわたし。醜くなったのもわたし――何か月も入院したわ」

彼女は芝居がかった仕草で自分の髪をつかんでむしり取った。頭の右半分には髪がなく、赤と紫の醜い傷跡がうなじまで続いていた。

「ひどいでしょう？　わたしがどうしていつもハイネックと長袖を着ていると思うの？　火傷でひきつれた体を隠したいからよ」

「だが、あなたはぼくを誘惑しようとした」エヴァンは隣にいるブロンウェンを気にしながら言った。「ぼくがその誘いに乗っていたら、服を脱ぐつもりだったんじゃないんですか？」

イヴェットは声をあげて笑った。「あれはただのゲーム——わたしがまだ女で、いまでも——なんていったかしら——セックスアピールがあることを確かめたかっただけ。あなたが応じるとは思っていなかった。もし誘いに乗ってきたら、明かりを消せばいいだけのこと。あなたはほかのことで忙しくて、気づかなかったでしょうから」

エヴァンは咳払いをした。「レストランの火事で火傷を負ったのは、あなただと言うんですね？　イヴェット・ブシャールではなくて？　それなら彼女はどこにいるんです？」

「彼女は死んだの」イヴェットは短く答えた。「あの火事で。火の勢いがあまりに激しくて、あとにはなにも残らなかった。わずかな骨はあったかもしれないけれど、消防隊は探そうとしなかった。建物の中にはひとりしかいないと思っていて、そのひとり——わたし——を助け出したから。わたしがあそこにいたことは、イヴェットしか知らなかったの」

「どうして？」ブロンウェンが訊いた。

「急いでフランスを出てきたからとだけ言っておこうかしら」

「警察から逃げていたんですか？」エヴァンが訊いた。

彼女は苦々しげに笑った。「警察から？　わたしを守ってくれなかった警察から？」

ブロンウェンはコンロのそばに椅子を運んでくると、エヴァンに座るように促した。「初めから話してもらったほうがよさそうね。わたしにはまだなにがなんだかわからないわ」

エヴァンはその椅子に座り、ブロンウェンは彼の隣にスツールを持ってきて腰かけた。

「いいわ、全部話すから」イヴェットは鬘（かつら）を両手でもてあそびながら言った。「そうすれば、わたしが犯罪者じゃないことがわかるはず」彼女はふたりから顔を背け、コンロを見つめた。「あなたの言うとおりよ——わたしの名はジャニーヌ・ラロック。イヴェットとわたしはコルドンブルーでクラスメートだった。すぐに仲良くなったわ。同じような境遇だったから。ふたりとも天涯孤独だったの。イヴェットは児童養護施設で育って、そこを出たあとは、長いあいだイングランドでオペアとして働いていた。わたしは年老いた伯母に育てられたけれど、伯母はわたしが一六歳のときに死んだ。わたしたちはどちらも、世界一の料理人になるのが夢だった……」当時のことを思い出したのか、彼女は笑みを浮かべて天井を見あげた。「わたしのほうが彼女より腕はよかった。彼女は――悪くはなかったけれど、わたしはかなり優れていたの。いい料理人になれたと思うわ。でもばかだった。若い娘がよくやることをした。恋に落ちたの」笑みが消えた。

「コルドンブルーを卒業したあと、わたしはパリの有名なレストランで働き始めた。彼女はイングランドに戻ったわ。イングランドが大好きだったのよ。英語がとても上手だった――語学の才能があったのね。わたしには料理の才能があった。教師か通訳になるべきだって彼女には言ったんだけれど、彼女はそれでも料理人にこだわったの。

イヴェットは、海峡を渡る船で出会った若い男性を好きになった。彼女はいい人を選んだわ。わたしは相手を間違えた。彼はわたしが働いているレストランに来たお客さんだったの。すごくハンサムだった――ブロンズ色の肌、癖のある黒い髪。まるで、神さまみたいだった。それにお金持ちで。わたしにたくさんお金を使ってくれた。わたしはすっかり夢中になったわ。でも、男の人のことをわかっていなかったのね。結婚してみたら、ひどい男だった――嫉妬深くて、すぐ暴力をふるった。わたしが市場でだれか男の人と話をしただけで、怒り狂ったわ。逃げなきゃいけないって思った。でもどこへ？　わたしにはだれも頼る人がいなかった」彼女はわかってほしいとでも言いたげに、ブロンウェンを見た。「そんなときイヴェットから手紙が来たの。彼女はお金を貯めて、イングランドに小さなレストランを買っていた。でも悲劇が襲ったの。彼女の夫がヨットから落ちて溺れたのよ。ひとりぼっちになって寂しい、わたしがそばにいればよかったのにって書いてあったわ。

そうしたら奇跡が起きたの。夫が警察に逮捕されたのよ。わたしはその夜、イングランド行きの船に乗った。イヴェットは歓迎してくれて、彼女の家にいればいいって言ってくれた。わたしがいることはだれにも言わないって。わたしはそのままとどまることにした。そして彼女の店でわたしが料理をして、彼女が給仕を担当したのよ」

「イヴェットは、夫が本当は死んでいないことを知っていたんですか？」エヴァンが尋ねた。

ジャニーヌは首を振った。「その話をしたことはないわ。ジャンは本当は死んでないのかもしれないって感じることはあったけれど、彼女は話したがらなかったから、わたしも訊かなかった。いまになれば、彼女たちが計画したことだったんだってわかる……。手紙が来たの。ジャンが行方不明になって五年がたったから、わたしは保険金を受け取れるって——十万ポンドよ、ムッシュー。悪くないでしょう？」

「その小切手を現金にしたんですか？」エヴァンは訊いた。

彼女は肩をすくめた。「なにがいけないの？　ジャンは死んだと思っていたんだもの、そうでしょう？　でもふたりがなにをもくろんでいたのか、いまならわかるわ。保険金を受け取って、末永く幸せに暮らすつもりだったのね」彼女はため息をついた。「でも末永く幸せに暮らすなんてありえないんだわ。ある晩、レストランが火事になった。原因はわからないけれど、イヴェットは煙草を吸っていたの。ひどく疲れているときは、手に煙草を持ったまま眠ってしまうことがあったから、そのせいかもしれないわね。とにかくわたしが目を覚ましたときには、部屋は煙でいっぱいだった。わたしの部屋には窓がなくて、キッチンに通じるドアがあるだけだったの。キッチンは火の海だった。わたしはその中を走り抜けようとしたけれど、ドアにはたどり着けなかった。

　次に気づいたときは、病院のベッドの上だったわ。ひどい痛みだった。髪は全部燃えてしまっていた。そんな状態で、だれがわたしだってわかる？　みんながわたしをマダム・ブシャールって呼んだ。燃え盛るレストランから助け出されたのはわたしだけだったから。そのとき気づいたの――これはチャンスだって。いまから新しい人生を始められる。わたしはイヴェット・ブシャールになったの」

　彼女は鬘をかぶり直した。「わたしは生死の境をさまよった。でも生き延びたわ――そのまま、イヴェット・ブシャールとして生きることにした。問題はないって思った。イヴェットのことを知る人はだれもいなかったんだもの。彼女は孤児で、家族はいなかった。わたしは遠いところに行って、一から始めればいい。ようやく自由になれると思ったのよ」

「ジャン・ブシャールがやってくるまでは」エヴァンが言った。「さぞ驚いたでしょうね？」

「驚いたなんていうものじゃないわ。彼がだれなのかを聞いたときには、死ぬかと思った。彼はすごく怒っていたの。〝わたしの妻になにをした？　おまえが妻を殺したんだ〟って言われた。わたしが彼の奥さんを殺したと思っていたのよ」

「だからあなたは彼を殺さなくてはならなかった」

彼女はさっと振り返ってエヴァンを見た。「わたしは殺してなんかいない。神に誓って、殺していない」

「往生際が悪いですね」エヴァンは言った。「あなたは切羽詰まっていた。あの男に人生をめちゃめちゃにされると思った。ほかに選択肢はない――どうにかして彼の口をふさがなくてはいけなかった」

「彼と会って、動揺したのは確かよ。わたしの部屋に行っていてと言ったの。お客さんが帰ったら、話をしましょうって。あなたたちが最後のお客さんだった。わたしは急いで階段をあがった。そうしたら彼が見えたの。床に倒れていた——死んでいたわ。胸にわたしの包丁が刺さっていた。一面血だらけで……ああ、神さま（モン・デュー）、恐ろしくてたまらなくて、どうすればいいのかわからなかった」彼女はいかにもフランス人らしい仕草で両手を広げた。「本当のことを話しても、だれが信じてくれる？　あなたみたいに、わたしが彼を殺したと思うに決まっている。そのとき、サセックスの火事はなにひとつ残さずに燃やしてしまったことを思い出したの。だからいたるところに油を撒いて、コンロに油の入った大きなお鍋を置いて、わたしの美しいレストランを燃やしたのよ……わたしの夢は、また煙となって消えてしまった」

ぐったりと椅子に座りこんだ彼女は、弱々しく老いて見えた。ブロンウェンが彼女に近づいて、その肩に手をまわした。「きっと大丈夫よ、ジャニーヌ」

「なにが？」ジャニーヌの声はひび割れていた。「大丈夫なはずがない」

エヴァンはなにを言えばいいのかわからずにいた。ジャニーヌの突飛な話を陪審員たちが信じない可能性はおおいにある。それどころか、あらゆる状況が彼女の有罪を示していた——友人のレストランに隠れていたから、だれも彼女がいることを知らなかった。オーナーを閉じこめたままレストランは全焼した。オーナーの夫はジャニーヌの包丁で刺されて死んでいた。残っていた親指の指紋は被害者のもので、彼女から包丁を奪い取ろうとしたときか、胸から抜こうとしたときに残ったのかもしれない。まだ死刑があった時代には、これよりも少ない証拠で何人もが絞首刑になっていた。

「彼女を助けてあげないと、エヴァン」ブロンウェンが言った。「もう充分に辛い思いをしてきたのよ」

エヴァンはブロンウェンを見た。訴えるようなまなざしで彼を見つめている。

「ぼくがいっしょに本部に行きますよ、ジャニーヌ。なんとかやってみましょう」エヴァンはそう言うと、パトカーを呼ぶために受話器を手に取った。

22

エヴァンはタイル敷きの廊下に立ちつくし、たったいま閉めたばかりのドアを見つめていた。いつもであれば、事件を解決し、犯罪者を逮捕したときには満足感を覚える。こんなふうに、割り切れない気持ちになったのは初めてだった。ジャニーヌ・ラロックの無実を信じたかったけれど、理性は彼女が犯人だと訴えている。あいにく、ヒューズ警部補も同じ結論に達するだろうという確信があった——そして陪審員たちも。ジャニーヌが罪に問われずにすむ可能性は極めて低い。ほかの人間の犯行であることをエヴァンが立証しないかぎり。

エヴァンはため息をついた。容疑者を当局に引き渡すという仕事は果たした。あとは家に帰って、ゆっくり眠ればいい。今後は、関わった事件に肩入れしすぎないようにしなくてはいけないとエヴァンは自分に言い聞かせた。優れた警察官は客観的な立場を保てるものだ。

廊下の先のドアが開き、ぐずぐずしていてはいけなかったのだとエヴァンが気づいたときには、すでに手遅れだった。「エヴァンズ、きみかね？」廊下にポッターの声が響いた。「少年はどこだね？」

「実は――別の問題が持ちあがりまして」不意をつかれたエヴァンはしどろもどろになった。

「別の問題？　わたしはきみに命令したのだぞ。従うかどうかはきみ次第だ」

「すみません」エヴァンは顔が熱くなるのを感じた。「ですが、別の問題と言ったのは、より重大な問題という意味なんです。殺人事件の容疑者であるフランス人女性を見つけたんですよ。それで彼女をつれてきたんです。彼女はいまワトキンス巡査部長と一緒にいて、警部補が帰ってくるのを待っているところです」

「それできみは、よくやったと言われたのかね？　わたしにも解決すべき事件があるのだ。さっさとあの少年を連れてきたまえ。彼を見つけられるかね？　それともパトカーを行かせなくてはいけないのか？」

「いえ、ちゃんと見つけたんです」エヴァンは答えた。「マダム・イヴェットが隠れているところを教えてくれたのが、彼でした。彼とじっくり話をしましたが、巡査部長、あなたは間違っていると思います。火をつけたのは彼ではないと思います」

ポッターの顔は石の仮面のようだった。「ほお、きみは突然、専門家になったのかね？」

「彼は若い消防士を崇拝していて、大きくなったら消防士になりたいと思っているくらいなんです。それにコテージが火事になった夜のアリバイがあると言っています。火の手があがったあと、排水管を伝って家を抜け出すところを別の子供が目撃していたんです。確かめるのは簡単です」

「子供？　子供なんていうのは、互いをかばうためならなんだって言うものだ。違うかね？」

ポッター巡査部長に子供はいるのだろうかとエヴァンはいぶかった。もしいるのなら、その子供が気の毒だ。

「やはり彼を連れてきたほうがいいですか？」エヴァンは尋ねた。

「もちろん、連れてきてもらいたいね。わたしはそれほど大変なことを頼んでいるかね？」

「わかりました。すぐに連れてきます。ワトキンス巡査部長にぼくがどこにいるかを伝えておいてもらえますか？　なにか用があるかもしれませんから」

エヴァンはポッター巡査部長に背を向けると、むき出しの床に荒々しい足音を響かせながら廊下を進み、玄関を出ると音を立ててドアを閉めた。

いささか速すぎるスピードでスランベリスを抜け、峠道に車を走らせながら、村の巡査でいるのはこういうことだとエヴァンは考えていた。あちこち歩かされ、顎で使われる。エヴァンはしばし、空想にふけった。刑事の訓練を再開し、きわめて優秀な成績を収めて数か月で警部補に昇進する。そしてピーター・ポッターのオフィスに入っていって、彼をどう思っているかを言ってやるのだ。子供じみた空想だったが、スランフェア村に着く頃にはエヴァンはすっかり機嫌を直していた。

テリーのコテージをノックしたが返事はなかった。村の大通りを往復したあと、車を置いて、考えられる場所をすべて探した——競技場、運動場、村の商店の菓子売り場。だれに尋ねても、テリー・ジェンキンスを見たという答えは返ってこなかった。つまり、テリーはどこかに隠れているということだ。彼を責める気にはなれなかった。自分がテリーの年だったら、同じことをしていただろう。少し、時間を与えてやろうと思った。お腹が空けば現われるだろう。

五時半になるのを待って、エヴァンはもう一度ジェンキンス家のコテージを訪れた。テリーの母親は帰宅したばかりで、テーブルの上に置かれた冷凍のラザニアが、電子レンジで温められるのを待っていた。

「あの子がどこにいるのか、わたしにもわからないんですよ、エヴァンズ巡査」母親は申し訳なさそうに言った。「テリーのことはご存知でしょう？　まだ明るいうちは、絶対に帰ってこないんです。あと雨のとき以外は。あの自転車でどこまで行っているのやら。いつか車に轢かれるんじゃないかって心配なんですけれど、自分の面倒は自分で見られるみたいですから。わたしにできることはたいしてないんです。違いますか？」

「なにかルールを決めてはどうでしょう？」エヴァンはそう口にしたとたん、後悔した。

母親の顔にとがめるような表情が浮かんだ。「そして父親と同じくらい、あの子にわたしのことも憎ませるんですか？　わたしは父親の分もがんばっているんです、ミスター・エヴァンズ。簡単なことじゃありません」

「もちろんですとも」エヴァンはうなずいた。「テリーが帰ってきたら、知らせてくれますか？」

エヴァンは警察署に戻ると、本部に電話をかけた。応答したのはグリニスだった。彼女は本部であらゆる仕事を引き受けているらしい。

「少年を見つけられなかったので、見つけ次第連れていくとポッター巡査部長に伝えればいいんですね。わかりました。きっとわたしが怒鳴り散らされるでしょうけれど、伝えておきます」グリニスは一度言葉を切り、声を潜めて言い添えた。「あの時間に帰ったのは残念でしたね。いいところを見逃しましたよ」

「なにがあったんだい？」

「あの親指の指紋が一致したんです」

「ナイフに残っていた指紋？」

「そうです」

「それは素晴らしい。だれのものだった？」

「あなたの知らない人です。麻薬の売人でした」

「麻薬の売人――それじゃあ、やっぱり麻薬とつながりがあったのか。無関係だと言っていたジャニーヌの言葉は本当なのかもしれないな」

「そうかもしれません。でもわたしは、彼女は深く関わっていたと思いますね。彼女のレストランは、海岸から運ばれてきた麻薬をさばくのに理想的な場所だったはずです。彼女がそのためにここに来たんだとしても、わたしは驚きません」

「そうかもしれないな」そうは思いたくなかったが、難しかった。「それできみはどうやって一致する指紋を見つけたんだい？　たいしたものだ」

グリニスは笑って答えた。「実を言うと、本当にたまたまだったんです。ロンドン警視庁から、密輸に関わっている可能性のある売人に関する資料が送られてきたんですよ。ヨーロッパと北アフリカにコネクションのある国籍も様々なギャングで、大部分がアルジェリア人とフランス人でした。その資料のなかに指紋がいくつかあったんです。それで、好奇心からそれをコンピューターにかけてみたんですけれど、そのうちのひとつが親指の指紋と一致したときには、死にそうになりましたよ」

「その男の名前は？」

グリニスはくすくす笑った。「偽名のリストは腕の長さくらいありましたけれど、ル・ティグレって呼ばれるのが好きみたいです――フランス語で虎(タイガー)ですって！」

「できの悪い映画みたいだな。おめでとう。これできみもしっかりと存在感を示したね」

「ありがとうございます。でも、本当に運がよかっただけなんですよ。コンピューターでちょっと遊んでみただけですから」

「警部補には話したのかい？」

「はい。ほんの数分前に戻ってこられたので。とても興奮していました――彼のような人にしては、っていう意味ですが」

「それで、警部補はいまマダム・イヴェット――いや、ジャニーヌだ――と会っているの？」

「まだです。でも、今夜はいろいろありましたから、彼女から話を聞いている時間はないと思います。ただ、朝まで彼女にここにいてもらうわけにはいかないんですよ。ラグビーの試合のあと酔って騒いだ人たちがいて、ひとつしかない留置場が埋まっているので。なので警部補は、いま滞在しているところに彼女を帰すつもりなんだと思います。女性警官に送らせるんでしょうが、わたしが行くことになるでしょうね。まだ勤務中なのはわたしだけですから。そうしたら、あとであなたに会えるかもしれませんね。彼女はあなたの家の近くに滞在しているんですよね？」

エヴァンの脳は機能を停止した。グリニスがブロンウェンの家に行く、そのことしか考えられなくなった。

「聞こえていますか、エヴァンズ巡査？」

「ああ、聞こえているよ。すまない。ちょっと考えごとをしていた」

「わかります。とても複雑な話ですものね。でもこれで、事件はあなたの手を離れたということですよね？　だれを探せばいいのかがわかったわけですから、あとはオペレーション・アーマーダの仕事でしょう？」

「そうだね。ぼくはまた、なくなった車のキーを探すことにするよ」

グリニスは笑ったが、エヴァンは冗談を言ったつもりはなかった。

「それじゃあ、またあとで」グリニスはそう言って電話を切った。

エヴァンは受話器を置くと、じっと机を見つめた。つまるところ、最初に考えたことが正しかったわけだ。すべてが麻薬の密輸につながっていた。もちろん、そうに決まっている。それ以外に、腕のいい料理人がこんな辺鄙な場所にフランス料理店を開く理由がない。麻薬は小型船で海岸に到着し、レストランまで運ばれてそこで受け渡しが行われる。見事な段取りだ。密告がなく、火事も起きていなければ、何年も気づかれることはなかっただろう。

ジャン・ブシャールは本物のマダム・イヴェットの夫だが、彼もまた麻薬の売買という闇の世界と関わりがあったに違いない。彼が自分の死を装って五年も姿を隠していたのは、おそらくそれが理由だろう。そしていまになって、麻薬の密輸に手を貸すためにこの地に送られてきた。彼がレストランにやってきて、そこのオーナーの女性が妻の名を騙っていることに気づいたのは、まったくの偶然だったのかもしれない。彼を殺したのがジャニーヌでないとしたら、手をくだしたのはだれだ？　仲間のギャングと争ったんだろうか？　それとも敵対するギャングと遭遇した？　答えがわかる日はこないかもしれないとエヴァンは思った。

エヴァンはほっとすると同時に、いらだたしさを感じた。ほっとしたのは、自分の直感が正しくて、マダムだかジャニーヌだかが殺人犯ではなさそうだとわかったからだ。けれど、事件が佳境に入ったというのに、自分がまた蚊帳の外に置かれているのだと思うと腹立たしくてたまらなかった。いらだちのあまり、こぶしを机に叩きつけた。その拍子に、自分にはまだするべきことがあるのだと思い出した。テリー・ジェンキンスを見つけなくてはいけない。

もう一度、村をまわり、一一歳の少年が隠れそうなあらゆる場所を探した。それから、車に乗りこんだ。太陽はすでに西の山の向こうに沈んでいて、谷は薄闇に包まれている。今回ばかりはテリーの母親の言葉がもっともだと思えた――テリーが、暗いなかで自転車を走らせているのかと思うとぞっとした。曲がりくねった道を走ってくる車が自転車に乗った少年に気づいたときは、手遅れだろう。

エヴァンは峠の頂上まで急いで車を走らせ、〈エヴェレスト・イン〉の駐車場を見まわしてから、ゆっくりと丘をくだり始めた。テリーは本気で隠れているらしい――エヴァンが考えている以上に、警察に連れていかれるのを恐れているのだろう。エヴァンが考えている以上のことも知っているのかもしれない。

あと少しでナントペリス村に着くというところで、道路脇の深いキイチゴの茂みのなかに、なにか光るものがあることにエヴァンは気づいた。車を止めて、飛び降りた。テリーの自転車だ。エヴァンは自転車を起こし、サドルに手を当てたまま考えこんだ。どうしてテリーは自転車を置いていったんだ？　山のなかに隠れるつもりなら、スランフェア村からのぼっていく道はいくらでもある。わざわざナントペリスまでくだってくる必要はない。テリーはここでなにかを探していたんだろうか？　火事に関わりのあるなにかを？

レストランの焼け跡は村のはずれにあった。薄れゆく光のなかに、石壁がギザギザの歯のように浮かびあがっている。

「テリー？」エヴァンは声をあげた。「そこにいるのかい、テリー？　お母さんが心配しているよ。早く帰ってあげないと」

答えはなかった。風が丘を吹き抜け、焼け跡の灰をくすぐっていくだけだ。エヴァンはどうすればいいだろうと思いながら、あたりを見まわした〈ヴェイノル・アームズ〉の看板が風に揺れている。車のドアが閉まる音がして、カップルが降りてきた。エヴァンは、ふたりが笑いながら腕を組んでパブに入っていくのを眺めた。

茂みから自転車を引っ張り出してから、道路とその向こうの牧草地を隔てている石垣を乗り越えた。斜面をのぼっていると、左方向にある山に続く細い小道からかすかになにおいが漂ってくることに気づいた。エヴァンは、確信が持てるまでそのにおいをたどった。大きな岩に顔を近づけて、においを嗅いだ。見るかぎりなにも痕跡はないが、蒸発したあともにおいは残るものだ。ついいましがた、この岩にガソリンをこぼした人間がいる。もう少しのぼると、またにおいが残っているところがあった——だれかがガソリンを持って山をのぼったのだ。

ぼくはばかだとエヴァンはつぶやいた。テリーの仕業ではないと信じたくて、明らかな証拠を見ようとしなかったのだ。もちろん、ポッターは正しかった。テリーは、連続放火犯になるような典型的なケースだ。ガソリンを買ったことも認めたというのに。彼の次のターゲットはどこだろう？

エヴァンは石垣にのぼり、丘の斜面に目をこらした。牧草地は急なのぼりになっていて、その先に黒いオウシュウトウヒの木立がある——地元の人間がひどく嫌っている植林地だった。テリーが目指していたのはあそこだろうか？　その向こうのグリデル・ヴァウルの山頂はまだ夕陽を浴びていて、岩肌は赤く輝いている。麓の陰鬱なモミの木々とは対照的だった。そのとき、エヴァンの鋭い視線は動く人影をとらえた。素早い動きでまっすぐに山をのぼっていく。だがそれはテリーではなかった。黒っぽいという印象を与える大人の男だ――黒い髪、黒いジャケット、日に焼けた肌。乾いたワラビの茂みのあいだを移動するその動きは動物のように優雅で、かつ人目を忍ぶひそやかさがあった。エヴァンは頭の中にグリニスの声を聞いた気がした。〝虎って呼ばれるのが好きみたいです〟

ちょっと待てよ――ぼくはなにを見た……？　エヴァンはパブの駐車場を振り返った。やはりそうだ。若い恋人たちが車から降りてきたとき、その近くに止まっていた赤いスポーツカーが目に入っていたはずなのに。今度はテリーの言葉がよみがえってきた。〝ぼく、あの男をまた見たんだ。銃を持った、外国人みたいな男……赤いスポーツカーに乗って……〟

エヴァンはうなじがぞくりとするのを感じた。スポーツカーに乗っていた銃を持った男。テリー・ジェンキンスに話しかけ、レストランのことを尋ねた……。エヴァンの鼓動が速くなった。さらに考えてみた――その男をいつ、どこで見たのかを証言できるのはテリーだけだ。テリーは赤い車を見たんだろうか？　男に気づかれたことを知って、自転車を隠して山に逃げこんだんだろうか？

石垣の上に立ったまま、エヴァンは迷った。パブに駆け戻って援護を要請するべきだろうか？　それともあの男を追いかける？　英雄きどりをしている暇はないと、自分に言い聞かせた。自ら〝虎〟と名乗り、麻薬を密輸し、少なくとも人ひとり殺している男を相手に、自分になにができるだろう？　だがそれでもテリーを助けるために、なにかしなくてはならない。

エヴァンは石垣から飛び降りると、通りを全速力で走ってパブに飛びこんだ。さっきやってきたばかりのカップルと隅にふたりの老人がいるだけで、店内はがらんとしている。「九九九に電話をしてくれ」エヴァンはウェイトレスに向かって叫んだ。「すぐに応援をよこすように言ってほしい。容疑者が丘の上にいるんだ。ぼくはそいつを追う」

エヴァンは返事を待たなかった。すぐに丘をのぼり始めた。あたりは暗くなりかかっていて、ワラビの茂みのなかに男の姿はもう見えない。すでにオウシュウトウヒの植林地までたどり着いたのだろう。テリーは、暗い森のなかに隠れるつもりで植林地を目指したに違いない。等間隔で植えられたオウシュウトウヒの細い木では身を隠せないことに気づかなかったのだろう。

あの男は銃を持っているだろうか？　それですべてが変わってくる。テリーは山で育った頭のいい少年だ。植林地を通り抜けてスランフェア村に引き返せるくらい、このあたりを熟知していることをエヴァンは祈った。もしくは朝になるまで、岩のあいだにいい隠れ場所を見つけることを。エヴァンは恐怖だけでなく、怒りが腹の底から湧きあがってくるのを感じた。あの男にテリーをつかまえさせるわけにはいかない。援護が来るまで待ってはいられなかった。エヴァンは足を速めた。次第に濃くなる夕闇のなかで、移動するひつじたちはまるで幽霊の影のように見えた。悲しげなその鳴き声が、岩山に反響していた。一羽の蝙蝠(こうもり)がすぐ傍らを飛んでいき、エヴァンはぎくりとした。

丘の上から聞こえた突然の音に、エヴァンは体をこわばらせた——はじけるような音。とっさに銃声かと思ったが、すぐにこちらに向かって道をくだってくるバイクが現われた。エヴァンは大きく両手を振った。バイクは向きを変え、速度をあげたように見えた。

「止まれ！」エヴァンは叫び、運転手をつかまえた。

「エヴァンズ巡査」運転手があえぐように言った。

「きみだったのか、ブリン」エヴァンは胸を撫でおろした。「テリーを見なかったか？」

「テリー・ジェンキンス？」ブリンは不安そうにあたりを見まわした。「だれのことも見ていないよ。ぼくはバイクを乗り回していただけなんだから」

「山の上で？　バイクに乗るのにふさわしい場所だとは思えないけれどね。それじゃあ、だれも見かけていないんだね？　黒髪の男も？」

「だれも」ブリンの指がアクセルにかかった。「ぼくは帰らないと……」

「きみの助けが必要なんだ、ブリン」エヴァンはハンドルバーに手をかけた。「テリーが丘の上のどこかにいて、男が彼を殺そうとしている」

ブリンはさっと振り向いて、丘を見あげた。「テリーがあそこに？」

「おそらく植林地に行ったんじゃないかと思う」

「え、それはまずいよ！」ブリンはバイクから飛び降りると、草地に倒した。「急いで行かないと。手遅れになる前に」

ブリンはあわてて丘をのぼり始めた。エヴァンがすぐあとを追っていく。「間に合うといいんだけれど、ミスター・エヴァンズ」ブリンがすすり泣く声が聞こえた。「だれかを傷つけるつもりなんてなかったんだ。本当に。ちょっとしたいたずらで……」

「いったいなにを言っているんだ、ブリン？」

「導火線が燃え尽きるまで数分しかないんだ。そうしたら森全体が火事になる」

エヴァンはブリンの腕をつかみ、自分のほうを向かせた。「なんの話をしているんだ？」

ブリンは泣きじゃくっていた。大粒の涙をこぼしている。「ぼくがあそこに火をつけたんだ」

23

エヴァンはブリンの腕を強くつかんだ。「きみが火をつけた？　頭がどうかしたのか？」

ブリンはエヴァンの手を振り払い、よろめきながら丘をのぼり続けた。傾斜が険しくなると、犬のように四つん這いになった。

ぼくはなんてばかだったんだとエヴァンは思った——自分たち全員が。二度の火事のどちらも、通報したのはブリンだ。現場に最初にやってきたのも彼だった。「きみだったのか！」エヴァンは叫んだ。「自分で火をつけておいて、それを通報して消火にも加わったんだな。ヒーローになろうとして」

「だれも傷つけるつもりなんてなかった」ブリンは繰り返した。「ぼくにはたいしたことはできないって、みんなが言うんだ——父さんもお祖父さんも学校の先生も……」

「だから、見返してやろうと思ったんだな」

「うん。みんなが嫌っているものだけに火をつけた。あのコテージが燃えたとき、みんな喜んだよね？　それに〈エヴェレスト・イン〉も植林地も、みんな嫌っているから……」

「空気がどれほど乾燥しているのか、わかっているのか？」エヴァンは自分の声が裏返っていることに気づいていた。「植林地だけじゃおさまらない。山全体が燃えるぞ――ひつじもテリーもみんな」

　木立の黒い影が前方に立ちはだかった。

「ぎりぎりで間に合うかもしれない」ブリンが息を切らしながら木立に駆けこんだその瞬間、爆発音が轟(とどろ)き、炎があがった。地面を走る炎にワラビの茂みがパチパチとはぜ、針のように細いオウシュウトウヒの乾いた葉が花火みたいに光って飛び散った。エヴァンは走りながら、ジャケットを脱いだ。炎に駆け寄り、叩いて消そうとした。

「無駄だよ、ミスター・エヴァンズ」ブリンが叫んだ。「一面にガソリンを撒いたんだ。手に負えなくなるのは時間の問題だよ」

「やってみるしかないだろう」エヴァンは言った。

乾いた草とワラビを燃料にしながら植林地の横へと延びていく炎を、ふたりは必死になって消そうとした。流れる汗がエヴァンの目に入った。絶望的だ。消すのは不可能だ。細い枝に火がついた。エヴァンはその枝を折り取って、足で踏んで火を消した。次から次へと同じことを繰り返したが、木全体がたいまつのように燃え始めるのは時間の問題だった。そうなったらもう終わりだ。

エヴァンは視界の隅で、ジャケットで炎を叩き、足で土をかけているブリンの姿をとらえていた。不意に風が渦を巻き、炎がエヴァンの顔に向かってきた。エヴァンはとっさに飛びのき、腕で顔をかばいながらしゃがみこんだ。一瞬、熱いものに包まれたが、火はすぐに通り過ぎた。気がつけば炎は、木立とは逆方向の山のほうに向かっていた。風向きが変わったのだ。

エヴァンはブリンの肩をつかんだ。「風向きがこのままでいてくれれば、岩山まで燃えたところで火は消えるはずだ」風のうなりと火がはぜる音に負けまいとしてエヴァンは声を張りあげた。「どちらにしろ、これ以上ぼくたちにできることはない。いまはテリーを探さないと」

エヴァンは木立に向かって走った。黒い煙が細い木の幹のあいだで渦巻いていて、目が痛んだ。自分がどこに向かっているのかもよくわからない。あの男は火の手があがっているのを見て、テリーを追いかけるのをやめて安全な場所に逃げただろうか？

眼下の斜面に目を凝らしたが、この暗さのなかで岩やひつじと人間を判別するのは到底無理だ。ブリンの荒い息遣いが背後から聞こえていたが、ふたりの足音は腐食した葉の絨毯に吸いこまれた。動くものはなにもない。植林地の上にある岩に沈みかけの太陽の光が当たっているのが見えた。テリーの姿は見えない。

木立を抜けたところで、ブリンがエヴァンの腕をつかんだ。「あそこになにかある！」

エヴァンはブリンが指差す先に視線を向けた。ふたりの真正面には、グリデル・ヴァウルの断崖がそそり立っている。煙がその麓で渦を巻いている様は、とても現実とは思えなかった。その煙のすぐ上に、鮮やかな赤いものが見えた。テリーのアノラックに違いない――そこは狭い岩棚の先端だった。テリーは、射撃練習場の的と同じくらい狙いやすい場所に、自らを追いこんでいた。彼を追っているのがだれであれ、焦ることなく狙い撃ちできる。

エヴァンはしゃがみこみ、どうすればいいかを考えた。テリーを追って斜面をのぼれば、彼自身もターゲットにされるだろう。ありそうもないことだが、男がまだテリーを見つけていなかった場合、声をあげれば、男にテリーの居場所を教えることになる。エヴァンはその場で目を凝らし、耳を澄ました。すべての感覚を研ぎ澄ますと、遠くで火がはぜる音が聞こえ、ヒースが燃えるかぐわしいにおいを感じた。さらに耳に神経を集中させた。聞こえた。右のほう、断崖の麓の岩が転がっているあたりから、かちりという乾いた金属の音がした。それがなんであるかはわかっていた。銃の安全装置をはずす音だ。

エヴァンは口がからからになり、心臓の鼓動が喉まで響いてくるのを感じた。男はふたりに気づいてこちらに銃を向けているのか、それともテリーを狙っているのかどちらだろう？　英国の普通の巡査が銃を持つことができればよかったのにと思ったのは、これが初めてではなかった。鉛筆のように細い木の植林地のはずれに身を隠すものもなく立つエヴァンもまた、無防備な存在だった。彼はブリンを振り返った。「やつはあそこにいる」声を潜めて言った。「あの岩の陰に。体を低くして、隠れるところを探すんだ。ぼくはやつを追う」

エヴァンは、男がすでに彼の姿を目にしていれば無意味であることを承知のうえで、できるかぎり音を立てないように前進した。男が麻薬の売人なら、武器はふんだんに用意しているだろう――最低でもセミオートマチックは持っているはずだ。地衣に覆われたざらざらした表面に顔を押し当てるようにして、一番手前の岩の背後に身を隠した。慎重にそこから出て、岩から岩へと移動していると、突然、黒い人影が前方で立ちあがった。間違いない――黒い革のジャケットを着た黒髪の男。彼は岩棚に狙いをつけていた。

エヴァンは石を拾おうとした。男が引き金を引くときに石を投げつければ、狙いが逸れるかもしれない。エヴァンが石を投げようとして腕をうしろに引いたのと、男の指が引き金を絞り始めたのと、なにかがエヴァンの脇を猛スピードですり抜けていったのが同時だった。

「やめろ！」ブリンが叫びながら、男に飛びかかった。

さっと銃がこちらに向けられ、耳をつんざくような音が轟いて崖に反響した。ブリンにのしかかられた男はよろめいてあとずさり、ブリンは小さな悲鳴をあげながら地面にくずおれた。その一瞬のあいだに、エヴァンは男の手首を殴りつけた。銃は男の手から飛んで、岩の上に落ちた。男は痛みにうなりながらも銃に手を伸ばそうとしたが、エヴァンが再び蹴飛ばした。ふたりはそろって銃に向かって突進した。男のほうが速かったが、エヴァンはラグビーのタックルの要領で男に飛びかかった。ふたりはからみあうようにしてごつごつした地面に倒れこんだ。男がエヴァンの手を振りほどこうとしているあいだに、エヴァンが銃を拾いあげた。

男は立ちあがると、野獣のようにうなりながら顔をゆがめた。エヴァンは、男がまたつかみかかってくることを覚悟しながら、彼に銃を向けた。だが男は、撃つ勇気はないだろうと言わんばかりの見くだすようなまなざしをエヴァンに向けたかと思うと、彼に背を向けて木立のなかへと走りこんでいった。

エヴァンは、足元に倒れているブリンと山の上ですくみあがっているだろうテリーのことを考えた。逃げた男のあとを追っていって引き金を引き、地面に倒れこむ男を眺めて満足感に浸りたくてたまらない。だがそうするかわりに彼は銃をおろし、応援部隊が到着していることを祈りながら、逃げる男を見送った。

ブリンの傍らに膝をついた。赤いものがすでに岩の上に流れている。そっと彼を仰向けにした。顔が真っ青だ。エヴァンが脈を取り、シャツをはだけようとしていると、ブリンが弱々しく目を開けた。

「ぼくはヒーローになれた、ミスター・エヴァンズ?」ブリンが訊いた。

「立派なヒーローだよ、ブリン」

「ぼくは死ぬの?」

「死なないと思うよ」エヴァンはブリンの腕にそっと手を乗せた。「きみは運がよかった。弾丸はきれいに肩を貫通している。しばらく消火活動はできないだろうけれどね——放火も」

ブリンはかろうじて笑顔を作った。「そのことだけど、ミスター・エヴァンズ……本当にごめんなさい。後悔しているんだ。ぼくは刑務所に行くの？」

エヴァンは大きく息を吸った。「二度とこんなことが起きなければ、真相はわからないままになるんじゃないかな。そうは思わないかい、ブリン？」

少年の唇が震えた。「ぼくがしたって、話さないっていうこと？」

「いまも言ったとおり、二度とこんなことが起きなければ、事件は解決されないままになるだろうね」

「二度と起きないよ。約束する」ブリンは体を起こそうとして、痛みに息を呑んだ。「テリーがあの木立にいると思ったときは……本当にぼくはどんなことをしても……」

「わかっている。きみは自分の命を危険にさらした。まったくばかなことだったよ。銃を持った男に飛びかかるなんて。きみが警察じゃなくて消防署で働いていてよかったよ。そうでなければ、皮をはがれていたところだ」

ブリンは再び笑みを浮かべた。エヴァンはシャツを脱いで、彼の傷口に押し当てた。

「これで押さえているんだ。ぼくは助けを呼んでくる。すぐに戻るから」

「テリーはどうなるの？」

「まずテリーのところに行くよ」

数分後、エヴァンが岩棚までのぼっていくと、そこには岩壁に溶けこんでしまおうとしている少年がいた。

「大丈夫だよ、テリー。ぼくだ。もうおりてきてもいいんだよ」エヴァンは言った。

テリーはいかにもほっとしたような顔になった。「銃声が聞こえたよ。動けなかった」

「もう大丈夫だ。ブリンとぼくが彼の銃を取りあげたから」

「ブリン？　ブリンもいっしょなの？　ぼくを助けにきてくれたの？」テリーは満面の笑みを浮かべた。

「そうだよ。きみに狙いをつけていた男に体当たりして、肩を撃たれたんだ」

「撃たれた？」テリーは岩棚からおり始めた。「大丈夫なの？」

「ああ、大丈夫だと思う。ぼくが助けを呼んでくるあいだ、ブリンのそばにいてやってくれるかい？」

「わかった、ミスター・エヴァンズ」テリーは笑みを浮かべたまま言った。エヴァンは彼がブリンに駆け寄り、「ぼくがいっしょにいるよ。ぼくのジャケットをかけてあげるね」と言うのを聞いた。

エヴァンは笑顔でその場を離れ、木立のあいだを駆けおりていった。あたりの地面は黒ずみ、まだ煙が漂っている。さほどもいかないうちに、丘の斜面にホースで水をかけている消防士たちの姿が見えた。

「放火犯を捕まえましたよ、エヴァンズ巡査」近づいてきたエヴァンに消防士のひとりが声をかけた。「外国人らしい男が、地獄の犬に追いかけられているみたいな勢いで走ってきたんですよ。仲間たちが取り押さえて、警察に引き渡しました。捕まえたときは、虎みたいに暴れましたけれどね。まさか外国人だとは思いませんでしたね。イングランド人でもなかったし」消防士は言葉を切り、エヴァンをしげしげと眺めた。

「大丈夫ですか、エヴァンズ巡査？」

「ああ、大丈夫だ」エヴァンはそう答えたところで、さぞひどい有様なのだろうと気づいた——火を消そうとしてすすまみれになり、男と格闘したせいで切り傷や痣もできているに違いない。だがぼくは勝った。銃を奪った。村の巡査にしては上出来だ！

「上に怪我をしている子がいるんだ。銃で撃たれた。山をおりて救急車を呼んでくるが、もし訓練を受けた救急医療隊員がいるなら……」

「エルウィンがいます。おい、エルウィン」男は叫んだ。「こっちに来てくれ」

丘の麓には二台のパトカーが止まっていた。エヴァンが息を切らし、全身の痛みに耐えながら丘をおり切ってみると、ちょうどふたりの警察官がル・ティグレに手錠をかけているところだった。

「いったい……エヴァンズ？」ワトキンス巡査部長が駆け寄ってきた。

「彼の銃です、巡査部長」エヴァンはワトキンスに銃を渡した。「丘の上で少年が怪我をしているんです。救急車を呼んでください」

「きみは大丈夫なのか？」ワトキンスはエヴァンの肩に手を乗せた。「こっちで座りたまえ。よくやったよ。きっときみが捕まえてくれると信じていた」

「運がよかっただけですよ。助けもありましたし」エヴァンは応じた。

そこへもう一台のパトカーがやってきて、グリニス・デイヴィスが降り立った。

「いったいなにがあったんです？」

「たったいま容疑者を取り押さえたようだ」ワトキンスが言った。「エヴァンズ巡査のおかげでね」

パトカーのもう一方のドアが開き、ジャニーヌ・ラロックが現われた。ふたりの警察官が手錠をかけた男をパトカーへと連れていくのを見て、ぞっとしたような顔でその場に立ち尽くしている。男は彼女に気づくと、散々悪態を浴びせた。

エヴァンは唐突に理解した。この男こそ、彼女が逃げてきた〝怪物〟なのだ――彼女が結婚し、その人生を地獄のようなものにした金持ちでハンサムな男。これでなにもかも筋が通る。

24

その日の夜、エヴァンはブロンウェンの家の暖かなキッチンに座り、ジャニーヌが彼女の言うところの〝簡単な料理〟をせっせと作るのを眺めていた。髪は焦げ、いくつか見事な痣はできていたものの、ミセス・ウィリアムスの家でゆっくりと風呂に入ってきたのですっかり生き返った気分だった。

「大きな重荷をおろしたように感じているんでしょうね、ジャニーヌ」ブロンウェンが言った。「あんな恐ろしい思いをしながら生きてきたなんて、さぞ辛かったと思うわ」

ジャニーヌはうなずいた。「とても耐えられなかった。ハンサムで魅力的だと思った男と結婚してすぐ、彼は怪物だって気づいたわ。悪人。狂人。彼のお金がどこから来ているのかは知らなかったし、教えてもくれなかったけれど、なにか悪いことだっていうのはわかっていた。逃げたら殺すって言われたの。イヴェット・ブシャールになったときは、これでようやく安全だと思ったのよ。彼は絶対わたしを見つけられないって。でも見つかった。わたしはばかで、虚栄心が強かったのね。新聞に写真を載せるなんて」

「あなたの夫は、麻薬の密輸の拠点になる場所を探してここに来ていた」エヴァンは言った。「彼があなたの写真を見たのは、実に運が悪かったですね」

「でも、わたしは一度も彼を見かけていないのよ、ムッシュー。見ていたら、話していたわ。本当よ。ガストンに見つかったと思ったなら、すぐにあなたに相談した」

「あなたは彼を見ていなかった……彼はあなたを驚かせるつもりで、こっそり部屋に忍びこんだんでしょう。だがそこにはジャン・ブシャールがいた。ふたりがなにを話したのかは知る由もありませんが――もしジャンが自分はイヴェットの夫だと名乗り、あなたがイヴェットという名前を使っているとガストンが考えたなら……」

「ガストンが怒り狂うには充分だったでしょうね。彼はものすごく嫉妬深かったから」

「とにかく、もう全部終わったのよ」ブロンウェンが言った。「あなたはようやく自由になったんだわ」

「まったくの自由ではないよ。彼女が罪を犯したことは確かだ――他人に成りすまして保険金を受け取り、証拠を隠滅しようとした。これは重罪だ。だがあなたがどんな目に遭ってきたかを知れば、陪審員も情状酌量してくれると思います」

「そんなことはもうどうでもいいの」ジャニーヌが言った。「ガストンが警察に捕まったんだから、わたしは自由よ。いつかまた新しいレストランを開くかもしれない」

「もう一度ここに開いたら？」ブロンウェンが言った。「このあたりの人たちも、いずれはおいしいお料理を好きになるかもしれないでしょう？」

数日後、エヴァンが机に向かって刑事の訓練を受けるための申込書を書いていると、ワトキンス巡査部長がやってきた。

「やあ、仕事熱心じゃないか」彼に言われ、エヴァンは申込書をあわてて日誌の下に隠した。「どうしてそんなにやましい顔をしているんだ？　旅費をごまかしているとか？」

「いえ、そんなんじゃありませんよ。それはあなたにお任せします」

ワトキンスはくすくす笑った。「あの大活躍のあとは、またいつもの仕事に戻ったのか？」

「そのようですね。それで、今日はなにか？」

「きみの顔を見に来ただけだ。それに、礼を言っておきたくてね。きみは表彰されるかもしれないよ——あのガストンという男をひとりで捕まえたんだから」

「ひとりで捕まえたわけじゃありませんよ。ブリンがいなかったら無理でした。それにぼくは、あいつを逃がしてしまったわけですし……」

ワトキンスはエヴァンの肩に手をのせた。「みんな、きみに感謝しているんだ。ガストンを捕まえたのは、大きな進展だったんだよ。ほかのギャングたちは、やつが口を割るかもしれないと考えているようだ。このあたりの港を使うことはあきらめたらしい。とりあえず、当面は」

「またどこかほかの場所を使おうとするんでしょうね」

「そうだな。だがそれは、我々の受け持ち区域ではない。そうだろう？」ワトキンスは微笑んだ。「ガストンはフランスに送り帰されて、向こうで罪に問われることになるようだ。これだけの嫌疑があれば、一生刑務所の中だろうな」

「ジャニーヌが喜びます」

「彼女はまだ、きみの友人の学校の先生のところにいるのかい？」

「いいえ、もういません。保釈金を納めて、いろいろと整理するために出ていきました」

「このあと彼女には辛い時間が待っているからな。まだ安心はできないだろう」

「ようやく夫の手から逃れられたことに比べれば、それくらいなんでもないと思いますよ。それに、彼女がどんな目に遭ってきたのかを知れば、陪審員もそれほど厳しいことは言わないんじゃないでしょうか」

「彼女がいなくなったのが残念だよ。フランス料理店に連れていけと妻からしつこく言われていたのに、行けなくなってしまった。すぐには忘れてくれないだろうな」

エヴァンは笑ったが、すぐに真面目な顔になった。「あの夜、彼女の部屋でなにがあったのかをガストンは話していないんですよね？　なぜ、ジャン・ブシャールを殺したのかっていうことですが。ブシャールも麻薬に関わっていて、やつは自分を裏切った人間を追ってきたんでしょうか？」

「そうは思わないね」ワトキンスが答えた。「妻の寝室にほかの男がいるのを見たというだけのことだと思う。彼を殺すには、それで充分だったんだろう」

「おまえはだれだとガストンが訊いて、ジャン・ブシャールはイヴェットの夫だと答えたのかもしれない――どちらにしろ、いい答えとは言えませんね」

「まあ、ともあれ、これでみんないなくなったわけだ」ワトキンスはエヴァンの机の脇を通って窓に歩み寄り、丘を見つめた。

「あのイングランド人夫妻は、もうあそこにコテージを建てるつもりはないんだろう？」

「ないと思いますよ」エヴァンも立ちあがって、窓の外に目を向けた。

「きみの肉屋の友人が喜ぶだろうな――スランフェアからよそ者がいなくなって、またウェールズ人だけになったんだから。ところで、あの少年はどうしている？ 撃たれた少年だ」

ワトキンスがブリンと火事を無意識のうちに結びつけたことに気づいて、エヴァンはぎくりとした。「ずいぶん元気になっていますよ。弾が貫通したのがあの位置だったのは、本当に運がよかったんです。あと数センチ下だったら、死んでいました」

「あの火事の犯人はわからないままになりそうだな」

「ポッター巡査部長がまだ調べているんじゃないんですか」

ワトキンスはくすくす笑った。「聞いていないのか？ 彼はチェスターに異動になった。ウェールズ語にどうしても慣れなくて、あきらめてイングランドでの仕事を探したんだ。残念だとは言えないね。きみはどうだ？」

「面倒な人でしたからね」

ワトキンスはエヴァンの机の縁に腰かけた。「あの脅迫状をだれが書いたのかは、やはり知りたいね。活動中の過激派がいるのなら、知っておきたい」

「ぼくもですよ。でも、知る日は来ないような気がします」

ワトキンスは机からおり立った。「そうか。さてと、わたしはそろそろ帰るとするよ。ベズゲレルトで押し込み強盗があったんで、調べなきゃならないんだ。刺激的な事件のあとは、いつもどおりのありふれた日常だ。それがこの仕事の困ったところだな。毎日同じことをしていると刺激が欲しくなり、ひどく忙しくなると当たり前の日々が恋しくなる。まあ、人生を学ぶのにもっと大変な仕事はたくさんあるからな」

「実は、異動を申請しようと思っているんです」エヴァンは言った。「ようやく、刑事の訓練に申しこむ気になりました」

ワトキンスは笑顔でうなずいてくれると思っていたのに、なぜかばつの悪そうな表情になった。

「どうしたんです？　ぼくは刑事の仕事に向いていないとでも？」

「いや、そんなことはない。きみは実に優秀だよ。ただ、しばらくは無理だろうということなんだ。実は警察署長から少々文句を言われていてね。北ウェールズ警察の女性刑事の割合は全国で一番低いんだ。そういうわけで、次に補充するのは女性と決まった――まずはグリニス・デイヴィスだ。次の訓練を受けることになったよ。いい刑事になると思わないか？　とても頭がいいし、とても几帳面だ」

「ええ、そうですね」エヴァンは上の空で答えた。

「異動がこれほど早く決まったのは、一致する指紋を見つけたことが大きい。それから、彼女の恋人が警察署長の甥だということもね」ワトキンスはにやりと笑って、エヴァンの背中を叩いた。「それじゃあ、また会おう。体に気をつけて」


ワトキンスが出ていくやいなや、エヴァンは申込書を取り出して破り捨てた。腹がたったし、がっかりもしていた。気持ちの整理がつかなかった。自分は、スランフェア村から出ていけない運命なんだろうか？　少なくとも、ここしばらくは。

腕時計に目をやった。もうすぐ五時だ。時間外勤務は充分にしてきたから、一度くらい早く帰ってもかまわないだろう。今日一日の仕事を片付け、夕方の柔らかな日差しのなかに歩み出た。どこへ行くのかも決めないまま、通りを歩き始めた。グリニスが選ばれたのは彼女のせいではない。彼女は実際、聡明だ。いい刑事になるだろう。

ブロンウェンがいるかどうかを確かめることもせず、学校の前を通り過ぎた。歩きたかった。顔に風を感じたい。がっかりしているのは確かだが、それだけではなく自分をばかみたいに感じていた。つまるところグリニスは、ただ愛想がよかっただけだったのだ。彼女の言葉を深く考えすぎていた。必要以上に親しくならなかったのは幸いだった——警察署長の甥の恋人に言い寄っていたことがわかったら、彼の将来は明るいものにはならないだろう。

ぼくはばかだ！　エヴァンはだれもいない通りを歩きながら、声に出して言った。かわいい娘にお世辞を言われて、いい気になるなんて。相手が女性となると、すぐにだまされてしまう。二度とこんなことは繰り返さないぞとエヴァンは自分に言い聞かせた。

それぞれの車が脇に止められた二軒の礼拝堂の前を通りすぎ、さらに〈エヴェレスト・イン〉を越えてのぼり続け、峠の頂上に立った。潮の香りのする風が強く吹いていて、黒い雲が空を勢いよく流れていく。水平線がくっきりと見えていた。まもなく雨になるだろう。インディアン・サマーがようやく終わろうとしていた。

ここは悪くないところだとエヴァンは考えた。緑色の丘に目を向けた。焼けたコテージが、緑の真ん中に残る黒っぽい傷のように見える。ワトキンスの言ったとおりだ。あのイングランド人はもう戻ってこないだろう。ああいう焼け跡はどうなるのだろう？　建て直すのは難しいだろうか？　すでに水道も電気も来ていて、しっかりした基礎があるし、壁もまだ残っている……エヴァンの頭の中の歯車が回り始め、いつしかその視線は学校の校舎へと向けられていた。

雨が降り始めた。初めはアスファルトにぽつぽつと落ちていた雨粒が、次第に密度を増し、やがて土砂降りになった。濡れたマカダム舗装のクレオソートのにおいがあたりに広がった。エヴァンは向きを変えて、戻り始めた。

校舎の前を通りかかると入口のドアが開いて、大きな傘を差したブロンウェンが現われた。「エヴァン、びしょ濡れじゃないの。峠でなにをしていたの？　なにかあったの？」

「いいや」エヴァンは心配そうなブロンウェンの顔を見つめた。「なにもないよ。少し歩きたかっただけだ」

「家に来て。紅茶をいれるから」ブロンウェンが言った。「いい子にしていたら、焼いたばかりのバゲットを食べさせてあげてもいいわ」

ブロンウェンはエヴァンを連れて校庭を横切り、家のなかへと案内した。キッチンには、焼き立てのパンのにおいが漂っている。ブロンウェンは誇らしげにテーブルを示した。「ジャニーヌがいるあいだに、いろいろ教えてもらったの。かなりお料理の腕があがったと思うわ」そう言うと、茶色い陶器のポットからカップに紅茶を注いだ。

「峠でなにをしていたの？」

「考えていた。頭のなかを整理したかった」

ブロンウェンはうなずいた。「わたしたちはこんなところで暮らせて幸せよね。山に囲まれていたら、ちょっとした問題くらいで長いあいだ落ちこんでいられないもの。山はすべてを正しく見せてくれるのよ」

エヴァンはカップを手に取った。「ブロンウェン」ひと口紅茶を飲んでから、切りだした。「これは男にふさわしくない仕事だと思うかい？　ここにとどまって、昇進しようとしないことは？」

ブロンウェンの目がきらりと光った。「ふさわしくない仕事？　あなたはここで必要とされているじゃないの。あなたがいなければブリンはいまごろ刑務所に送られて、将来が台無しになっていたでしょうね」

エヴァンはぎょっとした。「ブリンのことを知っているのか？」

「テリーが教えてくれたの。ブリンが彼に話したのよ」ブロンウェンはおびえたようなエヴァンの表情に気づいた。「あら、心配ないわ。あの子たちはだれにも言わないから。あのふたりは、とても仲がいいのよ」ブロンウェンは笑みを浮かべ、彼の肩に手を置いた。「あなたはここでたくさんいいことをしているわ。人の人生に関わっているんだから」

ブロンウェンは身をかがめ、エヴァンの額にキスをした。エヴァンがそっと手を握ると、彼女は頰と頰を触れ合わせた。

「濡れた服を脱いだほうがいいわ」ブロンウェンが言った。「肺炎になる前に」

「ぼくを追い返そうとしている？」エヴァンは立ちあがった。

「あなたが帰りたくないのなら、帰らなくていいのよ。熱いお風呂を用意するから。大きなふわふわのタオルもあるし、冷蔵庫にはワインも入っているから、終わったあとで――」

「なにが終わったあとなんだい、ブロン？」エヴァンはからかうように言った。

「体を拭き終わったあとでって言おうとしたのよ。でも、あなたの意見にも耳を貸すわ」ブロンウェンは先に立って廊下を歩いていきながら、挑むようなまなざしでエヴァンを振り返った。

金曜日の夜の〈レッド・ドラゴン〉はかなり混雑していた。

「ほら、当の本人が来たぞ」チャーリー・ホプキンスが告げた。「なにを飲む、エヴァン・バック？」

「今夜はギネスにするよ。ありがとう、チャーリー」エヴァンはカウンターの脇に体を押しこんだ。

「おまわりのエヴァンズにギネスだ、ベッツィ・カリアド。今夜はなにか理由があって、精力をつけなきゃいけないらしい」チャーリーはくすくす笑いながら、エヴァンに向かってウィンクをしてみせた。

ベッツィはちらりとエヴァンを見た。「カナーボンに行くためじゃないでしょうね」

「カナーボン？」エヴァンはけげんそうな顔をした。

「若い女性警察官がいるって聞いたわ」ベッツィはさらりと答えた。「あなたのことをいろいろと訊いていたみたいよ」

「彼女は自分の仕事をしていただけだよ、ベッツィ」エヴァンは答えた。「ほかの警察官のことを知ろうとしたんだ。彼女はじきに昇進するんだ」

ベッツィはビールを注ぐと、優しいとは言えない手つきでエヴァンの前に置いた。

「ここにいる警察官のことはあまり知ろうとしないほうがいいって言っておいてちょうだい。もしもブロンウェン・プライスがバードウォッチングの最中に崖から落ちることがあったら、次はわたしかもしれないってね」

まわりから笑い声があがり、エヴァンもにやりとした。チャーリーが彼の肩に手を置いた。「ブリンはたいしたもんじゃないか、エヴァン・バック？　新聞はヒーローって書いているくらいだ。彼の祖母さんは、知り合いに片っ端から新聞記事のコピーを送っているぞ。まったく、考えもしていなかった。実際、たいした男にはならないだろうってみんな思っていたのに、驚かせてくれたよ」

「チャンスが与えられないかぎり、人の能力なんてわからないものじゃないか？」エヴァンは言った。

「確かにそうだ。そういえば、オーウェン・グリフィズと話をしたんだ。ほら、丘の麓で〈ゲギン・ヴァウル〉っていうカフェをやっている男だよ。フランス人女性のことを訊かれた――なんかひどく動揺していると思ったら、話してくれた。彼があの脅迫状を書いたんだそうだ。出ていけっていうあれだよ。彼女に客を奪われると思ったらしい。だがそれ以来、ずっと後悔していたみたいだ」

「あれを書いたのは彼だったのか。結局、過激派グループなんていうものはなかったんだな」

「当たり前じゃないか」チャーリーが言った。「スランフェアでは、みんなが互いに邪魔せずやっていくのさ。そうだろう？」

そのとき、パブの外ですさまじい音がした――金属と金属がぶつかり、ガラスが割れる音。男たちは一斉に通りに出て行き、パブはあっという間に空になった。衝突した二台の車が道路を完全にふさいでいるのが見えた。灰色のバンと緑色のバス。両方ともバックしてきてぶつかったらしい。それぞれから降りてきた運転手は、腕まくりをしていまにも殴り合いを始めんばかりの勢いだった。

訳者あとがき

《英国ひつじの村》シリーズ第四巻『巡査さん、フランスへ行く？』をお届けできることをうれしく思います。

なにかと騒々しかった夏も終わり、落ち着きを取り戻したスランフェア村に新たな騒動の種が蒔かれました。フランス料理店がオープンしたのです。ほとんどの住人はフランス料理など食べたことがありませんでしたし、素朴なスランフェア村にはどうにも場違いなお店です。そのうえ、フランス人に対してなにやら偏見を抱いている住人もいる様子……。オーナーがセクシーな女性だったせいか、普通のレストランなのに、なにやらいかがわしいお店ではないかといぶかる人間もいましたし、安息日に営業していたために牧師さまたちからは目の敵にされる始末。もちろん、外国人嫌いの肉屋のエヴァンズは彼女を追い出したくてたまりません。

そんななか、村で火事が起こります。よそ者のイングランド人夫妻が所有するコテージが全焼したのです。夫妻は村人たちと一切関わりを持とうとしないどころか、見下すような態度を取ることが多かったので、村人たちから疎まれていました。そのため、火事の原因が放火であることがわかると、エヴァンは一抹の不安を抱きます。まさか、夫妻を追いだすために村人のだれかが……。いやいや、そんなはずはない。国粋主義者の過激派の仕業かもしれない。この村の人間がそんなことをするとは考えたくありませんでした。

犯人の手がかりもつかめないうちに、新たな火事が起きます。村人たちが嫌っている〈エヴェレスト・イン〉の物置が燃えたのでした。そして次は、あのフランス料理店。けれど今回はただの火事ではすみませんでした。焼け跡から死体が発見されたのです。解剖の結果、被害者は焼死したのではなく、刺殺だったことが判明します。さらに、これまでの二件の放火とは手口が異なっていることもわかり、事件はますます複雑になっていくのでした……

本書を最初に読んだときにまず面白いと思ったのが、スランフェア村の住人たち（特に男性）がフランス人女性に対して抱いているイメージでした。ステレオタイプというのでしょうか、どうもフランス人女性はセクシーで黒い下着をつけているといったイメージがあるようです。牧師さまなどは、フランス料理店をひと目見るなり悪の巣窟だと決めつけたりもしています。映画や本などの影響かもしれませんが、確かに日本でも、ドイツ人は堅苦しいとかイギリス人は紳士だとかイタリア人男性はすぐ女性を口説くとか、根拠もないのにそんなイメージを抱いている人が多いかもしれません。そういったイメージも、おそらく住んでいる場所によって異なるのでしょう。もうひとつ興味を引かれたのが、男性たちの食べるものに対する保守性でした。女性たちはもっと柔軟で、フランス料理店のオーナーが料理のレッスンを始めるとこぞって習いに行くのですが、彼女たちが習ってきた料理を自宅で披露しても男性たちは喜びません。量が足りなかったということもあるのでしょうが、どうも食べ慣れないものはおいしいと思えない様子です。おふくろの味にこだわるのは、世界共通の傾向なのかもしれません。

そのオーナーが料理を習ったというコルドンブルー学校は、正式名称をル・コルドン・ブルーと言って料理学校としての創設は一八九五年。現在では世界二〇か国以上にキャンパスを持っています。料理のみならず、レストランやホテルなどビジネスの経営について学べる校舎もあるようです。この名称が使われるようになったきっかけは、一六世紀の聖霊騎士団だと言われています。この騎士団のメンバーは、ブルーのリボンで結ばれた十字架をかけていたことから〝コルドン・ブルー〟（青い紐という意味になります）と呼ばれていました。彼らの儀式で供された晩餐が豪華だったため、〝ル・コルドン・ブルー〟の名が広く知られることになったということです。

本書に登場するコルドンブルー学校の受付係はオランダ人の若い女性で、〝当然ながら数か国語に堪能〟と書かれています。オランダは国が語学教育に力を入れていて、国民の九〇パーセント以上が英語とのバイリンガルなのだとか。テレビや映画などは吹替はなく、すべて原語のまま流され、必要に応じて字幕が入るといった環境も外国語をマスターするのに役立っているのでしょう。本書の重要な登場人物であるワトキンス巡査部長は語学が苦手で、フランス語もアイルランド語もできません。パソコンもまったくだめで（本書が執筆されたのは二〇年ほど前なので、まだパソコンはそれほど一般的ではなかった時代です）、若い女性警官や自分の母親ほどの女性がこの恐ろしい機械をなんなく操るのを見て落ち込みます。作者のユーモアがにじみ出ていて、わたしの好きなシーンです。

エヴァンは本書でも、誘惑されたり、美しい女性警官に少しばかり心が揺れたりと、女性に振り回されます。ブロンウェンに愛想をつかされないといいのですが……。五巻は近々刊行予定です。どうぞお楽しみに。

コージーブックス

英国ひつじの村④
巡査さん、フランスへ行く？

著者　リース・ボウエン
訳者　田辺千幸

2020年　2月20日　初版第1刷発行

発行人　成瀬雅人
発行所　株式会社　原書房
〒160-0022 東京都新宿区新宿1-25-13
電話・代表　03-3354-0685
振替・00150-6-151594
http://www.harashobo.co.jp
ブックデザイン　atmosphere ltd.
印刷所　中央精版印刷株式会社

落丁・乱丁本はお取り替えいたします。
定価は、カバーに表示してあります。
 ISBN978-4-562-06103-7 Printed in Japan